U0825968

THE ESSENTIAL O. HENRY COLLECTION

最后一片叶子

欧·亨利短篇小说集

沈樱◎译

时代出版传媒股份有限公司
北京时代华文书局

图书在版编目(CIP)数据

最后一片叶子：欧·亨利短篇小说集 /（美）亨利著;沈樱译.
—北京：北京时代华文书局,2014.9
ISBN 978-7-80769-857-9
Ⅰ.①最… Ⅱ.①亨…②沈… Ⅲ.①短篇小说-小说集-美国-近代
Ⅳ.①I712.44
中国版本图书馆CIP数据核字(2014)第214594号

新业文学经典丛书
最后一片叶子：欧·亨利短篇小说集
著　　者|欧·亨利(美)
译　　者|沈　樱
出 版 人|田海明　朱智润
选题策划|黎　雨
责任编辑|胡俊生　王雪君
装帧设计|张子航
责任印制|刘　银
营销推广|张晓兵
出版发行|时代出版传媒股份有限公司 http://www.press-mart.com
北京时代华文书局 http://www.bjsdsj.com.cn
北京市东城区安定门外大街136号皇城国际大厦A座8楼
邮　编：100101　　电话：010-64267120　64267397
印　　刷|北京盛源印刷有限公司
开　　本|880mm×1230mm　1/32
印　　张|10.625
字　　数|180千字
版　　次|2015年1月第1版　　2024年1月第3次印刷
书　　号|ISBN 978-7-80769-857-9
定　　价|46.00元

版权所有，侵权必究

序

毛姆在《书与你》中曾提到："养成阅读的习惯，使人受益无穷。很少有体育运动项目能适合盛年不再的你，让你不断从中获得满足，而游戏往往又需要我们找寻同伴共同完成，阅读则没有诸如此类的不便。书随时随地可以拿起来读，有要紧事必须立即处理时，又能随时放下，以后再接着读。如今的和乐时代，公共图书馆给予我们的娱乐就是阅读，何况普及本价钱又这么便宜，买一本来读没有什么难的。再者，养成阅读的习惯，就等于为自己筑起一个避难所，生命中任何灾难降临的时候，往书本里一钻，不失为一个好办法。"

古人也说："开卷有益。"但面对浩如烟海的图书，如何选取有益的读本来启迪心智，这就需要有一定的鉴别能力。

对此，叔本华在《论读书》里说：

“……对善于读书的人来说，决不滥读是很重要的。即使是时下享有盛名、大受欢迎的书，如一年内就数版的政治宗教小册子、小说、诗歌等，也切勿贸然拿来就读。要知道，为愚民而写作的人反而常会大受欢迎，不如把宝贵的时间用来专心阅读古今中外出类拔萃的名著，这些书才真正使人开卷有益。

“坏书是灵魂的毒药，读得越少越好，而好书则是多多益善。因为一般人通常只读最新的出版物，而不读各个时代最杰出的作品，所以作家也就拘囿在流行思潮的小范围中，时代也就在自己的泥泞中越陷越深了。”

正如叔本华所言，“不读坏书”，因为人生短促，时间和精力都是有限的。

出版好书，让大家有好书读。基于这样一个目的和愿景，便有了这样一套“国内外大家经典作品丛书”，希望这些“古今中外出类拔萃的名著”，能令大家“开卷有益”。

编　者

目　录

最后一片叶子

在华盛顿广场的西面，有一个小区，小区的街道很是奇怪，被分割成很多狭窄的长条，人们称这些长条为“小巷”。这些“小巷”相互间穿插，形成许多奇特的角度和曲线。有的一条街自身也会交叉一两回。有一次，一位艺术家发现这条街也有它的可贵之处。如果一个商人去收颜料、纸张和画布的账款，不成想却在这条街上大兜圈子，最后猛然发现自己转来转去又回到原点，更令他生气的是到头来一文钱也没收到，落得空手而回，那才有意思呢！

于是，没过多久，一些搞艺术的人便都不约而同地来到了这个古色古香的格林威治村。他们四处打听，寻找朝北的窗户、18 世纪的三角墙、荷兰式的阁楼，更重要的是，房租还要低廉。接着，这些人又从第六大街买来了一些锡蜡杯子和一两只烘锅，把这个地方弄成了一个“艺术区”。

苏艾和琼珊的画室就是在这里成立的，画室设在一座矮墩墩的三层砖屋的顶楼。“琼珊”是琼娜的昵称。两人一个是从缅因州来的，另一个来自加利福尼亚州。她们是在第八大街上一家名为“德尔蒙尼戈”的饭馆认识的，那时她们都去用餐，恰巧碰到，她们对彼此都很有好感，她们谈艺术、饮食、着装等等，竟发现彼此的口味也十分相投，于是便一起租下了那间顶楼作画室。

那还是五月发生的事。到了十一月，一个冷酷无情，肉眼看不见，医生称之为“肺炎”的不速之客，潜入到了艺术区，他用他那冰冷的手指这儿碰碰那儿摸摸。在广场的东面，这个坏家伙明目张胆地行动起来，他每闯一次祸，总有那么几十个人受到伤害。不过，当他来到这错综复杂、狭窄，并且长满苔藓的“巷子”里之后，他的脚步已经没有原来那样畅行无阻了，他开始用一种缓慢的速度行走。

这位“肺炎先生”并不是大家眼中的那种有风度的老

绅士。一个弱小的女人，已经被加利福尼亚的西风吹得毫无血色了，自然无法和那个有着红拳头、气吁吁的老家伙相对抗。所以，琼珊被他击倒了。她躺在那张漆过的铁床上，一动也不动，一双眼睛望着荷兰式小窗外的砖屋，那是空荡荡的邻居家。

一天早晨，那位忙碌的医生，把苏艾叫到过道里，皱着他那灰白色的粗眉毛。

“照现在的情形来看，她的病很不乐观，只有一成的希望了。”他一边对苏艾说，一边把体温表里的水银甩下去，“那一成的希望主要看她自己，看她自己有没有强烈的求生欲望。这个你应该明白，如果一个人情愿照顾殡仪馆的生意，那么一切的治疗都是毫无意义的。现在，你的这位小姐一门心思以为自己不会好了。你知道她有什么愿望吗？”

“她——她希望有一天能去那不勒斯海湾，她想画它。”苏艾说。

“绘画？——简直太荒谬了！那她心里就没有很让她思念的东西？——比如说，男人？”

“男人？”苏艾像吹小口琴似的哼了一声说，“难道男人就值得——但是，唉，大夫，这根本就是没有的事情。”

“这样说来，一定是身体虚弱的缘故了。”医生说，“我一定会尽我所能，只要科学能达到，我一定可以救治好她。不过，每逢我的病人开始盘算有多少辆马车送他出殡的时候，我就会把医药的治疗力量减去百分之五十。但如果你能诱导她对今年冬季大衣的袖子式样发生兴趣，并提出一个相关问题的话，那么我就可以保证，她康复的几率可以从十分之一提高到五分之一。”

送走医生后，苏艾来到工作室，她狠狠哭了一把，眼泪把一张日本餐巾纸浸湿成了一团纸浆。然后，她拿起画板，吹着拉格泰姆音乐（美国流行音乐形式之一。产生于19世纪末，是早期爵士乐的一种）的口哨，摇头晃脑地走进琼珊的房间。

琼珊躺在床上，脸朝着窗口，一点儿动静也没有。苏艾以为她睡着了，便赶紧停止了吹口哨。

她架起画板，开始替杂志画一幅短篇小说的钢笔画插图。青年画家通常都会有这么一段经历，他们不得不以杂志小说的插图来为将来能够进入艺术殿堂铺平道路，而那些青年作者，为了给自己铺平文学道路，便创作了那些小说。

现在苏艾画的插图，正是小说里的主角——一个爱达荷州的牧人，她先给主人公画上一条在马匹展览会里穿的漂亮马裤和一片单眼镜。这时，她忽然听到一个微弱的声音，重复了几遍。于是她赶紧放下画笔，走到琼珊的床边。

琼珊的眼睛睁得大大的。她望着窗外，嘴里正在念着一些数字，她是在数数——倒着数。

“十二，”她说，过了一会儿，又说，“十一”；接着是“十”、“九”；再接着是“八”和“七”，这两个数字几乎是连在一起说的。

苏艾关切地向窗外瞧了瞧。有什么可数的呢？外面只是一个空荡荡、阴沉沉的院子，和二十英尺外的一幢砖屋的墙壁。一根看上去极老的常春藤，缠绕的根已经枯萎，爬在半墙上。秋季的寒风把藤上的叶子吹落得已经所剩无几，只剩下几根近乎光秃秃的藤枝依附在那堵松动残缺的砖墙上。

“亲爱的，你这是怎么了？”苏艾问道。

“六片。”琼珊说，声音低得像是耳语，“它们现在落得更快了。三天前差不多还有一百片呢，那时数得我眼花缭乱。可现在容易多了。喏，又掉了一片。只剩下五片了。”

“五片什么，亲爱的？来，告诉你的苏艾。”

“叶子，常春藤上的叶子。等最后一片叶子掉落，我也得去了。三天前我就知道了。难道大夫没有告诉你?”

“啊，我可从没听到这样荒唐的话。”苏艾装出满不在乎的样子数落她说，“老藤叶和你的病有什么关系?我知道你一直很喜欢那株常春藤，得啦，你这淘气的姑娘，别犯傻啦。我差点忘了，今天早晨大夫告诉我说你康复的机会是——让我想想，他是怎么说的——他说你康复的希望有十分之一呢！这么跟你说吧，差不多跟我们在纽约搭街车或者走过一幢新房子的机会一样多呢。好琼珊，现在起来喝一点儿汤吧，也好让你的苏艾继续画画，然后卖给编辑先生，换了钱才能给她生病的乖孩子买点儿红葡萄酒，也买些猪排解解她自己的馋嘴。”

“你不用再买什么酒啦。”琼珊仍然凝视着窗外说，“又掉了一片。不，我不要喝汤。只剩四片了。我希望在天黑之前看到最后一片藤叶飘下来。那时候我也该去了。”

“琼珊，亲爱的，”苏艾弯着身子对她说，“你能不能答应我，在我画完之前，别睁开眼睛，别瞧窗外?这些画我明天得交。我需要些光线，不然我早就把窗帘拉下来了。”

“你不可以到另一间屋子里去画吗?”琼珊冷冷地问道。

“我要待在这儿，跟你在一起。”苏艾说，“而且我不喜欢你总盯着那些莫名其妙的藤叶。”

“你一画完就告诉我。”琼珊说着，便闭上了眼睛。她脸色惨白，就那么静静地躺着，跟一尊倒塌下来的塑像没什么两样。“因为我要看那片最后的藤叶掉下来。我已经等得不耐烦了，也想得不耐烦了。我想摆脱一切，像一片可怜的、厌倦的藤叶，悠悠地往下飘，一直往下飘。”

“乖，你争取睡一会儿。”苏艾说，“我要去叫贝尔曼上来做我的模特儿，我要画那个隐居的老矿工。我一分钟后就能回来。在我回来之前，你好好待着别动。”

老贝尔曼也是一个画家，就住在砖屋的底层。他约莫六十岁，一把胡子和米开朗琪罗的雕像上摩西的很相似，从森林之神萨蒂尔似的脑袋上顺着瘦小的身体卷垂下来。在艺术界，贝尔曼算得上是个失意的人。他握了将近四十年的画笔，同艺术女神还是有相当远的距离，几乎连她的长袍的衣角都摸不到。他总是说即将要画一幅杰作，可说来说去却一直没有动手。除了偶尔涂抹了一些商业画或广告画之外，很多年里，他几乎没画过什么。如今，他成了“艺术区”里那些雇不起职业模特的青年艺术家的临时模特，以此来挣几个小钱。他平时喜欢喝杜松子酒，每每总是过量，然后没完没了地唠叨着他未来的杰作。此外，他还是个脾气恶劣的古怪老头儿，对于他人的软弱总是极尽嘲弄之能事。不过他对楼上的两个青年艺术家倒是极力保护，甚至把自己看做是随时待命的猎犬为她们看护门院。

苏艾找到贝尔曼的时候，他已经满身酒气，一个人待在楼下那间灯光黯淡的小屋子里。角落里是一个画架，上面绷着一幅空白的画布，画布已经安安静静地等待了二十五年之久，它想成为杰作的梦想却还是空空。

苏艾把琼珊的想法告诉了贝尔曼，并说出了她的担心，她怕那个虚弱得像枯叶一般的琼珊，会放弃她同这个世界最后的一丝微弱的牵连，然后撒手而去。

老贝尔曼充血的眼睛明显是在流泪，他大声呵斥着，对琼珊这种白痴般的想法很是不屑，还不忘讽刺一番。

“简直是不可理喻!”他嚷道，“世界上竟有这种傻子，就因为该死的藤枝落下几片叶子，居然就想着自己快要死了？我活了一辈子也没有听到过这种荒唐事。绝对不行，我现在没有心思为你这个愚蠢的隐士做模特。你怎么能让她脑袋里有这种傻念头呢？唉，可怜的琼珊小姐。”

“她病得很严重，现在很虚弱，”苏艾说，“高烧已经把她烧得脑子都不清楚了，她现在尽是一些稀奇古怪的念头。那好，贝尔曼先生，既然你不愿意做我的模特，我也不勉强你了。不过，我现在终于认清你了，你是个可恶的老——老贫嘴。”

“你可真是个小女人!”贝尔曼嚷道，“谁说我不愿意了?走吧。我现在就跟你一起去。我说了半天，就是为了说明我愿意为你效劳。上帝保佑！像琼珊小姐那样好的人实在不应该在这种地方病倒。看着吧，有一天我会画出一幅杰作，到那时候，我们就都可以离开这里啦。天哪！是吧。”

等他们来到楼上时，琼珊已经睡着了。苏艾把窗帘拉下来，然后做了个手势让贝尔曼到另一间屋子里去。两人很有默契地望着窗外的常春藤，忧心忡忡。接着，他们默默无言地对视了一会儿。窗外，寒雨夹着雪花下个不停。贝尔曼穿着一件蓝色的旧衬衫，一口铁锅倒扣着充当着岩石，他就坐在上面，扮作一位隐居的矿工。

第二天，只睡了一个小时的苏艾醒来，她发现琼珊正大睁着一双无神的眼睛，凝视着放下来的绿窗帘。

“把窗帘拉上去，我想看一看。”她用微弱的声音命令道。

疲惫到极点的苏艾照着做了。

天哪！她们看到了奇迹。在经过了漫漫长夜的风吹雨打后，砖墙上居然还留着一片常春藤的叶子。这是藤蔓上最后一片叶子了。叶柄的颜色还是深绿的，锯齿形的边缘染上了枯败的黄色，尽管如此，那片叶子仍傲然挂在离地面二十来英尺的一根藤枝上面，一副无所畏惧的姿态。

“这是最后的一片叶子。”琼珊说，“我以为昨夜它一定会掉落的。我听到风还在吹。或许，今天它就会掉落下来，那时我也要跟着去了。”

“亲爱的，亲爱的！”苏艾轻唤着，把她困倦的脸垂到枕边，对她说，“如果你不为自己着想，那么就为我想想吧。你去了，我怎么办呢？”

琼珊没有回答。这世上最寂寞的事情，莫过于一个灵魂准备走上一条黑暗的远行之路。当她与尘世和友情之间的连结一个个地脱离时，那个可怕的念头似乎也就完全地掌握了她。

白昼渐渐远去，黄昏慢慢降临，即使在夜色将近的时刻，那片孤零零地贴在藤枝上的枯叶仍然清晰可见。夜色来了，北风又起，雨还没有停，一滴一滴不住地打在窗上，从低矮的荷兰式的屋檐上滴落下来。

天色微明，狠心的琼珊再次命令苏艾把窗帘拉上去。

窗外，那片常春藤的叶子，仍完好地贴在墙上。

琼珊躺着，久久地注视着那最后的一片藤叶。随后，她呼唤苏艾的名字。此刻，苏艾正在煤气炉上给琼珊煮鸡汤。

“我真是一个坏姑娘，苏艾，”琼珊说，“冥冥中一定是老天让最后的一片叶子保留下来，好让我清楚自己有多么邪恶。放弃生命是一种罪恶的行为。现在，你把那些鸡汤端来吧，还有牛奶，麻烦你在里面掺些葡萄酒，哦，等一下，还是先拿一面小镜子给我吧，再给我垫几个枕头，我想坐起来看你煮东西。”

过了一小时，她又说：“苏艾，我希望能在将来的某一天去那不勒斯海湾写生。”

下午医生又来了，他离开时，苏艾找了个借口来到过道。

“好的机会有了五成。”医生一边说着一边握住苏艾瘦弱颤抖的手，安慰说，“好好调养她吧，你会如愿的。现在我得去楼下看看另一个病人，据我所知，他也是搞艺术的，叫贝尔曼。他得的也是肺炎。他年纪挺大了，再加上身体虚弱，病势十分凶险，就他目前的状况来看，几乎可以断定是没有希望了，不过今天还是要把他送进医院，这样可以让他舒服些。”

第二天，医生又来了，看过琼珊后，他对苏艾说：“祝贺你，她已经脱离危险了，你赢了。当前要做的就是营养和照料，其他的就不需要了。”

那天下午，苏艾跑到琼珊的床边，她正靠在床头，心满意足地织着一条毫无用处的深蓝色羊毛披肩，苏艾激动地伸开双臂，将琼珊连同枕头一把揽在怀里。

“我有些话要告诉你，乖孩子。”她说，“贝尔曼先生今天在医院里去世了。死于肺炎，他只病了两天就这么走了。头天早上，看门人在楼下的房间里发现了他，那时他痛苦得要命，鞋子和衣服都湿透了，冰凉冰凉的。大家想不明白，在那么可怕的雨夜里，他能到什么地方去呢。后来，他们找到了一盏还亮着的灯笼，一把被挪动过的扶梯，还有一些散落各处的画笔和一块调色板。调色板上调好了绿色和黄色的颜料，末了——好心的贝尔曼先生啊，亲爱的，你瞧瞧窗外，那贴在墙上的最后一片叶子，在风中竟也纹丝不动，你不觉得很奇怪吗？哦，亲爱的，那是贝尔曼先生的杰作啊——那晚，当最后的一片叶子掉落时，他便在墙上画下了这片最后的叶子。”

回合之间

正是五月，皎洁的月光照着墨菲太太经营的寄宿旅馆。查看历书便可知道，同样的月光也洒到一片更为广大的地区。春天已经披上了盛装，紧接着枯草也要肆意蔓延着生机了。公园里满是新绿，还有来自西部与南方的商贾旅人。花儿在招展，避暑胜地的商家也在招揽着顾客，气候连同着法庭的判决都日趋温和起来，到处都是手风琴声、喷泉和纸牌戏。

墨菲太太寄宿旅馆的窗户正敞开着。在门口的高石阶上，一群房客坐在又圆又扁的草编垫子上，那垫子看上去就像是德国式煎薄饼。

倚在二楼前面窗口上的麦卡斯基太太，此刻正等着她丈夫回家。桌上准备的晚饭已经凉了，它的火气一股脑儿地跑进了麦卡斯基太太的肚子里。

九点钟的时候，麦卡斯基终于回来了。他嘴里叼着烟斗，外套搭在胳臂上，一边小心翼翼地在坐满房客们的石阶上寻找空隙，以便搁下他那九号长四号宽的大脚；一边因为打扰了他们而不住地道歉。

他推开房门，对此时碰到的情况表现得很是意外。放在往常，他闪避的不是火炉盖，就是捣土豆用的木杵，可这次不同，因为向他飞来的只是老伴的话语。

麦卡斯基先生由此推断，一定是温和的五月的月光软化了老伴的心。

“我全听到啦。”代替锅碗瓢盆向他扔过来的话语是以这样一句话开头的，“看你平时笨手笨脚，踩到了马路上那些四处招摇的家伙的衣角倒很会赔不是，而你自己的老婆伸着脖子在窗口等你，把脖子都伸得足足有晒衣绳那么长了，你反倒毫不在意，就算是你在她脖子上踩过，也是连一声‘对不起’都不会说的；还有，你每星期六晚上跑到加勒吉的店里喝酒，工钱几乎被你喝光了，只剩下一点儿来买吃的，现在那仅剩的钱买的食物又统统搁凉了，我可告诉你，收煤气账的今天又来催过两次账啦。”

“真是个絮叨的婆娘!”麦卡斯基把外套和帽子往椅子上一扔，说道：“你总是这样聒噪，害得我胃口都没有了。要知道，你这样不讲礼貌，就是在拆社会基础的墙脚。那些太太们挡着道，你要从她们中间走过，说声‘借光’也是应该的事情。你这副猪脸能不能别再对着窗口了，赶快去弄吃的!”

麦卡斯基太太慢吞吞地站起来。她的动作明显有点不对劲儿，麦卡斯基先生不免有了提防。他心里清楚得很，她的嘴角突然像晴雨计的指针那样往下一沉的时候，往往就预示着锅碗瓢盆的来临。

“你说我这是猪脸吗?”麦卡斯基太太一边说着，一边抄起一只盛满咸肉萝卜的炖锅猛地向她丈夫扔去。

显然，麦卡斯基先生已经被老伴锻炼成了一个随机应变的老手。他知道头一道小菜之后该上什么。他瞥见桌上有一盘配着酢浆草的烤猪肉，便端起这个来回敬，可随即又招来一个搁在陶器碟子里的面包布丁。之后，他很准确地甩过去的一大块瑞士奶酪正好打在麦卡斯基太太的眼睛下面。当她端起满满一壶又烫又黑的咖啡作为恰当的回礼时，根据上菜的规矩，这场战斗应该算是结束了。

不过，麦卡斯基先生可不是那种吃五毛钱客饭的人。让那些劣等的波希米亚人用咖啡当作结束吧，假如他们愿意的话，让他们去丢人现眼吧。他可要比他们精明得多。他不是没有见识过饭后用来洗手的水盂。当然，墨菲寄宿旅馆没有这种玩意儿，不过它们的代用品就在手边。于是，他很是得意地举起旁边的那个搪瓷脸盆，朝他老伴的头上一送。结果是麦卡斯基太太躲过了这一招。之后她伸手去拿熨斗，打算把它当做提神酒来结束这场可口的决斗。就在这个空当，一声响亮的哀号从楼下传来，她和麦卡斯基不由自主地停了下来，如此，一场混战才算暂时告一段落。

警察克利里站在房子犄角的过道上，正竖着耳朵倾听锅碗瓢盆的砰嘭声。

“约翰·麦卡斯基同他太太又开战啦。”警察思忖着，“我是不是该上楼去劝劝呢？算了，还是不去为好。他们是名正言顺的夫妻，平时又没什么娱乐，应该不会闹得太久的。当然啦，再闹下去的话，他们可要借用别人家的碗盏才能进行。”

就是这个时候，楼下响起了那声尖厉的号叫，这说明，不是有什么恐怖事件发生，就是情况相当危急。“也许是猫叫也说不定。”警察克利里咕哝着，匆匆朝相反方向走开。

坐在石阶上的房客们开始骚动起来。先是保险公司职员出身、以问长问短为职业的图米先生，走进屋去打听尖叫的原因。片刻工夫他回来报信说，是墨菲太太的小儿子迈克不见了。跟在图米先生后面蹦出来的便是墨菲太太本人——两百磅的眼泪搭配着歇斯底里，正呼天抢地地哀悼着失踪的三十磅的雀斑和调皮捣乱。或许你会说这种描写手法太大煞风景了，这一点不错。可尽管如此，图米先生还是挨在女帽商珀迪小姐的身边坐下，他们把手握在一起对墨菲太太表示同情。还有沃尔什姐妹，那两个整天抱怨过道里太嘈杂的老小姐，立刻询问有没有谁找过钟座后面。

跟他的胖太太坐在一起的格里格少校，从最上面的一级石阶站了起来，将外套扣好。“小家伙不见了吗？”他大嚷道，“我要在全市范围找找看。”他的妻子向来不准他在天黑之后出去，现在却用男中音的嗓门喊道：“去吧，卢多维克！看到一位母亲如此伤心而坐视不管的人，才真是没有心肝儿呢。”“亲爱的，给我三毛——不，还是给我六毛钱吧，”少校说，“小孩走失一般需要追到很远的地方。我可能要坐车子，身上得备些钱。”

坐在石阶最下面一级的是住在四楼后房的丹尼老头，此刻他正在借着街灯的亮光看报纸。他翻过一版，继续看那篇有关木匠罢工的报道。墨菲太太紧着嗓子朝月亮喊道："啊，我们的迈克呀，天哪，我的小宝贝儿你到底在哪儿呀?"

"你最后一次见到他是在什么时候?"丹尼老头问着，眼睛还盯在建筑公会的报告上面看。

"哟，"墨菲太太哀叫着，"我也记不清啦！也许是昨天，也许是四个钟头以前。我的小儿子迈克肯定是走丢啦。今天早晨——也许是星期三吧——我还看到他在过道上玩耍。可你知道的，我实在太忙了，连日子也记不清楚。屋子里上上下下我都找遍了，就是找不着他。哟，老天哪——"

任凭人们怎样喧闹、喊骂，这座大城市始终是沉默、冷酷和庞大的。有人说它是铁石心肠，说它没有恻隐之心；有人把它的街道比作荒寂的森林和熔岩的沙漠。其实不然，我们常说龙虾的硬壳里面还可以找到美味可口的食品呢。这个说法也许不很恰当，不过，不至于惹谁不满。要知道，没有足够的把握我们是不会随便把人家叫做"龙虾"（美国俚语中把容易受骗的人称作"龙虾"）的。

一个孩子的走失比任何灾害都能引起人们的同情。要知道他的小脚是那么柔弱无力，而世道又是那么崎岖坎坷。

格里格少校匆匆拐过街角，进了比利的铺子。

“来一杯威士忌苏打。”他对伙计说，“你有没有在附近什么地方见到一个孩子，六岁左右，有点罗圈腿，小脸也有些脏兮兮的？”

而此时，坐在石阶上的图米先生对孩子丢失的事情并没有反应，他依旧握着珀迪小姐的手不放。

“想起那个可爱的小家伙，”珀迪小姐无限怜悯地说，“失去了母亲的保护——柔弱的他或许已经倒在马蹄下面了——哦，这太可怕了！”

“可不是吗？”图米先生捏紧她的手，很是赞同，然后他说，“你看我要不要出去帮着找找他呢？”

“或许你应该去，”珀迪小姐说，“不过，图米先生，你这样见义勇为，这样不顾一切，可如果你出于热心而遭到了什么意外的话，我怎么——”

而另一边，丹尼老头依旧用手指顺着报纸上的一行行字，继续看着那篇仲裁协定。

二楼前房的麦卡斯基先生和太太走到窗口来喘口气。

麦卡斯基先生弯起食指一心一意地抠着坎肩里面的萝卜；而他太太则用手揉擦着眼睛，想必是被烤猪肉里的盐分搞得很不自在。这时，楼下的喧哗声吸引了他们的注意，两人把头伸出窗外。

“小迈克不见了，”麦卡斯基太太压低了嗓门说，“那个可爱的、淘气的、天使般的小家伙！”

“那个小家伙走失了吗？”麦卡斯基先生说着把身子探出窗外，“哎，那可真是糟糕。孩子走丢可就严重了，不过若是换了女人则另当别论了，因为她们一走就天下太平。”

麦卡斯基太太没有理会这句带刺的话，她突然拽住丈夫的胳膊。

“约翰，”她十分激动地说，“墨菲太太的孩子不见了。这个城市太大，小孩子很容易走失。何况他只有六岁啊。约翰，想想看，如果我们六年前生个孩子的话，现在也有这么大了。”

“可我们从来没有生过呀。”麦卡斯基先生把事实琢磨了一会儿，然后说。

“我是说如果我们生过的话，约翰，如果我们的小费伦今晚迷了路，不见了踪影，你想我们心里该有多难受呀！”

“你在说什么疯话。”麦卡斯基先生说，“他应该叫做‘帕特’才对，跟着住在坎特里的我父亲的名字来起。”

“你胡扯!”麦卡斯基太太说，话虽如此，可她的语气听起来并没有火气，“我哥哥抵得上十打泥腿子麦卡斯基。孩子一定要起他的名字。”她说着从窗台上探出上身，还不忘观看下面的热闹。

“约翰，”麦卡斯基太太转而温和地说，“对不起，我刚才对你太急躁了。”

“正如你说的，”麦卡斯基先生说，“急躁的布丁，匆忙的萝卜，还有撵人的咖啡。你不妨称这些为一客快餐，这样才贴切得很。”

麦卡斯基太太伸手勾住丈夫的胳臂，接着握住他那粗糙的大手。

“你听听，可怜的墨菲太太的哭声多悲惨。”她说，“一个小不点儿的孩子在这样一个大城市里走失，实在太可怕了。如若换了我们的小费伦，约翰，光是想想我的心都要碎啦。”

麦卡斯基先生不自在地从太太手里抽出了胳臂。不过，之后他又把手搭在了他太太的肩膀上。

“这种说法听起来虽然荒唐，”他粗鲁地说，“但如果我们的小——帕特碰上绑票一类的事，我也要伤心的。不过不管怎么说，我们从来没有生过孩子。唉，朱迪，有时候我太不应该，我对你太粗暴了。你别放在心上。”

两人偎依着，望着下面一场正在演出的伤感的悲剧。

他们这样坐了很久。

人们在过道上涌来涌去，凑在一起打听消息，传播着许许多多的谣言和毫无根据的揣测。墨菲太太如同犁地似的在他们中间进进出出，脸上的泪水如瀑布般流着，哗哗直响。报信人你来我往，忙个不停。

突然，寄宿舍门前响起一片嘈杂的人声，人群中又闹腾开了。

“又是怎么回事，朱迪？”麦卡斯基先生问道。

“是墨菲太太的声音。”麦卡斯基太太一边倾听，一边说，“她说她在屋里找到了小迈克，原来小家伙在床底下的一卷漆布后面睡着了。”

麦卡斯基先生听了哈哈大笑。

“你的费伦就是那样。”他讥讽地喊道，“换了帕特，才不会玩那种鬼花样呢。我们那个未曾出生的孩子如果真的走丢的话，尽管叫他费伦好啦，看他像条小癞皮狗似的躲在床底下。”

麦卡斯基太太没再说什么，她慢吞吞地站起来，朝碗柜走去，两个嘴角往下一沉。

人群散开之后，警察克利里才从拐角那儿踱回来。他竖起耳朵听着麦卡斯基家的住屋，不禁大吃一惊：里面铁器瓷器的砰嘭声，摔打厨房用具的哐啷声，听上去就跟刚才一样的响亮。克利里掏出挂表看了一眼。

“好家伙！”他脱口喊道，“照我的表看来，约翰·麦卡斯基同他太太的这场战争已经干了一小时又十五分钟。他太太的体重比他多四十磅，希望他加把劲不要输得太惨。”

警察克利里拐过街角，慢悠悠地踱着步子走了。

丹尼老头也折好报纸，慌慌忙忙地走上石阶，因为他发现墨菲太太正准备锁上门过夜。

幽默家的自白

有一种疾病没给我带来过任何痛苦，虽然它已经在我身上潜伏了二十五年。突然有一天它发作了，每个人都看出来了，并且都说我得了这种病。

不过，这种病不是麻疹，而是幽默。

公司里的职员们为了庆贺经理的五十大寿凑份子买了一个银质的墨水台，我被选为赠送礼物的发言人。这天，我们大家一起拥进了经理的办公室，我说了一段足足准备了一个星期的贺词。

演说非常成功。在我的演说词中有警句，有一语双关，更有精彩的笑料，以至于大家的反应很热烈，笑声几乎震倒了我所在的这家公司——在五金批发行业中，它的位置已经足够坚固了。当然，我们的经理老马洛也笑了，笑容还很夸张。也就是从那一天起，具体一点说，是从那天上午的九点半起，我作为一名幽默家的名声便传开了。

同事们对我的赞叹并没有因为生日聚会的结束而宣告结束，相反却是愈演愈烈。在之后的好几个星期中，时不时总会有同事跑到我的面前称赞我那天的演说，他们甚至还会把演说词中的一个细节拿出来仔细分析，之后反复强调这句话到底有多么精彩。

这件事情之后，大家对我的要求似乎变高了。所有的人都可以平淡地谈论公司里发生的事情和当天的话题，只有我不行，因为大家希望我能说出惊人的句子，以让这个谈话变得更加轻松有趣。他们喜欢听我拿陶瓷开玩笑，当我把一件精美的陶瓷器皿讥讽一番时，他们简直开心得不得了。

在公司，我的职位是记账员。以往我的工作只是递交报表，而现如今我的任务除了递交报表，还得以一份资产负债表的总额为题，讲一个幽默的段子，或者是在我开出的一张犁具发票中找到一些笑料。假如我只是单纯地完成工作，而没有幽默的只言片语，那么其他同事会觉得很失望。

就这样，我的幽默被大家认可，并且逐渐尽人皆知，我成为了一位“名人”。只不过我所在的镇子很小，当名人其实是件很容易的事情。后来，我的一些幽默、讽刺的言论时常被当地的一家报社刊载，我还被各种聚会邀请出席。如此一来，在镇子里，我几乎成了必不可少的人物。

我自信我有这方面的天赋，再加上我本来就有些小聪明，遇到事情往往可以随机应变，所以我打算努力培养自己这方面的本事，在实践中锻炼我的幽默，以便让这种技能能够尽善尽美。我知道，幽默的本质是善良亲切的，绝对不能依靠贬损他人、得罪他人来取乐。而我能做到的是，当一个人微笑着向我走来的时候，我往往会在对方走近我的过程中，便能想到让他由微笑变成哈哈大笑的语句。

我结婚很早，现在有一对非常可爱的儿女。男孩三岁，女孩有五岁了。做为一名小小的记账员，我的薪水不是很多，但这已足以让我们全家在一幢绿荫掩映的小房子里温馨度日。我并不觉得钱多就是好的，我相信过多的财富也会带来额外的烦恼。

在最开始的时候，我会主动将我写的几个小笑话和有趣的随感寄到一些登载幽默文学的杂志社。幸运的是，只要是我寄出去的文字都会被杂志刊登，甚至还有编辑给我来信向我约稿。这一天，我收到了一封来自著名周刊的编辑来信。他在信里说，要我试着写一篇幽默小品文，用来填补一个专栏的版面，他说如果这篇文章的效果很好，那么他将为我开辟一个专栏，如此一来我每周都可以刊登一篇文章了。这对我来讲真是激动得很，于是我欣然接受了这个编辑的提议。

不出所料，由于我的小品文受到了热烈的追捧，所以这位编辑主动提出和我签订一年的合同。当然，我从中获得的薪金也要远远多于在五金公司的报酬。这个消息让我既高兴又振奋，更甚至，在我妻子的眼里我俨然已经成了一位顶尖的文学大师。那天晚上，我们一家人吃了一顿大餐。我觉得这是我人生的转折点，我知道这是我摆脱枯燥工作的最好时机，于是我很认真地和路易莎商量了一下未来的规划，最终我们达成一致：我去辞掉在五金公司的工作，潜心在家创作幽默文学。

辞职那天，同事们给我开了一个热烈的欢送会。在这个欢送会上，我自然发表了一段精彩而又幽默的演说，并且我的这篇充满才华的演说稿被当地的一家报社全文刊登。

到了第二天，我一睁开眼睛，便着急地大喊："天哪，我要迟到了。"我慌乱地去翻找上班时要穿的衣服。还是路易莎在一旁提醒我，说我已经不用再为资本家打工了，我现在已经是一位作家了。我才想起有这么一档子事。

刚吃完早餐，路易莎就迫不及待地把我拉到厨房旁边的一个小房间里。怪不得路易莎的脸上一直洋溢着笑容，原来我可爱的妻子已经为我准备了书房。只要是写作所需要的工具，书房里一应俱全，如桌子、椅子、笔、墨、纸、字典，还有烟灰缸及插满新鲜玫瑰和金银花的花瓶。她真是一位心思细腻的姑娘啊，竟然还在桌子上放了一小包巧克力，或许她听说作家在寻找灵感的时候需要一块巧克力。快来看看，墙上还挂了去年的日历，当然，故事总是发生在以前的某一天的。

我坐到了我的书桌前，开始着手成为一名作家。酝酿幽默的时候，我的目光停留在壁纸上。从远处看，这个壁纸的图案不是固定的，就像天空的云朵总会让我们想象出不同的东西一样。它有些像阿拉伯的一些花的模样，也有些像苏丹宫女，或者还像其他什么，或许只是一个个四边形而已。

这时，路易莎的声音把我从沉思中惊醒，她说："亲爱的，如果你现在不是很忙的话，那就过来吃饭吧。"听到妻子的话，我不禁看了一下时间，这一看真把我吓了一跳，原来五个小时的时间就这样无声无息地过去了。如果收走时间的是位老人家，那他还真是位从不感情用事的严格的执行者。好吧，看来我是该去吃饭了。

当路易莎看到我的时候，满是心疼地说："亲爱的，你才刚开始写作，不要把自己弄得太辛苦。我记不清是歌德，还是拿破仑了，反正有位名人说过，脑力劳动每天不要超过五小时。那么今天下午，你可不可以带我和孩子到树林里散散步呢?"我很坦白地说："我还真的有些累了。"于是，我们夫妻二人带着孩子在小树林里度过了一个下午的美好时光。

说到写作，我还是有一定天赋的，没过多久，我就找到了专职作家的感觉，写作也就变得挥洒自如了。我的文章在一个月内源源不断地涌现，就像我原来公司的五金器皿出货时一样。是的，我成功了。不仅如此，我还声名远播，因为我的专栏不仅引起了社会读者的关注，还引起了评论界人士的小小骚动。他们会低声地议论我的名字，说我是幽默作家里的新秀。除了我负责的专栏，我还将我的其他作品投递到别的刊物，所以钱也赚得越来越多。

在这段时间里，我摸索到了这一行的诀窍。假如我有一个有趣的想法，那么我把这个笑料写成笑话也就两行文字，如此我可以赚一块钱。如果我将这个笑话再添枝加叶地伪装一下，那么就变成四行文字，这样我可以多赚一倍的钱。然而，在此基础上，如果我再将这个四行的短文加上韵脚，配上美丽的插画，它就会变成一首诙谐幽默的讽刺诗。而且，你根本看不出它原本只是一个笑话。

渐渐地，我们家开始有了些积蓄，所以添置了新的地毯，还买了风琴。这个小镇上的居民开始意识到我已经成了名人，所以他们开始对我刮目相看，我再也不是那个只在五金店打工的小人物了。

但是这种文思泉涌的状态只维持了五六个月，在之后的日子里我觉得我的才思枯竭了，我再也不能出口成章了。我的幽默感在远离我，我的那些漂亮的双关语也不再出现，甚至有时我已经找不到写作的素材了。于是，我开始特意倾听朋友们的谈话，希望从中能够汲取一些写作的素材。我经常一个人在书桌前冥思苦想，但这只能让我有更多的时间来咬着铅笔，盯着墙纸，对我的写作没有一点儿帮助。我只是想写出一些看起来不那么做作的，又有一些好笑的泡沫而已。

现在的我，在朋友们的眼中已经变成了另外一个人，就像是一只吸血鬼，总是无情又贪婪地吸吮着他们的言辞。我会经常和朋友们在一起，但再也不是那位总能给他们带来惊喜和幽默的人了，因为我的笑话和讽刺都是用来赚钱的，我不能免费送给他们我赖以谋生的东西。我只是在一旁听着他们聊天的内容，一旦出现了一些精彩的言论和词语我就会偷偷转过身，用纸笔将它们记录下来，以备不时之需。有时没有带纸，我甚至会将这些笑料写在我自己的袖口上。我承认，这很煞风景，并且有些厚颜无耻，但我必须这么做。每当如此，我的朋友们都会用一种怜悯的目光看着我。

或许我不是吸血鬼，也不是摩罗神，我没有那么神气。我只是一只骗吃骗喝的狐狸，而我的朋友们就是乌鸦。我站在树下，赞美着乌鸦，祈求它能开口唱歌，之后它嘴里的肉掉下来，变成我的幽默作品中的一部分。但是时间一长，我的角色又改变了，我也不是狐狸了，我成了瘟神，大家都开始躲着我。

我的生活轨迹就是寻找笑料，但可笑的是我居然忘记了怎样笑。即使听到了某些我可以盗为己用的笑话，我也只是机械地记录，脸上毫无表情。我四处奔走搜集笑话，我监听所有人的对话，不分时间地点。即使在教堂中，我那龌龊的搜寻工作也没有停止过。当牧师开始朗诵赞美诗时，我也在一刻不停地功利地找着笑点：“赞美诗”，这让我想到了有同样尾音的“吃零食”，之后我又联想到了吃零食的人。从韵律想到相遇，再从相遇想到与她相遇。我只注意他们说过的词会不会牵引出一丝一毫的幽默，完全忽略掉了赞美诗的含义，也忽略掉了这里是神圣的教堂。庄严而带领人们进入美好心境的唱诗，只不过是我遐想的伴奏而已。我在思考怎样将女高音和男高音、男低音相互嫉妒的老旧笑话重新演绎，变成我的稿费。

我除了在外面寻找笑料，对家里也必定不能放过。我的妻子是一位非常贤良淑德的人，并且率真而有同情心，当然还有些任性。在此之前，她所说的话总是能给我带来快乐，因为在她的思想中，快乐就是一个组成部分。但是现在，我不得不将她的快乐变成我的矿藏，毫无节制地开采，将女人的可爱和可笑这种矛盾的思想变成我谋生的饭碗。原本这些淳朴的欢笑只应该在家庭中享用，而我现在却将它们变成了商品肆意兜售。

我就像一个贪婪的恶魔，不断地鼓励她讲更多的话，而我善良的妻子完全不知我的用意，她毫无防备地向我敞开心扉。我把它们复制在毫无感情的纸张上，任凭别人评论。我就像《圣经》里出卖耶稣的犹大，亲吻只是为了索取和出卖。为了那区区的稿费，我将她对我说的私房话粗略地穿了件外衣，便装模作样地展现在大众面前。我亲爱的妻子，我就像一匹狼一样盯着你这只小羊羔。每天晚上，当你睡着了，我还试图窃听你的呓语。希望在你的喃喃梦语中找到一丝灵感，为我第二天的工作做准备。

这样的生活是不是很糟糕，然而这只是一个开始，更糟糕的在后面。我开始对我幼小的儿女下手，我将魔爪伸进了天真孩子们的童言童语中。不得不承认，我的两个孩子盖伊和维奥拉就如同两个生机勃勃的智慧喷泉，他们的童言趣语体现了另外一种天真的思想，深受读者的喜爱。于是我将他们的幽默变成了另外一家杂志上的专栏，名为“童言妙想”。因为是专栏，所以必须定时交稿，也因为这样，我不得不经常潜伏在孩子们的身边，就如同那些要搞偷袭的猎人一样。我会躲在沙发和门的后面，我会匍匐在院子里的树丛中，为了听他们无意中的对话，我将自己变成了一个彻彻底底的偷窥者，除了自责外，我与那些野蛮的掠夺者毫无区别，以至于我的孩子们开始对我避之不及。就像那一次，我的交稿期限马上就到了，必须在规定的日子邮递出稿件，所以我不得已再一次潜伏在孩子们玩耍的院子中。我把自己藏在一堆树叶下面。我自认为这个伪装毫无破绽，孩子们一定觉察不出我的存在。但事实太出乎我的意料，我实在不敢相信盖伊不仅发现了我，还在那堆落叶上生了把火。这把火不仅毁了我的新衣服，还差点把我直接火化，但是我仍然不会责怪孩子，因为我知道这是我的错。

这件事过后，我的孩子见到我之后的反应就更加夸张了。每当我想偷偷地靠近他们的时候，第一个发现我的人就会喊：“爸爸来啦。”之后两个孩子便同心协力地快速收拾玩具，去另外一个安全的地方玩耍。

在家庭中，我变成了孤立的幽魂，没有人愿意和我交谈，但我的收入却日渐丰厚。不到一年的时间，我攒下了一千美元。如果一个人的生活品质完全可以用物质衡量，那么我的生活倒算不错。但生活没那么简单。我为了钱，失去了温馨的家庭和朋友，失去了所有的人生乐趣。在精神上我就像一个逃荒者。或许用一个好的比喻，我就像一只蜜蜂，忙碌地、贪婪地吸吮着正在盛开的花朵中的蜜汁，那是花朵最美丽的年华。所以花朵们看见带刺的我就会自然地恐慌、畏惧，巴不得赶快逃走。

有一天，我正从彼得·赫弗尔鲍尔殡仪馆门前经过，彼得站在门口，面带微笑地向我打招呼。我好久没有遇到这样的情况了，在这几个月里，我的朋友见到我都是转身逃走的。是难过还是感动？我不知道，总之我停下了脚步。于是，彼得请我进去坐。由于那天下了雨，空气中湿气太重，有些阴冷，所以彼得带我进到殡仪馆后面的一个房间后，生了一个小炉子。这时，一个顾客上门，彼得让我自己先待会儿。也就是在我独自一人坐在这个温暖的小屋时，我突然顿悟了一种宁静、自然的满足感。

我环顾四周，满是与殡仪馆相关的配备。一排排发亮的黑黄檀木棺材，棺材上有黑色的棺衣，还有棺材架、灵幡、羽毛……这里的安详与庄严营造出了一个最佳的沉思场所。因为这里距离死亡太近，这里是所有生命的边缘，所以这里永远被沉寂的氛围笼罩。当我一踏进这个屋子，所有的尘缘琐事便烟消云散。我无心思考什么幽默，只想让我的心灵躺下来休息一下，四周陪伴我的是那些曾经的温柔。前一刻钟，我还是一个被家人和朋友孤立的幽默家；后一刻钟，我却成了一个看破世间琐事的哲学家。我终于找到了一个能让我安心的地方。在这里，我不用煞费苦心地制造那些我已经完全失去兴趣的幽默；不用挖空心思地去琢磨一句话如何表达才会更讽刺；不用为了一个笑料、一个噱头去偷窥、去剽窃别人的思想，让自己斯文扫地。

过了一会儿，彼得回来了。因为在此之前，我和他还不是很熟悉，所以我没有先开口说话。但是我也很害怕他一开口就破坏了这里的圣洁和庄严，破坏了我刚刚感受到的一切，成为恬静美梦中那刺耳的声响。不过最终我知道了，我的担心是多余的。他的谈吐与这里的气氛相得益彰。他是我这辈子见过的最为朴实的人，即使是死海，与他相比也会如同喷泉。他的言语中没有一丝油腔滑调和精彩措辞，他的陈词老调就像这里的黑莓一样普遍。他的平铺直叙，如同每周一固定发布的股票行情，轻而易举地就让人忽略掉。然而，他那沉闷的话语居然让我激动得微微发抖。为了确认，我用我最经典的笑话试探他。果不其然，就像打太极一样，他将力卸得无影无踪，我的笑话在他那里没有一点成效。从那刻起，我喜欢上了我面前的这个人。

从那以后，每周我都会挤出两三个晚上偷偷溜到彼得这里，待在那个能让我心情沉淀的小房间里。我沉迷于这里，因为这是唯一能给我带来快乐的地方。我会早早起床，我会快速做完我该做的工作，只为能够快些来到这里。因为在除此之外的任何地方，我都会想方设法地搜索幽默的素材，这已经变成了习惯，我无法控制。但在这里，我即便想这样做，也不会得到任何有价值的信息，无论我怎么抛砖引玉，他都会按他自己的语言习惯平铺直叙。不过也正是因为这样，我的精神好多了。当然，每个人都需要通过娱乐的方式来释放自己的压力，我需要的就是这里。我在街上邂逅朋友时，偶尔也会面带微笑地和他们打招呼了，甚至还会说上一两句开心的话，这让我的朋友们很惊诧。在家里也有那么几次，我会和家人畅所欲言，开怀大笑，这同样让我的家人瞠目结舌。我一定是被之前的状态折磨得太久了，以至于我现在就像是一个不爱学习的孩子一样，格外珍惜来之不易的假期和休闲时间。

孩子贪玩自然不能好好学习，一个幽默家贪玩必定会影响他的作品。虽然写作对我来说已经不是那么痛苦的事情了，甚至在创作的过程中我还可以一边吹着口哨，一边文思泉涌。但我却收到了几封退稿信。因为我总是急于想完成手上的工作，完成我很不感兴趣的工作，然后跑到彼得那里，体验那种能让我快乐的感觉。这就如同一个白领急于下班，将自己置身于酒吧中，排解一天的忧愁。

不过我的行为开始让我的妻子担忧了，她不知道我最近为什么总是频频消失一个下午，她也肯定猜不到我到哪里去了。不过我依然不想告诉她，因为你知道的，这个可爱的女人她一定理解不了，甚至还会被吓到的。

出于喜爱彼得的那个小屋，所以我爱屋及乌地喜欢上了与殡仪馆有关的小玩意。有一天，我将棺材上的银质把手拿回家，作为我的镇纸；还有用来装饰灵车的羽毛，我也将它们带回来，用来轻掸纸上的灰尘。我大大方方地将它们放到了我的几案上，每当我看到它们，就会联想到那个带给我温暖和快乐的小屋。但是当我的妻子看到它们时，她被吓坏了。我只能用蹩脚的谎言来安慰她，但显然，从她那恐惧和疑惑的眼神中，我看得出她依旧恐慌。所以我只能把它们拿走。

有一天，我又来到彼得的殡仪馆，这一天他向我提出了一个让我激动不已的建议。他先是拿出了一本账册，之后用他固有的波澜不惊的语气和我说，他的事业正处于上升期，营业额也在不断增长，所以他想寻求一个合伙人，将事业做大。他说，在他认识的人当中，只有我是最适合的股东。满心欢喜的我，丝毫没有犹豫。当我离开殡仪馆的时候，彼得已经拿到了我的一千美元存款的支票。我的身份发生了改变，我已经是这家殡仪馆的股东之一了。

我欢天喜地地回到家，虽然我依旧心存顾虑，不知道该不该把这件事告诉我的妻子，但这并不影响我内心喜悦之情的外溢。因为从此之后我再也不用为了生计而将自己变成幽默的工具；为了按时供稿，不得不将自己变成另外一个人；为了取悦别人，而将自己的思想压榨得粉碎。一想到这些，此时的我便有种被释放的畅快。

晚餐过后，我的妻子将今天收到的信件交给我，其中有几封依旧是退稿信。其实，去彼得那里之前，我写出的每则幽默短文和随感都需要挖空心思，将自己折磨一番。

但是自从那之后，我的思路不再闭塞，写作的速度变得很快，只是退稿现象有些明显了。在众多的来信中，其中有一封是来自那家改变了我命运的，和我签订一年合同的周刊。我迫不及待地将信打开，信中写道：

尊敬的先生：

根据合同内容，我社与您签订的以一年为期限的约稿合同将于本月到期。我们不得不很抱歉地通知您，我社没有续签计划。其实您的作品诙谐幽默，一直广受读者的喜爱和好评，我社也非常欣赏。但近两个月，我们发现稿件的质量有明显的下滑。

较之前的行云流水、幽默生动的作品，近来的作品则显得矫揉造作，而且辞藻堆砌的痕迹也很明显，甚至有些佶屈聱牙，显得作者力不从心。

所以我社决定不再刊登您的稿件，我们为此而感到十分遗憾，再次送上我们的歉意。

看完这封信后，我便将它递给妻子。她一边看信，表情一边不由自主地变化，直到看完后，她的眼里已经盈满了泪光。她愤慨地说："这些家伙肯定是不识货。我相信你的文章还是一如既往的好，何况你写作的时间比以前减少了一半还多。"

而当这可爱的小女人气愤地发完牢骚之后，她忽地想到了钱，想到了以后将没有人提供给我们经济来源，于是她带着哭音说：“哦，约翰，以后我们该怎么办，你有计划吗？”

我没有回答她的问题，只是站起身，绕着餐桌跳起了舞。我想妻子一定会认为我被这个残酷的事实逼疯了。而我的孩子们的表现则恰恰相反，他们倒是很希望我丢掉那份让我变成另外一个人的工作。因为他们正跟在我的后面，模仿着我的舞步，高兴得大喊大叫。我想他们此时一定在想：我们以前的爸爸回来了，他又可以陪我们玩耍了。

想到这里，我简直是太高兴了，便说出了一个精妙的提议：“晚上，我们去狂欢。先去看戏，之后到皇家饭店美餐一顿。伦普蒂——迪德尔——迪——迪——迪——登。”当然，我还要把我高兴的原因解释给我善良的妻子听。于是我大声地宣布：我已经是一家殡仪馆的股东了，并且我相信这份事业将会有很好的前景，所以，就让那些幽默作品见鬼去吧。我的妻子看了看摆在她眼前的信，如今她已别无选择，因此她也觉得这或许是目前最为明智的决定了。只是她无法理解彼得，也无法理解彼得的殡仪馆。哦，不，这家殡仪馆也是我的了，我已经是这家企业的股东了。在我们那间充满温馨和快乐的小屋中，一切是多么的美妙啊！

故事还没结束，下面，我要说一下我现在的状况。如今，在这个镇子里，你依然能够看到那个最会讲笑话，最会让人快乐的人，当然，那个人依旧是我。我的笑话再一次被大家广为传播，并且成为大家茶余饭后回味无穷的经典，乃至被无数人引用；我呢，还是继续听着我那可爱妻子的唠唠叨叨，但只是作为夫妻间增进感情的聆听与分享，不再存有任何功利目的；我的一双儿女又重新喜欢上了我，他们在我的面前不受拘束地说着那些天真与浪漫，并且充满着小小智慧与哲理的话语，不过我不会再拿着小本子将它们一一记录下来了。对了，还有我的生意。殡仪馆的生意很好，我负责掌管公司的账目和料理店铺，彼得呢，则负责联系业务。他不无赞叹地说我的机智、幽默和活泼会让任何一个葬礼都变成具有爱尔兰特色的追悼宴席。

警察与赞美诗

苏比心事重重地躺在麦迪逊广场的长椅上。当大雁开始在夜空中穿行、鸣叫；当一个女人因为没有毛皮大衣而对她的丈夫越发温柔；当苏比心事重重地躺在街心公园的长椅上时，那么你应该知道，冬天将至。

一片枯黄的落叶飘到了苏比的膝盖上，那是霜冻的前兆。霜冻这个节气真的很温情，每当它到来之前，总会给人们一些提示。在十字街头，枯黄的树叶变成了一封提示人们的信笺，北风这个信使将它带给在室外的人们，好让这个城市的居民作好准备。苏比当然也看到了这封信笺，他知道他将一个人抵挡这即将到来的寒冷冬天了。为此，他在长椅上辗转反侧。

对于如何度过寒冷的冬天，苏比没有太多的奢望。他既没想过到地中海海上泛舟；也没想过可以移驾南方，睡眼惺忪地沐浴在温暖的阳光中；更没奢望过到维苏威海湾戏水漂流。他的心愿只是可以住在岛上，三个月不用担心食宿，再有几个志同道合的朋友相陪，过三个月没有寒风、也没有警察的舒服日子。对于苏比来说，这个心愿已经是他最梦寐以求的了。

这些年，好客的布莱克韦尔岛的监狱一直是他过冬的地方，就像那些幸运的纽约人可以去棕榈滩和里维埃拉度假一样，他也要赶紧安排逃奔到岛上的事宜。现在到时候了。在前一天的晚上，他睡在那个古老的喷泉广场的长椅上，他用了三沓星期日的报纸，分别包裹着上身、脚踝和大腿，但依旧没有抵挡过严寒的侵袭。所以，那座温暖的岛再一次出现在他的脑海之中。他厌恶布施，鄙视那些自以为是的慈善家为流浪者提供的救济。他认为法律比慈善事业更仁道。虽然在这座城市里，无论是政府，还是民间团体设立的救助机构一个挨着一个，只要苏比去申请就会得到一个住所、几顿饱饭，并且能过上标准化的简朴生活。但是苏比是一个将灵魂看得更加崇高的人，他不愿意接受嗟来之食，他觉得施舍是一种对人格的侮辱。没错，他可以不花一分钱就从慈善家那里得到住所和食物，但付出的代价是精神上的屈辱。就像深得恺撒器重和宠爱的布鲁图斯最后却刺杀了恺撒一样，如果要睡在免费的床上，就必须按照他们的规定去洗澡；如果要吃那些免费的食物，就必须老老实实地交代自己的来历。在慈善家面前，那些求助者没有隐私和尊严可言。所以相对而言，还不如去“求助”于法律。法律虽然无情，但不会刨根问底地究查这个人的身世，也不会干涉一个绅士的行为。

苏比的心意已决，他必须要去那个岛，所以他必须开始准备了。其实想要实现那个愿望，说简单也简单，最佳的办法就是在一家餐厅酒足饭饱之后，告诉店家自己是个穷光蛋，就是来吃了顿霸王餐。那么店主就会不由分说地把他交给警察，再之后的事情，就是他被好心的地方治安官处理到岛上服刑。

苏比立即从长椅上翻身而起，踱着步走出了广场，穿过百老汇大街和第五大道交汇处的柏油马路，在坐落于百老汇大街上的一家富丽堂皇的酒店门口停了下来。在这种歌舞升平的地方，向来都是美酒佳肴的会聚地，也是那些衣着华贵的人士和各路精英扎堆的地方。

对于马甲上最后一颗纽扣以上的部分，苏比还是信心十足的。他刮了胡子，穿上了比较得体的上衣，配上了整洁的黑色领结。这个领结是在感恩节那天，教会的一位女士送给他的。现在，他所要做的就是能够走到餐桌前，如此他就算成功了。因为只要他坐下，只露出上半身，就绝对不会有人怀疑他了。苏比盘算着该点些什么饭菜，一只烤鸭应该就可以了，再配上一瓶白葡萄酒，还有卡门贝浓味奶酪、一小杯黑咖啡和一支雪茄。嗯，他想雪茄要一美元一支的就可以了，这样全部算起来价钱也不会太高，否则酒店的管理人员可能会因为心生厌倦而报复他。鸭子肯定能填饱他的肚子了，那样他就可以满心欢喜地开始驶往冬季避难所的旅行。

可是，事情总是那么不尽如人意，苏比刚到酒店的门口，侍应生就注意到了他那条破旧的裤子和走了形的皮鞋，于是他被一双有力的手动作敏捷地推得转了个身，就这样，顷刻间他站在了人行道上。就是那个转身的瞬间，拯救了一只鸭子的命运。

苏比无奈地离开了百老汇大街。看来赶赴度假岛的路充满了坎坷，一顿大餐是解决不了问题的，如果还想进监狱的话，只能另作他法了。

在第六大街的转角处，有一家商店依旧在营业，店内的装潢典雅别致，十分招揽顾客。苏比立刻心生一计，从道路边拾起一块石头便向店家的窗户砸去，众人因为好奇都赶了过来，警察当然在最前面。苏比站在原地等候，他双手插着兜，看着向他奔跑过来的警察。警察衣服上的黄铜纽扣熠熠生辉，苏比不禁露出了微笑。

“砸窗户的人呢？去哪儿了？”警察恼羞成怒地问道。“你不觉得我就是吗？”苏比的语气中带着讥讽的意味，但态度却很好，因为他觉得他就要交好运了。

但警察并没有认为这件事和苏比有什么关系，他觉得没有人会那么蠢，砸完了玻璃还等着被抓，并且与法律的执行者说话时还能谈笑风生，他相信嫌疑人早已经离开了案发现场。这时，警察看到有一个人正在半条街外追赶一辆汽车，于是他便提起警棍向那个人跑去。当然，这次的追赶显然是无稽之谈，可是苏比却开始有些懊恼，他只能继续闲逛，以寻找下一个机会。

在马路的对面，有一个装潢普通的餐厅，不过在里面一定能填饱肚子，而且也不用花太多的钱。确实，这家餐厅很是一般，餐具质量粗糙，空气中弥漫着复杂的味道，饭菜也清淡无味，餐巾纸薄如蝉翼。苏比仍旧穿着那条充满了负罪感的裤子和鞋子，他走进了餐厅，等待着侍者的审判。最终，他坐在了餐桌前，并且吃了牛排、煎饼以及炸面圈和馅饼。饱餐后他直接叫来侍者说：“我没钱，所以你现在可以去叫警察了，动作快点，别让我等太久。”

“没有必要叫警察！”那位侍者说话的声音就像奶油蛋糕一样油腻，眼睛则像曼哈顿鸡尾酒里的红樱桃，他叫道，“嘿！这儿有一个骗子！”随后，两名侍者协同合作，动作敏捷而且熟练地将苏比扔到了那个又冷又硬的人行道上。苏比的左耳朵与粗糙的地面进行了一下紧密的摩擦。他艰难地从地上爬起来，将关节缓缓移动，就像是木匠打开一节节的折尺那样，最后还不忘掸了掸身上的尘土。看来想要被警察抓走，只是一个美梦而已，那个岛真的越来越遥远了，因为他看到在距离餐馆两扇门的地方，正站着一名警察，但他只是笑了笑，之后便走开了。

苏比一直走过了五个街区，他的心理在作怪，他又恢复了实施被捕行动的勇气。眼前就有一个千载难逢的机会，他志得意满地认为这次绝对可以成功。在他的前方，一位衣着朴素的可爱姑娘正痴痴地站在一家店铺的橱窗外，眼睛盯着橱窗里陈列的男士用来刮胡须用的水杯和墨水瓶架。而不到两米的地方，就有一个身材高大、壮硕的警察正依靠着消防栓站着，神情严肃。

苏比这回的策略是装扮成一个色鬼，侵犯的对象自然是那位端庄的姑娘，而一位严守自己岗位的警察就在不远处，眼前的一切让苏比相信他马上就会体验到警察那熟练的擒拿术，他相信当他的胳膊被扭住时，那将是快乐的。之后他就可以马上到达他的小岛了，寒冷的冬季将不会对他造成任何伤害。

苏比把教会女士送给他的领结扶正，又把已经缩进去的衣袖拉了出来，把帽子向后戴了戴，让它保持摇摇欲坠的样子，然后很痞地向那位姑娘走去。他对着那位姑娘抛了个媚眼，又突然干咳几声，嬉皮笑脸地在她旁边转来转去，将一个无耻的好色之徒的形象塑造得生动贴切。苏比偷瞄了警察一眼，果然那个警察已经注意到他了，并且眼睛死死地盯着他。那个姑娘避讳地走了几步，之后继续饶有兴致地看着橱窗里的展品。苏比也跟着姑娘走了过去，他像个痞子一样，举了举头上的帽子，大胆地说："哎，贝德莉亚，去我家玩玩怎样?"

警察仍旧寸步不离地盯着他。这个时候只要那位姑娘向警察示意一下，他就可以到那个岛上去过冬了。现在的他已经可以想象出警察局里的温暖与舒适了。但是人算不如天算，这位年轻的姑娘并没有转向警察的方向，而是转向了他，并且用一只手抓住他的袖口，兴奋地说："好啊，不过你得先请我喝一杯啤酒。倘若不是那个死警察总盯着我，我早就和你说话了。"年轻的姑娘攀附在他的身上，就像是常春藤缠绕着大树一样，他们两个人就这样从警察的身边走过。苏比感到十分丧气，他觉得他命中注定就是一个自由的人。当他们二人转过街角的时候，苏比用力甩开了那位女士的纠缠，拔腿就跑，一直跑了很远才敢停下。这时他才发现，他已经站在了灯火最为明亮的街道上，这里各色行人你来我往，上演着一幕幕真实生活的歌剧。名门淑女身穿貂皮大衣，绅士们则身穿礼服，即便在这样寒冷的冬季夜晚，他们都能迈着轻快的步子走来走去。此时的苏比感觉到一种恐慌，他害怕自己是中了某种魔咒而错失一次次被逮捕的机会，并且永远不会被逮捕，这个想法让他胆寒。直到看到明亮的剧院门口正在巡逻的警察时，他才又恢复了信念，他这次想用扰乱治安来进行绝地反击。

苏比开始像一个酒鬼那样，在人行道上大喊大叫，嗓子里发出的声音都是撕裂的。他用尽浑身解数，四肢全部都用上了，总之是想尽办法大闹一番。可是警察却轻松地玩转着警棍，背对着苏比，反倒对市民解释说："这是耶鲁大学的学生在庆祝自己球赛的胜利，他们让哈特福德学院一个球都没有攻进。这种庆贺的方式确实有点吵，不过还算可以忍受。我们已经接到上级的通知，所以就让这帮孩子尽兴吧。"苏比有些绝望了，他停止了毫无意义的吵闹。难道就没有一个警察愿意管他的闲事吗？在他的脑海中，那座小岛就如同是难以触摸的世外桃源。一阵寒风来袭，他只能把上衣的纽扣扣上。这时，苏比看到一个绅士正在一家雪茄店里摇晃着火苗去点燃手里的雪茄。就在那个人进入店铺的时候，顺手将自己的优质绸伞戳在了门口。苏比觉得这是个再好不过的机会，于是进了店铺，不紧不慢地拿起那把伞，再缓步离开。正在点雪茄的男士赶忙追了出来，他厉声怒斥：“这是我的雨伞。”“哦？是吗？”苏比用嗤之以鼻的态度回应，他完全不在乎在盗窃罪的罪名上再加一个侮辱诽谤罪，“既然是你的，那你报警好了，让他们来抓我啊。是的，你的伞就是我偷的，你快去叫警察啊。街角那儿就站了一个。”

伞的主人有些胆怯地放缓了脚步，而苏比也跟着慢了下来。苏比有种不祥的预感，这次他又会希望落空。而街角的警察正注视着他们。“当然，”那男人说，“那是——伞——哦，好吧。你知道有的时候难免会发生一些误会，如果这真的是你的伞，那我希望你能原谅我。我承认这把伞是我今天早上在一家餐馆里捡到的，如果你认出了它是你的，那么就物归原主吧。”

“它就是我的。”苏比气急败坏地说。伞的前任主人怨恨失意地离开了。那位警察则腿脚麻利地跑去搀扶一位身穿华贵礼服、身材火辣的金发女士过马路去了，他担心两条街上来来往往的车会不小心撞到她。

苏比继续向东走，当他穿过一条正在翻修的街道时，恶狠狠地将那把伞丢进了一个被挖开的坑里，嘴里不停地咒骂着那些戴着头盔、拿着警棍的家伙。他一心想犯错被捕，但偏偏变成了一个无论做什么事都没人说错的国王。

无奈之下，苏比又来到了通往东区的一条街道上，这里的路灯昏暗，但也比较安静。他沿着这条街往麦迪逊广场走去。纵使他的家只是公园里的一条长椅，但回家是一个人的本能反应。

可就在一个异常安静的街口，苏比停了下来。这里是一个古老的教堂，它的样式古雅，而且带有山墙。透过一扇已经褪色的紫罗兰色的窗，可以依稀看到里面柔和的灯光。毫无疑问，风琴师正在为了星期天的赞美诗而刻苦练习呢。甜美的音乐飘进了苏比的耳朵，他痴迷地将身体紧紧地贴在那些螺旋形的铁栏杆上面。月光皎洁、静穆，车辆和行人都很稀少，只有几只在屋檐下的麻雀偶尔在睡梦中发出几声唧唧喳喳的声音。此时，他仿佛身在一个让人肃穆的墓地之中。风琴师弹奏的圣歌把苏比牢牢地粘在了铁栏杆上。因为曾经他是那么熟悉这首圣歌，那时候他还对生活饱含热情，他还有母爱、玫瑰、理想、友情等一切纯洁的思想，当然还有洁白的衣领。此时，苏比的心软化了，风琴手弹奏的圣歌和这古老的教堂影响着他的精神和思想，他的心里产生了一种奇妙的变化。他突然恐惧地看到自己已经掉进了深渊，他正过着堕落的日子，作着毫无价值的打算，破灭的希望和欲望糟蹋着他自己的身体，还有卑鄙的动机——这一切就是他全部的生活。

突然，一种从未有过的想法让他异常激动。此时他有了一种要与命运作抗争的冲动。他要自己拯救自己，把自己拉出泥潭。他会再一次证明给世人看，他是一名真正的男子汉。他能战胜已经被邪恶念头所控制的自己。他还年轻，他的野心还在，他要去追求自己的梦想。管风琴发出的音符已经在他的思想中引发了一场革命。明天，他就要去嘈杂的市中心，寻找一份工作。曾经有一个做皮草生意的人为他提供了一个司机的工作，明天他就要去找到那个人，重新申请这个职位。他要成为一个对这个世界有用的人，他会……苏比感觉有只手正按在自己的胳膊上。

他霍地扭过头来，只见一位警察的宽脸盘。

“你在这儿干什么呀?”警察问道。

“没干什么。”苏比说。

“那就跟我来。”警察说。

第二天早晨，警察局法庭的法官宣判道:“布莱克韦尔岛，三个月。”

麦琪的礼物

怎么数，也只有区区的一美元八十七美分，其中的六毛钱，还是一分分的硬币。即便是这点儿钱，也是德拉从杂货铺、菜市场、肉食摊位那里厚着脸皮，软磨硬泡地砍价一分一分地攒下的。德拉不是厚脸皮的妇女，她在和商贩们斤斤计较的同时，也会暗暗脸红，她知道自己这样的行为会被别人所不齿，甚至是嘲笑，但是她没办法。德拉反反复复地把这一美元八十七美分数了三次，但每次结果都是一样。可是明天就是圣诞节了。

此时她还能做什么？除了在她那张破旧的小床上大哭一

场。她别无他法。她突然领悟到人生无非是由抽噎、哭泣和微笑组成的，而抽噎占了其中绝大部分。此时的德拉，这位家庭主妇，正在努力将自己的情绪平复，那我们先来看看她的家吧。

这是一套租来的公寓，屋子的主人为这个公寓添置了些破旧的家具。整体来看，这间屋子简直糟糕透了，如果说这是一所贫民窟的房子也会有人相信。就这样一套小屋，它的租金是每周八美元。

在楼下的门廊里有个信箱，可是投递员从来没有光顾过这里；在门边还有一个电铃，当然，它也从来没有被按响过。除此之外，门边上还有一张名片，上面写着“詹姆斯·迪林厄姆·杨先生”。

“迪林厄姆”这几个字，是名片的主人在其职场得意之时加上去的，那个时候，他每个星期的收入是三十美元。然而，随着他每周收入缩减到二十美元，那个名片上的名字也显得黯然失色了。或者这些字母正在考虑把当初张扬、高傲的“迪林厄姆”缩减成为谦虚的字母“D”。不过不是所有的一切都这么糟糕，每天当詹姆斯·迪林厄姆·杨先生下班回到家，走进自己楼上的房间时，詹姆斯·迪林厄姆·杨夫人，也就是前面提到的德拉，就会送给詹姆斯·迪林厄姆·杨先生一个大大的拥抱，并且亲昵地称呼他“吉姆”。

再说回德拉吧，刚才痛哭过后已经让她的心情平静许多，她起身，用粉扑掩盖一下自己刚才失态的痕迹，之后站在窗前。德拉呆呆地望着外面的一片灰色，灰蒙蒙的天空下，有一只灰白色的猫走在灰白色的篱笆上。或许这些灰色与德拉的心情有关。明天就是圣诞节了，然而德拉却只有那少得可怜的一美元八十七美分，这点钱能给她心爱的丈夫买怎样的礼物？她已经尽力了，在这几个月里，她省吃俭用，对自己已经十分苛刻了，只要能多节省下一分，她就会多节省一分。但是，每周的二十美元确实不够花，最终的支出总是比她预计得要多。无论她怎样努力，还是周周如此。德拉用了那么长的时间来筹备吉姆的礼物，虽然说筹备的时光是幸福的，但这一美元八十七美分怎样也买不到一件精致的礼物，至少是配得上吉姆的礼物。

在房间的两扇窗户的中间墙壁上，挂着一面镜子。这面镜子与这每周八美元的廉价房真是绝配。假设一个娇小身材的女生站在这面镜子前，那么她只能通过这种纵向的断断续续的影像，对自己的容貌和身材轮廓有个大致的了解。对于身材苗条的德拉来说，她已经深谙其道。

德拉在毫无征兆的情况下，突然将身体转向镜子，与镜子里的自己面对面而站，此时她的眼中闪烁着一丝光亮，但是这种光芒却维持了不到二十秒的时间，随后便被满脸的阴郁所取代。她快速地将绾起的头发拆开，它们像瀑布一样倾泻下来。

其实，德拉与她的丈夫詹姆斯·迪林厄姆·杨先生，各有一样引以为傲的宝贝。一件是詹姆斯·迪林厄姆·杨先生的金表；这块金表是他的祖父传给他的父亲，他的父亲又传给他的。另外一件，就是德拉的秀发。这样说吧，如果《圣经》中的希巴女王就住在德拉的对面，那么当德拉洗完头发，将头发伸到窗外晾晒的时候，希巴女王的所有珠宝都会黯然失色；如果所罗门王自己给自己的地下金库当守门人的话，那么当吉姆走过他的门前，掏出那块金表看时间时，所罗门王也会嫉妒吉姆有这样一个宝贝，乃至捶胸顿足。

眼前，德拉一头美丽的长发一直垂到膝下，披散在她那瘦小的身体四周，宛如一件棕色的晚礼服，光闪夺目；又如一道瀑布，微波起伏。可是，德拉只让这种状态保持了一瞬，便又立刻将其绾起，之后就傻傻地站在镜子前，满心踌躇，任由两滴热泪肆意地溅落在破旧的红地毯上。德拉穿上那件棕色的，有些破旧的外套，顺手戴上了依旧很破旧的棕色帽子，轻盈的步伐带动着衣裙飞扬。她走出房门，来到了大街上，只是眼里依旧还闪烁着泪光。

德拉走到一家店铺前，只见店铺的招牌上面写着：索弗罗妮夫人——头发制品专营店。她不由自己多想，快步冲上楼去。进入店铺时，她已经气喘吁吁了。德拉定了定神，看见一位体态臃肿的妇女。她面色苍白，态度严正，一副不可接近的样子。这个人与“索弗罗妮夫人”这个名号一点都不相称。

德拉问道：“你买头发吗？我想卖掉我的头发。”那位夫人说：“是的，我买头发。把你的帽子摘下来，我先看看你的头发。”棕色的瀑布一泻而下，美丽极了！那位夫人一边老到地抓着德拉的头发，一边说：“二十美元。”说实话，无论出多少价钱，对于这完美的头发而言都是少的，只是德拉已经下定了决心，她无心讨价还价，只想快些结束这场交易，于是她说：“就这么定了，快给我钱吧。”

快乐的时光就像是装了翅膀，总是流逝得格外快，不管这个比喻是否恰当，但在接下来的两小时里，德拉确实从一家店铺逛到另一家店铺，一家家搜寻着适合吉姆的礼物。

几番周折过后，德拉终于找到了适合吉姆的礼物。与其说是适合，不如说这就是为吉姆准备的。这是再好不过的礼物了，一条简洁大方的白金表链。白金的品质上乘，除了镂空的设计别无其他，正如一切高贵典雅的艺术品一样，它无须过多庸俗的装饰。这条表链与吉姆的金表简直就是绝配，当德拉看到它的时候，她就知道它是吉姆的了。因为高贵而不张扬的表链与成熟又稳重的吉姆相得益彰。德拉花了二十一美元将这条表链买下，紧攥着剩下的八十七美分往家赶。一路上她都在想，这下吉姆可以大大方方地用他的金表看时间了，他再也不用因为羞愧于金表上那破旧的皮带而总是偷瞄时间了。

一路上的兴奋与喜悦都在德拉进门的刹那开始慢慢消退了。她的表情从小女人的那种快乐变得谨慎而又充满智慧。她麻利地找出烫发的工具，开始着手补救因为爱，因为慷慨而造成的损坏。这是德拉今后的工作中最难的一项，简直是一项了不起的工作。

在不到四十分钟的时间里，德拉的头上布满了密密麻麻的小卷，它们紧贴着她的脑袋。她死死地盯着镜子，打量着镜子里那个人，怎么看怎么觉得完全是一个习惯逃学的小男孩模样。德拉将头转向左面，之后又转向右面，挑剔地看着自己的新发型，自言自语道：“如果吉姆看到现在的我，一定想要把我杀了。如果我能幸存，他也会觉得我像康尼岛上的卖唱姑娘。但是，我真的没有别的办法了，一美元八十七美分真的什么都做不了。”

每天晚上七点钟左右，吉姆都会准时回家。此时，德拉已经将咖啡煮好了，并且将煎锅放在炉子上加热，只等待吉姆进门，就可以在第一时间煎上牛排了。德拉坐在最靠近门边的椅子上，手里握着那条她精心挑选的圣诞礼物。突然，她听到了一阵熟悉的脚步声，与往日不同的是，她此时非常紧张，脸色变得苍白。她轻声地祈祷：“上帝保佑，一定要让吉姆觉得我像以前一样漂亮。”德拉总是为一些小事祈祷，但此时她觉得这件事并不小。

门开了，吉姆像往常一样自然而又熟练地将门随手关上。他的身材很消瘦，只是在他的脸上，有种不该出现在二十二岁的年轻人身上的那份镇静与严肃。这一切或许是因为他过早地承担起家庭重担的缘故。此时的他，不仅外衣是破旧的，就连手套都没有。

打从吉姆进门后看到德拉的那刻起，他就一动都没有动过了，就像是一条猎犬嗅到了猎物的味道。他死死地盯住德拉，脸上的表情让人捉摸不透。既不是愤怒，也不是厌恶，更不是惊讶，这种怪异的表情德拉无法读懂，她只是感觉到了一丝丝恐惧。德拉猜想过吉姆看到短发的自己时的反应，但此时吉姆的表现不是她预料中的任何一种，他只是死死地盯着她，看不出他心里在想什么。

德拉立刻从椅子上跳起来，走到吉姆的身边，她有些失控地喊道："哦，吉姆，我亲爱的吉姆，别这样盯着我看。我剪掉头发，只是想用它们换些钱，给你买件圣诞礼物。否则我真的没办法安心度过这个圣诞节。我真的没有别的办法了。头发剪掉了可以再长出来，况且我的头发长得很快的。好了，吉姆，快说'圣诞快乐'，我们来高高兴兴地过节。你一定猜不到我为你准备了一样多么适合你，又多么精致的礼物。"这一连串的话，吉姆仿佛并没有听到，他的思绪仍旧停留在德拉的头发上，他一字一顿地说："你真的把头发剪掉了？"德拉回答道："是的，剪掉了，并且已经卖了。我知道，没有头发，你也一样会爱我的，对吗？"

吉姆好像仍旧没弄明白是怎么回事儿，他用那副没人能懂的表情四处张望，之后傻乎乎地问："你的头发，已经没有了吗？你是这个意思吗？"德拉安慰道："是的，亲爱的。头发我已经卖掉了，没有了，你不用找了。为了能让你度过一个美好的平安夜，我才卖掉了我的头发。你以后一定要好好对待我。"此时的德拉突然变得很温柔，她深情款款地说，"或许我的头发能数得出来有多少，但我对你的爱已经多得数不清了。好了，亲爱的，我去煎牛排，好吗？"此时的吉姆终于从恍惚中走了出来，他紧紧地将德拉拥入怀中。

现在，我们先让那对恋人相拥一会儿。因为我们得用十几秒的时间从另外一个角度审度下面一个问题：每周八美元的房租和每年一百万美元的房租，它们之间有什么差别呢？如果你征询数学家或者是很聪明的人，他们给你的答案也不会是正确的。因为麦琪（指圣婴基督出生时来自东方送礼的三贤人）——也就是圣贤——带来了宝贵的礼物，只是不包括这件东西在内。也许你觉得这句话有些难懂，甚至是莫名其妙，那么你看到下面的内容就会明白了。

吉姆轻轻将德拉推开，从自己的外衣口袋中拿出来一个小包，放到了桌子上。他深情地对德拉说："亲爱的，你千万不要误会，无论你是长发还是短发，我都会一样爱你。头发的长短与我们之间忠贞的爱情无关。只是，你把这个包裹打开之后，就会明白，为什么刚才我的表情那么怪异了。"

德拉用她那纤瘦细长的手指将包裹打开，伴着包裹内东西的显现，一声欣喜若狂的尖叫声也随之而来。但是这兴奋的叫声立刻被满脸的泪水和抽泣声所取代。如果不明真相的人，一定认为这位女士有些神经质。而这间屋子的男主人却在用尽全力地去安慰他的妻子。原来包裹里的东西是一整套梳子。它们包括用来梳两鬓的，也有用来梳后面头发的，总之是样样俱全。其实德拉在很早之前就喜爱上这套梳子了。有一次，德拉在经过百老汇时，一眼就看到了橱窗里的它们。她真的很渴望拥有它们。这套梳子是用纯的玳瑁做的，不仅做工非常精细，而且在发梳的边缘还有珠宝镶嵌在上面，它的颜色与德拉的头发也很相配。只是德拉知道这套梳子的价钱一定很昂贵，对于拥有这样奢侈的东西简直是不敢想象的。所以，她只是对它们有一种渴望，她很清楚自己与它们之间的距离。而现在，她终于梦想成真了，而与其相配的长发却没有了。

德拉将这套梳篦紧紧地抱在胸前，她用了好长的时间来体味这种失去与得到交错的感觉。之后，她慢慢地抬起了头，双眼带着晶莹的泪珠，而嘴角却微微翘起，她说："吉姆，我的头发长得很快的，我会用得上的。"她猛地像被烫着的小猫一样跳起，欢快地说道："对了，你的礼物。"

德拉将双手摊开，一条白金的表带闪着灵动的光，就如此刻德拉的心情一样欢快。她将礼物送到了吉姆面前，问道："吉姆，它漂亮吗？这可是我走了好久，几乎搜遍全城所有的店铺才找到的。快把你的金表拿出来，让我看看它们有多么的相配。"

吉姆没有去拿他的金表，反而平躺在小床上，头枕着双手，嘴角挂满微笑。他说："亲爱的，让我们把我们各自的圣诞礼物都保存起来吧。现在它们还派不上用场。因为我的金表已经被我卖掉，换了你的梳子了。现在，你去准备平安夜的牛排吧。"

正如大家所知道的那样，当耶稣出生在马槽里的时候，有三位贤人给耶稣送来了礼物，也正是这三位圣贤发明了圣诞节互赠礼物的习俗。他们三位是聪明的，所以他们互赠的礼物都不一样，即使一样，也还有交换的权利。上面故事里的主人公，为了对方而牺牲了自己最珍贵的东西，或许，他们这样做很不明智。但是，我想对那些聪明的人说，其实这两个傻孩子是聪明的；在一切的赠与和接受礼物的人当中，如他们两人一般才是最聪明的。无论在任何地方，他们都是最具智慧的。

因为，他们就是麦琪。

爱的付出

当你对你的艺术十分钟爱时，就会觉得没有什么牺牲是不能忍受的。

这是我们的前提。这篇故事将由这里得出一个结论，同时证明那个前提的不正确。从逻辑学的观点来说，这无疑是一件新鲜事，不过就故事本身来讲，这却是一个比中国的万里长城还要古老的奇迹。

来自中西部槲树参天的平原的乔·拉勒比，是一个在绘画艺术方面有着非凡才华的天才。他还只有六岁的时候就画了一幅镇上抽水机的风景，抽水机旁边画了一个匆匆走过去的、有声望的居民。这件作品被配上架子，挂在药房的橱窗里，和一只留有几排参差不齐的玉米的穗轴紧挨着。二十岁的时候，他背井离乡到了纽约，束着一条飘垂的领带，还有一个更为飘垂的荷包。

生长在南方一个松林茂密的小村里的德丽雅·加鲁塞斯，把六音阶之类的玩意儿搞得极其出色，以致她的亲戚们给她凑了一笔数目很小的款子，让她到北方去“深造”。他们没有看到她成——下面就是我们要讲的故事。

在一个画室里，乔和德丽雅见了面，那儿有许多研究美术和音乐的人经常聚会，讨论明暗对照法、瓦格纳、音乐、伦勃朗、绘画、瓦尔特杜弗尔、糊墙纸、萧邦、奥朗。

乔和德丽雅彼此一见倾心，短期内就结了婚——当你爱好你的艺术时，就会觉得没有什么牺牲是不能忍受的。

婚后，拉勒比夫妇租了一层公寓，开始组织家庭。那是一个寂静的地方——单调得像是钢琴键盘左端的 A 高半音。不过他们很幸福；因为他们有了各自的艺术，又有了对方。对于一些有钱的年轻人，我的劝告是——为了争取和你的艺术以及你的德丽雅住在公寓里的权利，赶快把你所有的东西都卖掉，施舍给穷苦的看门人吧。

公寓生活是唯一真正快乐的生活，住公寓的人一定都赞成我的论断。家庭只要幸福，房间小又何妨——让梳妆台坍下来作为桌子；让火炉架改作练习划船的机器；让写字桌充当临时的卧榻；让洗脸架充当竖式钢琴；如果可能，让四堵墙壁合拢来，而你和你的德丽雅仍旧在里面。可是假若家庭不幸福，随它怎么宽敞——你从金门（旧金山湾口的海峡）进去，把帽子挂在哈得拉斯（“帽架”的谐音，指北卡罗来纳州海峡），把披肩挂在合恩角（“衣架”的谐音，指南美智利的海峡），然后穿过拉布拉多（“边门”的谐音，指哈得逊湾与大西洋间的半岛）出去，到头还是枉然。

乔在伟大的马杰斯脱那儿学画——大家都知道他的声望。他课程轻松，取费高昂——他的高昂轻松给他带来了声望。德丽雅在罗森斯托克那儿学习，大家也知道他是一个出名的专跟钢琴键盘找麻烦的家伙。

只要钱没用完，他们的生活将是非常幸福的。谁都是这样——好吧，我不愿意说愤世嫉俗的话。他们的目标非常清楚明确。乔很快就能有画作问世，那些发疏须白而钱袋厚实的老先生，就要争先恐后地挤到他的画室里来抢购他的作品。德丽雅要把音乐搞好，就要表现出对它满不在乎，如果她看到音乐厅里的位置和包厢不满座的话，她可以假托喉痛，拒绝登台，然后在专用的餐室里吃龙虾。

不过，在我看来，最美满的还是那小公寓里的家庭生活：学习了一天之后的情话絮语；舒适的晚饭和新鲜、清淡的早餐；关于志向的交谈——他们不但关心自己的，也关心对方的志向，不然就没有意义了——互助和灵感；还有——恕我直言——晚上十一点钟吃的菜裹肉片和奶酪三明治。

没想到的是没过多久，艺术动摇了。即使没有人去摇动它，它自己也会动摇的。俗语说得好，坐吃山空，他们应该付给马杰斯脱和罗森斯托克两位先生的学费也没着落了。当你爱好你的艺术时，就觉得没有什么牺牲是不能忍受的。于是，德丽雅说，她得教授音乐，以免断炊。她在外面奔走了两三天，兜揽学生。一天晚上，她兴高采烈地回家来。

“乔，亲爱的，”她快活地说，“我有一个学生啦。噢，那家人可真好。一位将军——爱·皮·品克奈将军的小姐，住在第七十一街。多么漂亮的房子，乔——你该看看那扇大门！我想那就是你所说的拜占廷式。还有屋子里面！喔，乔，我从没见过那样豪华的摆设。

“我的学生就是他的女儿——克蕾门蒂娜。我见了她就喜欢极啦。她是个柔弱的小东西——老是穿白色的衣服；

态度朴实可爱极了！她只有十八岁。我一星期教三次课，你想想看，乔！每课五块钱。数目固然不大，可是我一点也不在乎；等我再找到两三个学生，我又可以到罗森斯托克先生那儿去学习了。现在，亲爱的，别皱眉头啦，让我们好好享用一顿晚饭吧。”

“很好，德丽，”乔一边说，一边用斧子和切肉刀在开一听青豆罐头，“可是我怎么办呢？你认为我能让你忙着挣钱，我自己却在艺术的领域里追逐吗？我以本范努托·切利尼（意大利著名雕刻家）的骨头赌咒，决不行！我想我去卖卖报纸，搬石子铺马路，多少也挣一两块钱回来。”

德丽雅走过来，勾住他的脖子。

“乔，亲爱的，别犯傻。你一定得坚持学习。我并不是放弃了音乐去干别的事情。我一边教授，一边也能学一些。我永远跟我的音乐在一起。何况我们一星期有十五块钱，可以过得像百万富翁那般快乐。所以，你绝不要打算脱离马杰斯脱先生。”

“好吧，”乔说，一面去拿那只贝壳形的蓝菜碟，“可是我不愿意让你去教课，那不是艺术。你这样牺牲真了不起，真叫人佩服。”

“当你爱好你的艺术时，就觉得没有什么牺牲是不能忍受的。”德丽雅说。

“我在公园里画的那张素描，马杰斯脱说上面的天空很好。”乔说，“丁克尔答应我在他的橱窗里挂上两张。如果碰上一个合适的有钱的傻瓜，可能可以卖掉一张。”

“我相信一定卖得掉的，”德丽雅亲切地说，“现在，让我们先来感谢品克奈将军和这烤羊肉吧。”

之后的一个星期，拉勒比夫妇每天一早就吃早饭。乔很起劲地要到中央公园里去在晨光下画几张速写，七点钟的时候，德丽雅给他做了早饭，在他们拥抱、赞美、接吻之后，乔便出门。艺术真是个迷人的情妇，每当他回家时，多半已是晚上七点钟了。

到了周末，愉快自豪、可是疲惫不堪的德丽雅，得意扬扬地掏出三张五块钱的钞票，扔在那八英尺阔十英尺长的公寓客厅里的八英寸阔十英寸长的桌子上。

“有时候，”她有些厌倦地说，“克蕾门蒂娜真叫我费劲。我想她大概练习得不充分，我得三番四次地教她。而且她老是穿一身白，也叫人觉得单调。不过品克奈将军倒是一个顶可爱的老头儿！我希望你能认识他，乔，我和克蕾门蒂娜练钢琴的时候，他偶尔走进来——他是个鳏夫，你知道——站在那儿捋他的白胡子。‘十六分音符和三十二分音符教得怎么样啦?’他总是这样问道。

“我希望你能看到客厅里的护壁板，乔！还有那些阿斯特拉罕的呢门帘。克蕾门蒂娜老是咳嗽。我希望她的身体比她的外表强健些。喔，我真是越来越喜欢她了，她多么温柔，多么有教养。听说品克奈将军的弟弟还一度做过驻波利维亚的公使呢。”

听德丽雅说完，乔带着基度山伯爵的神气，掏出一张十元、一张五元、一张两元和一张一元的钞票——全是合法的纸币——把它们放在德丽雅挣来的钱旁边。

“那幅方尖碑的水彩画卖给了一个从庇奥利亚来的人。”他郑重其事地向德丽雅宣布。

“别跟我开玩笑啦，”德丽雅说，“——不会是从庇奥利亚那么远来的吧!”

“噢，确实是那儿来的。我希望你能见到他，德丽。一个胖子，围着羊毛围巾，衔着一根翮管牙签。他在丁克尔的橱窗里看到了那幅画，开始还以为是座风车呢。他倒很爽快，不管三七二十一的，把它买下了。另外他还预定了一幅——勒加黄那货运车站的油画——准备带回家去。我的画，加上你的音乐课！呵，我想艺术还是有前途的。”

“你能够坚持下去，真使我高兴。”德丽雅热切地说，“你一定会成功的，亲爱的。三十三块钱！我们从来没有过这么多的钱。今晚我们买牡蛎吃。”

“再加上炸嫩牛排和香菌，”乔说，“肉叉在哪儿?”

到了下一个星期六的晚上，乔先到的家。他把他的十八块钱摊在客厅的桌子上，然后把手上许多黑色颜料状的东西洗掉。

半个钟头以后，德丽雅来了，她的右手被绷带包成一团，简直不像样了。

“这是怎么搞的?”乔问道。德丽雅笑了，可是笑得很勉强。

“克蕾门蒂娜，”她解释说，“上了课之后一定要吃奶酪面包。她真是个古怪姑娘，到了下午五点钟还要吃奶酪面包。将军也在场。乔，你该看看她奔去拿烘锅的样子，好像家里没有佣人似的。我知道克蕾门蒂娜身体不好；神经很过敏。她浇奶酪的时候泼翻了许多，滚烫的，溅在了我的手腕上。痛得要命，乔。那可爱的姑娘难过极了！还有品克奈将军！——乔，那老头儿差点要发狂了。他冲下楼去叫人——他们说是烧炉子的或是地下室里的什么人——到药房里去买一些油和别的东西来，替我包扎。现在已经不那么痛了。”

“这是什么?”乔轻轻地握住那只手，扯扯绷带下面的几根白线，问道。

“那是涂了油的软纱。”德丽雅说，“喔，乔，你又卖掉了一幅素描吗?”她看到了桌子上的钱。

“可不是吗?”乔说，“就是那个从庇奥利亚来的人。他今天把他要的车站图取走了，他没有确定，可能还要一幅公园的景致和一幅哈得逊河的风景。你今天下午什么时候烫痛手的，德丽?”

“大概是五点钟，”德丽雅可怜巴巴地说，“熨斗——我是说奶酪，大概在那个时候烧好。你真该看到品克奈将军，乔，他——”

“先坐一会儿吧，德丽。”乔说着把她拉到卧榻上，然后在她身边坐下，用胳臂围住了她的肩膀。

“这两个星期来，你到底在干什么。德丽?”他问道。

德丽雅带着充满了爱情和固执的眼神熬了一两分钟，含含糊糊地说着“品克奈将军”；但到最后，她终于垂下头，一边哭，一边说出实话来了。

“我找不到学生，”她如实说，“我又不忍眼看你放弃你的课程，所以在第二十四街那家大洗衣店里找了一个烫衬衣的活儿。我以为我把品克奈将军和克蕾门蒂娜两个人编造得很好呢，不是吗，乔？今天下午，洗衣店里一个姑娘的热熨斗烫了我的手，我怕你担心，所以在回来的路上编出了那个烘奶酪的故事。你不会生我的气吧，乔？如果我不去做工，你也许不可能把你的画卖给那个庇奥利亚来的人。”

“他不是从庇奥利亚来的。”乔慢慢吞吞地说。

“他从哪儿来都一样。你真行，乔——吻我吧，乔——你怎么会疑心我不在教克蕾门蒂娜的音乐课呢?”

“到今晚为止，我始终没有起疑。”乔说，“本来今晚也不会起疑的，可是今天下午，我把机器间的油和废纱头送给楼上一个被熨斗烫了手的姑娘。这两星期来，我就在那家洗衣店的炉子房烧火。”

“那你并没有——”

“我的那个从庇奥利亚来的主顾,”乔说,“和品克奈将军都是同一艺术的产物——只是你不会管那门艺术叫做绘画或音乐罢了。”

他们两个都笑了,乔开口说:“当你爱好你的艺术时,就觉得没有什么牺牲是——”

德丽雅用手掩住了他的嘴。“别说下去啦,”她说,“你只要说‘当你爱的时候’。”

没有讲完的故事

如今，当有人再提到地狱的火焰时，我们已不会再唉声叹气，也不会再把燃烧过的灰烬涂在我们自己的头上了（这是一种犹太人表示忏悔时的风俗）。因为，就连那些布道的人也开始向我们揭示，我们所说的上帝，不过是镭或或一些科学检测出来的化合物。就算我们做了坏事，那么惩罚我们的也只是那些化学反应而已。这种说法真算得上一个喜讯，不过那些正教所启示的古老说法，多多少少还是会给我们带来恐惧。

有两个话题，每个人都可以自由发挥、自由解说，绝对没有被反驳的可能性。一是你可以谈谈你的梦境；二是你可以告诉人们你听见鹦鹉说话了。反正梦神摩非斯和小鸟都不可能成为证人，所以你对你的听众说什么，都没有人敢指出你所说的有什么不对。而接下来要讲的这个故事的材料，就取自一个梦境。因为漂亮的小鹦鹉能说的话实在太少了，所以我只能很抱歉，并且有些遗憾地放弃它了，而选择了不受领域限制的梦境。

我做了一个梦，它与古老的《圣经》的推论并无关系，而是与目前最令人敬畏的“末日审判”这个历史问题有关。加百列（七大天使之一，上帝传递好消息给人类的使者）已经吹响了号角，而我们这些人没有号角可吹，所以要被提走审问。我注意到一群身穿庄重的黑色长袍、领口背在后面的人站在一边，他们是专业的保证人。但是似乎他们也有麻烦，好像我们不会从他们身上得到任何帮助。

一个天使警察——也就是警察中的天使——飞到了我的面前，他抓住了我左边的翅膀，就把我带走了。在这之前，挨在我身旁的那群已经很有声望的人在接受审问。

“你是和他们一起的吗？”警察问我。

“他们是谁？”我用提问代替回答。

“他们啊，”他说，“他们是……”

当然，这些都是与故事不相关的东西，还是先来说故事。

达尔西在百货公司工作。她每天的工作就是卖汉堡，或者是辣椒酱，或者是其他的小饰品，总之百货公司有什么，她就卖什么。这份工作可以让她每个星期有六美元的收入。至于其他的，都算进了上帝经管的总账上——哦，牧师先生说，这个叫“原始能量”——那么，也就是说其余的都记到了她原始能量的总账上。

在店里工作的第一年，每个星期达尔西只能赚到五美元。如果知道她是怎样依靠这五美元过日子的，那么对你肯定是有益的。不在乎吗？很好，你可能、你可能对较大数目的钱才会感兴趣。六美元，金额算较大了吧。我会告诉你，她是怎么用六美元过一星期的。

一天下午六点的时候，达尔西一边扎帽针——在贴近她延髓八分之一英寸的地方，一边对她的密友萨迪——总是在她左侧接待顾客的女孩——说：“萨迪，我和你说，我今天晚上要和皮吉吃晚餐，我们早就约好了。”

“你从来没说过！”萨迪羡慕地惊呼，“嗯，你真是太幸运了。皮吉可是很有钱哦，他总是带女孩子到高级的餐厅吃饭。有一天晚上，他就曾带布兰奇到霍夫曼酒店吃饭。那里的音乐优美动听，而且你还会看见许多社会名流和多金人士。你将度过一段奢华的时光，达尔西。”

达尔西急急忙忙往家赶。她的眼睛明亮，闪烁着光芒，她的脸颊粉嫩——有一种天然的美丽，就像黎明前的曙光一样美丽的粉红色。这一天是周五，她上周的工资还剩下五十美分。

街道上车马如龙，人们都在争分夺秒地往家赶。百老汇的灯光明亮耀眼——导致几英里、几里格，甚至几百里格以外的飞蛾乱哄哄地朝这里飞来，并且争先恐后地自焚。表情如着装一样规整的男人，看上去就像是一位在养老院中养老的水手在樱桃核上雕刻出来的人，他转过身，盯着从他身边经过的还在一味加速跑的达尔西。曼哈顿，这朵只有在夜晚绽放的昙花，开始展现它苍白、香浓的花瓣了。

在一家商店门口，达尔西停了下来，这家商店的商品都很便宜。她买了一条假花边的衣领，用掉了仅存的五十美分。原本这些钱另有他用——十五美分用来买宵夜，明天的早餐还需要十美分，午餐十美分。另外还有十美分攒起来，作为储蓄。还有五美分是要买甘草糖的。尽管，对于她来说，甘草糖简直是一种奢侈品——就像是参加狂欢的舞会——但是没有乐趣，生活会是什么样子？

达尔西租住在一间有家具的房子里。这种带家具的房子与寄宿客栈之间存在的差异在于，如果你在这间带家具的房间里挨饿，是不会有人知道的。

达尔西上了楼，回到自己的房间——在西区一栋棕色石头房子的三楼中的一间后房——那里就是她的屋子。她点燃了煤油灯。科学家告诉我们，钻石是已知的最坚硬的物质。他们错了。女房东知道的一种化合物比钻石还要坚固，与此相比，钻石就像是燃烧后的灰烬。她们用这种东西把煤气灯的出气孔堵住一大半，即使你站在椅子上，直到手指弄到发红，甚至是伤痕累累也是白费力气。就连发针不能动它分毫，因此我们可以说这个才是最坚固的。

当达尔西点燃了煤气灯之后，我们得借用这十分之一的光亮来观察这间屋子。

沙发床、梳妆台、桌子、脸盆架、椅子——这些东西都是房东提供的。其他的都是达尔西自己的。梳妆台上，全是达尔西珍爱的宝贝：萨迪送给她的一个镀金的瓷瓶，一个咸菜公司发的日历，一本解梦占卜的书，一些装在玻璃盘子中的脂粉，还有一束绑着粉红色丝带的假樱桃。

靠着一面廉价的、已经有破损的镜子摆放的是基钦纳将军、威廉·马尔登、马尔巴勒公爵夫人和本范努托·切利尼的画像。在其中的一面墙上挂着一个石膏的复制品，是戴罗马式头盔的爱尔兰人形象。在它旁边是一张色彩浓烈的石印油画，画面的色彩极具冲击力：一个黄色的孩子在捕捉鲜红色的蝴蝶。达尔西对这幅画的评判是，它是最上乘的艺术作品，无人超越。

对此，也没有人否定过。没有人窃窃私语说这幅画是赝品，也没有人说这位黄色的昆虫学家太过幼稚。皮吉和她约好的时间是七点，他会来这里接她。此时就让这位姑娘忙着梳妆打扮吧，我们就礼貌性地回避一下，不打扰她了。先来聊聊其他的。

达尔西每个星期需要支付两美元的房租。平时呢，她早餐的成本是十美分。当她穿衣服的时候，她会在煤气灯上煮点咖啡、煎一个鸡蛋。周日清晨，她会到“比利”餐厅吃一顿盛大的早餐：牛排和油煎菠萝饼，这会花掉她二十五美分，另外还要付给服务员十美分的小费。在纽约，总是有那么多极具诱惑的东西，很容易就让人铺张浪费。她平时的午餐在百货公司的餐厅吃，一周需要六十美分；晚餐是一美元五美分。晚报需要六美分，但是每到周日就要买两份报纸——一份是招聘信息，另一份用来阅读，总共十美分。总金额为四美元七十六美分。不过，女孩子总需要买些衣服，还有其他……

好了，先不说这些了。我曾听说过有的人在讨价还价之后总会买到非常便宜的布料，之后用针线创造出美丽的衣服，但是我始终对这个说法持怀疑的态度。我很想为达尔西的生活补充一些神圣的、自然的、不成文的、没有实施的条例，以便在她的生活中添加一丝快乐。但是这一切都是徒劳的，因为我的笔不听我的，没有办法写下去了。她去过康尼岛两次，是的，总共才两次，还骑过旋转木马。如果一个人期盼快乐的事情不是按照天来等待，而是按年算，那么人真是没什么可指望的。

说到皮吉，介绍他不需要太多的文字。当女孩子们提到他时，高贵的小猪（皮吉，英文 pig）可能会无辜地受到牵连了。你可以打开那本最基础的蓝色的单词本，之后翻到由三个字母组成的词语的那一页，那么你就会看到对于他的正确描述：他很胖，有老鼠一样的心，蝙蝠的习性，和一只猫的神气——他穿着昂贵的衣服，是鉴别饥饿的专家。他只需随意看一家店铺里的女孩，就能告诉你这个女孩有多长时间没有吃过比茶和棉花糖更有营养的东西了。神奇的是，误差不会超过一小时。他总是出没于各大商业街，寻觅漂亮的姑娘，之后请她们吃饭。对于他的品性，没有人看得起，就连在大街上遛狗的人也是一样。公平点儿讲他也算是一个独特的人，但是我不可以再纠缠他了，我可不打算在他的身上浪费笔墨，再者，我又不是木匠。

差十分钟七点的时候，达尔西准备好了。她看了一眼斑驳的镜子，映照出来的效果还是令人满意的。深蓝色的礼服很合身，帽子上插了根黑色的羽毛做装饰，手套虽然有点污迹，但也还说得过去。这可是她省吃俭用之后置备的行头，很成功。

在这一刻达尔西忘记了一切，当然除了她自己的美丽。但是生活就是善于揭开面纱的一角，让她看看里面的奥妙。以前从来都没有男士约过她，但是现在，她马上就要过上流社会的生活了，她将要体验那种最闪亮、最夺目、最高品位的上流社会生活。

女孩们都说，皮吉是一个“大款”。也就是说等待达尔西的将是一个隆重的晚宴，有音乐，有打扮出众的女士们。不仅可以看，还可以吃。所以每当女孩们谈起这件事的时候，小脸都会奇怪地变形。毫无疑问，有了这次必然还会有第二次。

在很久以前她就注意到了一件蓝色的真丝上衣，它就摆在一家商店的橱窗里——如果每周都能攒下二十美分，那么

——我得好好算算！——哦，也得需要好几年啊！但是第七大道那边，有一个二手商店，那儿——

这时，有人敲门。达尔西打开了门，看见房东太太站在门口。她一脸虚假的笑容，鼻子还在嗅着屋子里的气味，看看有没有盗用煤气烹煮食物。

“有一位绅士在楼下，他想见你，”她说，“一位叫威金斯的先生。”

对于那些不幸地把他看作有头有脸的人物的傻女人来说，皮吉总是以这个名字示人。

达尔西转身到梳妆台上拿手帕，她突然停了下来，并且用力咬着自己的下嘴唇。在她刚才照镜子的时候，仿佛已经进入一个仙境，她看到一个公主，她刚刚从漫长的睡眠中苏醒过来。她却忽略了那个总用犹豫的眼神看她的人，这种眼神很迷人也很严肃，只有真正关心一个人的时候，才会有这种眼神出现。这个人是真的关心她，使用的方式是表达赞成，或反对。这个人就是梳妆台上摆放在镀金相框中的基钦纳将军。他身材修长高大，英俊的脸上写满了忧郁，就像晴朗的天空中出现了黑色的乌云。他严厉地看着她，目光中有一丝责备。

达尔西像是一个被人打开了开关的娃娃，之后机械地转身。转到房东太太的对面时，她停下说："告诉他，我不能去了。"顿了一下，她继续说，"告诉他我病了，或者其他什么理由。反正就是告诉他，我不去了。"

达尔西把房门关好，锁住后，一头扑到自己的小床上。她开始大哭起来，一直哭了十分钟才停下来。那顶黑色的帽子，帽檐都压碎了。基钦纳将军是她唯一的朋友。他是她心中一位英勇的骑士。他看起来有一丝隐约可见的忧郁，他上翘的小胡子把她迷得神魂颠倒，但是他还有一种庄重威严的神情，让她有一丝畏惧。她总是幻想有一天，她心中的骑士会穿着马靴来这里找她，并且向她求婚。有一天，当一个调皮的小男孩挥动链条，抽打街边的路灯灯柱，发出哗啦哗啦的响动声时，她竟然以为是将军来了，并且还打开窗户努力地向下张望。但是没有用，她知道这都是她的幻觉和期望而已。她更知道作为指挥将领基钦纳将军现在正在日本与凶残的土耳其人作战呢，他怎么可能从镀金的相框中走出来，向她求婚呢？但是这个夜晚，他确实战胜了皮吉。是的，至少这个夜晚他做到了。

大哭一场之后，达尔西重新振作起来，她脱下了参加晚宴用的、她最好的衣服，换上了一身很旧的蓝色睡衣。她没有胃口，不想吃东西。她唱了几句《萨美》，然后她看到自己的鼻翼上有一个小小的红色斑点。她把这个小红点弄掉了。之后，她把椅子搬到了一张破旧的桌子旁边，开始用一副发黄的纸牌算命。

“你这个可怕的、无礼的家伙!”她大声说，“我从来没有给他一点暗示，让他觉得我对他有意思!”

九点钟，达尔西从一个锡盒里拿出了饼干和树莓果酱，开始狂吃。她也给基钦纳将军敬了一些涂了果酱的饼干，不过他好像不大理会，就像是斯芬克斯狮身人面像看见一只蝴蝶那样冷漠——当然，如果在沙漠里有蝴蝶的话。

“如果你不想吃，就不要吃，”达尔西说，“不要摆出一副傲慢和责骂我的眼神。如果你每个星期只有六美元，看你还有没有现在这样的优越感，还能不能这么神气。”

达尔西这样粗鲁地对待基钦纳将军，可不是一个好兆头。然而，她又将矛头指向了本范努托·切利尼，她把他的脸翻了下去，贴在了桌子上。对于她来说，这完全是情理之中的，因为她一直以为他是亨利八世，所以对他一直都很不满意。

九点半的时候，达尔西对着梳妆台上的照片看了一眼，熄了灯，并跳到床上去了。在睡觉前，基钦纳将军、威廉·马尔登、马尔巴勒公爵夫人和本范努托·切利尼也看了她一眼，算是说了晚安。这件事真的很无聊。这个故事到现在为止还没有说明什么问题。它接下来要发生的是——又一次，是的，皮吉又一次邀请达尔西出去吃饭，达尔西感觉到比平时更加孤单，而基钦纳将军又恰好看错了方向，然后……

正如我前面所说过的，我梦见我站在一群很有钱有势的灵魂的旁边，一个天使警察抓着我的胳膊，问我是和他们一起的吗？

“他们是谁？”我问。

“他们啊，”他说，“他们是那些开商场，雇用女孩，每周只给她们五六美元的老板。所以，你是和他们一起的吗？”

“绝对不是。”我说，“我可没有背负那么深的罪孽。我只不过是烧了一所孤儿院，此外，还曾经为了一些钱财，夺走了一个瞎子的性命。”

比绵塔薄饼

当时我们在弗里奥山麓，正骑着马将一群烙有圆圈三角印记的牛赶拢到一起，不幸的是我的木马镫被一株枯死的牧豆树的枝桠钩住了，结果害得我扭伤了脚踝不说，还被迫在营地里躺了一个星期。

被迫休息了两天，第三天我实在躺不住了，便一拐一拐地挨到了厨房的营地。我依靠着旁边的一棵大树站立，听着贾德森·奥多姆这位厨师喋喋不休。天意弄人，对于贾德森来说，以他的话痨潜质不应该做一名厨师，因为这个职业注定了他将失去听众。

厨师都是自顾自地做菜，哪个地方会为厨师配备听众呢？然而我的到来，无疑成了他的灵食（《旧约·出埃及记》中记载：摩西率领以色列人逃出埃及，在荒野中漂泊了四十年，饥饿时，上帝便撒下灵食。这里喻指希望），就如同在满是风沙的沙漠中发现的一片绿洲。

很快，我便体会到病人的贪嘴需求，我很想吃一些除了大锅饭之外的东西。我想起了妈妈，想起了妈妈的橱柜，于是便不由自主地“像体会到初恋一样，又深情又充满哀怨”(引自英国诗人丁尼生的叙事诗《公主》中的歌曲)。

于是我问贾德森：“你会做薄饼吗?”

听到这句话，贾德森放下了手里的左轮手枪，因为他正要用它来砸开羚羊的排骨。之后他双眼闪烁着蓝色的冷光，一股寒冷咄咄逼来。当他走近我时，这种愤怒越加明显。尽管他没有暴跳如雷，但从他听似正常的语调中，依旧可以感觉到那股被按捺的愤怒，他说：“喂，小子，你是故意来问我会不会做薄饼，还是听了别人的什么话来取笑我?”

他的反应让我感到很疑惑，不过我还是很坦诚地说：“你到底是在说什么？我只是因为嘴馋，所以想用我的小马和马鞍向你换取一摞薄饼。就是那种用黄油烙的，酥酥脆脆的薄饼，上面还得抹上新奥尔良蜂蜜。不过，听你刚才那话的意思，好像关于薄饼还有个十分有趣的故事，是吗?”

贾德森确定我没有讽刺他的意思，之后，他的态度也慢慢缓和了许多。他默默地从装有炊具的车上取出来一个盒子和一个铁罐子，放在我依靠的树下。他熟练地忙活着：解开袋子上的绳子，一边干活一边给我讲那个关于薄饼的故事。

他说：“说来这并不是故事，而是一件我亲身经历的事情。我也不怕让你知道，索性和你说了吧。这件事情是发生在我跟一个从陷骡山谷来的牧羊人和威莱拉·丽莱特小姐三个人之间的故事。事情发生在圣米格尔牧场，那时候我正帮着老比尔·图米赶牛。

“有一天，我嘴馋了，突然很想吃一盒罐头，无论是什么罐头都行，只要不是肉类的。那种欲望实在是太强烈了，它迫使我立即骑上那匹还没有驯好的小野马，向着埃姆斯利·特尔费尔大叔的小店飞奔而去。他的店铺就在纽西斯河比绵塔渡口那里。大概下午三点的光景，我就到了那里。距离店铺门口不到二十米的时候，我下了马，然后将马拴在一旁的牧豆树上，便直奔店铺。我当时动作十分敏捷，纵身一跳，就坐到了柜台上。我对埃姆斯利大叔打趣道，看来水果们要遭殃啦。随后，我便一手拿着饼干，一手拿着一根长勺子，向各种口味的水果罐头展开了进攻。有菠萝的、青梅的、樱桃的，还有甜杏的，总之罐头的种类真的很多。以至于我一边吃，埃姆斯利大叔一边在一旁帮我开启罐头，主要是罐头外包装的黄色铁皮箍实在太难砍断的缘故。吃着罐头的我别提有多快乐了，就像是伊甸园中的亚当一样无忧无虑，当然，这是在他偷吃禁果之前。唉，怎么说呢，反正就像一个孩子一样快活，我一边吃，一边用马靴上的马刺有节奏地踢着柜台。当我偶然抬头的时候，透过店铺的窗口我看到了埃姆斯利大叔家的后院。就在那个后院，我看到了一位美丽的姑娘。

“这个姑娘真是动人得很，只需看一眼就知道她不是本地人。当时，她一边玩着槌球，一边偷瞄着像孩子一样贪吃水果罐头的我，并且时不时地偷笑着。我不好意思地从柜台上狼狈地下来，并且把手里的勺子递给了埃姆斯利大叔。我的这些反应都被埃姆斯利大叔尽收眼底，他说：‘她是我的外甥女，是从巴勒斯坦过来的，到我这里玩几天。她叫威莱拉·丽莱特，你想认识她吗？’

“实话说，那个时候我的脑袋里乱极了，思维乱得就好像一群四散的牛，即便我努力地将它们赶进了栅栏里，它们仍旧会在里面绕圈。我喃喃自语道：‘哦，巴勒斯坦可是圣地，是的，天使都在巴勒……哦，我当然……不过我真的有幸认识丽莱特小姐吗？’随后，埃姆斯利大叔就把我带到了后院，经过他的一番介绍，我们算是认识了。比起丽莱特小姐，我的表现简直糟糕透了。她是那样的落落大方，从容优雅，没有一丁点儿的羞涩和胆怯，而我呢，却是汗流浃背，说话也变得磕磕巴巴起来。我一直都想不明白，为什么一个男人可以轻而易举地驯服一匹野马，可以在黑暗中刮胡子，却没有办法在漂亮姑娘面前保持以往的镇定自若。在很短的时间内，我们以极快的速度变得亲密起来，仔细想来好像连八分钟都不到。之后，我们一起玩槌球，玩耍时，我们简直亲密得如同表兄妹一般。她还笑我竟然可以吃掉那么多的水果罐头，我则机智地回应说，关于水果的问题在很早以前就开始了。那是在第一个天然牧场上，一个叫夏娃的女生惹出来的——‘却在巴勒斯坦结束的，对吗？’这句话是我的肺腑之言，当我讲出这句话的时候，就像用套马竿套住一匹一岁的小马那样灵活自如。

“从那之后，我对待我们之间的关系就一直非常的真诚，也因为这样，我和丽莱特小姐的关系也越来越亲近了。那段时间，为了健康的缘故，丽莱特小姐一直住在比绵塔渡口。不过她的身体很健康，她来此的原因只是因了这里的气候更加适合居住，因为这里要比巴勒斯坦的温度高出百分之四十。此后的日子里，我每周都会骑马来这里看望她一次。不过这样的见面显然不够，所以后来我觉得如果我每周可以来这里两次的话，那么我见到她的次数就是原来的两倍了。

“不过问题很快就出现了，就发生在那一周内，当我第三次去看丽莱特小姐的时候。也就是从那次之后，薄饼和红眼睛的牧羊人插进了我和丽莱特小姐之间。那天晚上，我同样是坐在埃姆斯利大叔的柜台上，如往常一样往嘴巴里塞着一个桃子和两个李子。我问埃姆斯利大叔丽莱特小姐的身体最近是不是不好。‘为什么这么问?’埃姆斯利大叔说，‘她现在正和杰克逊·博德一起骑马呢，就是那个陷骡山谷的牧羊人。’听到这话，我的心里很不是滋味，不自觉地竟将一个桃核和两个李子的核都吞了下去。我想当时一定是有人拽着柜台，否则当我纵身跃下的时候，它必然会伴着一声巨响翻倒在地。我当时头脑已经不清醒了，气愤地一直向前走，直到撞上了那棵拴马的牧豆树才停下。

“‘她去骑马去了，’我对着那匹小野马的耳朵小声地喃喃着，‘她和一个名叫杰克逊·博德的人去骑马了，不对，不是马，他们骑的是骡子，是牧羊人租来的骡子。你能明白吗?’我的小野马如同听懂了我的悲伤，用它自己的方式为我哭泣着。我当然知道它对儿女私情根本一窍不通，因为从它生来就被训练做一匹只会赶牛的小马。

“后来，我重返埃姆斯利大叔那里，问道：‘你刚才说一个牧羊人?’‘嗯，我说的就是那个牧羊人。’埃姆斯利大叔说，‘你应该听说过杰克逊·博德，他可是拥有八个牧场和四千头品质最佳的美利奴绵羊。’听到这些，我又从店铺里走了出来，在一棵满是刺的霸王树下坐下来。阳光斜射过来，使我整个人都躲在店铺的阴影之中。我就那么颓废地呆坐着，无意识地用手抓起沙土然后灌进我的靴子里，我自言自语说了好多话，全都是咒骂那个名字里带有博德的牧羊人。

“一直以来我对那些牧羊人都很友善，从来也不欺负他们。有一次我看到一个牧羊人坐在马背上学习拉丁文，从头到尾我都没有打扰过他。虽然他们的行为总是让其他的牧牛人发怒，但我却不会。当你看见他们围坐在桌前融洽地吃饭，当你看见他们穿的那种灵巧而可爱的鞋子时，你又怎能忍心放下眼前的工作去攻击他们，去欺负他们呢?虽然我从来没和他们推心置腹交谈过，也没有推杯换盏的交情，但也不至于每次看到他们的时候都找他们的麻烦。我通常做的也不过是和他们聊上几句，或者谈论一下天气。这种感觉就像是将一只兔子放生一样，我从来都没有丝毫要欺负他们的想法。难道，就是因为我的仁慈，他们才会觉得我好欺负吗。如今，一个小小的牧羊人，居然欺负到我的头上来了，居然认为自己有资格约威莱拉·丽莱特小姐去骑马，这简直是对我的蔑视。

“距离天黑还有一小时的时候，他们两个才策马奔腾地回来，两个人的样子高兴得不得了。疾奔的马儿到了埃姆斯利大叔的家门口才停下，牧羊人将丽莱特小姐扶下马后并没有立刻离开的意思，他们两个人还站在门口聊了半天，那劲头相当地热乎。当牧羊人离开时，他还用手把他头上那顶像极了双把炖锅的帽子抬起又放下，之后他在马上向丽莱特小姐挥手告别，这才向他的羊圈奔去。就是这个时候，我敏捷地将靴子里的沙土倒了出来，然后快速地侧身上马，挥着鞭子朝那个叫博德的家伙奔去。马儿跑了半英里，便追上了他。先前我说这个牧羊人的眼睛是淡红色的，其实当我走近他看时才发现，他的眼球是深灰色，只是睫毛是红的，再加上他那黄棕色的头发，乍看之下，便觉得他的眼睛是浅红色的。他的身材也真的是瘦小得可怜，我甚至怀疑他真的能放羊？如果能，也就只能放几只羊羔罢了。一个男人不仅脖子上系着黄丝绸的围巾，居然连鞋带也打着蝴蝶结。

“我率先开口说：‘兄弟，下午好。现在和你并肩骑行的就是有着“百发百中”称号的神枪手贾德森。我想在我动手前，你总得知道你的对手是谁，我可不想让你死不瞑目。’‘啊哈，’他说，他说话的方式就是这个德行——‘啊哈，很高兴认识你，贾德森先生。我是从陷骡山谷来的牧羊人杰克逊·博德。’

“就在这个时候，我的一只眼睛看到了一只走鹃，它嘴里衔着一只毒蜘蛛正从山坡上下来，另外一只眼睛看到的是一只猎兔鹰，它正安静地停在水榆树的枯枝上。我干脆利落地拔出手枪，几乎在同一时间打死了它们。我是故意要在杰克逊·博德面前炫技的，之后，我用一副十分傲气的口气说：‘三次中也就有两次是这样的吧。我自己也很奇怪，无论我走到哪儿，这些动物总是爱往我的枪口上撞。’

“‘好枪法!’牧羊人就像在看一场表演一样，神情自若地说，‘不过在三次中还是有一次会失败，不是吗？上星期的那场雨你还记得吗？小草们因为那场雨水的灌溉而变得更加生机盎然了呢，贾德森先生。’

“‘威利，’我骑近他的马，说，‘你的父母一定是被亲情冲昏了头脑才会叫你杰克逊，但是当你被脱了毛，就会还原成一个唧唧喳喳的威利。别岔开话题说什么雨水、气候了，我直截了当地和你说了吧。你不该和威莱拉小姐骑马的，这对你来说可不算是什么好事，你要知道刚才那些鸟，在获得陪美女骑马的机会之前就已经丧命了。威莱拉小姐一定不会同意她的爱巢是由一只山雀用羊毛建造的。你想好了吗？是就此放手，还是要体验一下我的百发百中？如果选择后者，我会送你一个葬礼。’

“在听完这句话后，杰克逊的脸马上就红了，但在顷刻间又转为哈哈大笑。他对我说：‘贾德森先生，我想你是误会了。我确实去找过威莱拉小姐几次，但初衷绝对不是你想的那样，我纯粹是为了品尝一种味道，解解馋。’

“听到这里，我被气得立刻将手伸向我的手枪，并且说：‘你这个色狼！竟敢这么明目张胆地……’还没等我说完，他便抢着说：‘等一下，你听我解释。如果你了解我的生活，你就应该知道我根本不需要妻子。我自己会做饭，自己会缝补衣服，女人是我最不需要的。我的乐趣就是养羊，之后吃它们鲜美的肉。对，美味，我的乐趣就是美味，贾德森先生，你吃过丽莱特小姐做的薄饼吗?’‘薄饼？没吃过。’我很坦诚地说，‘我从来都不知道她还会做饭，更不知道她可以烹饪出美味。’

“杰克逊一脸向往的神情对我说：‘那金黄色的薄饼，色泽如阳光一样金灿灿的，咬上一口，酥脆的甜美滋味就会从舌尖荡漾开来，简直就像是用伊壁鸠鲁天厨的神火烤出来的。如果可以，我愿意用我自己两年的寿命去换取那个薄饼的烹饪方法。而我时常去找丽莱特小姐的原因也正是源于此。’杰克逊的神情一转，继续说，‘只是我现在还没有将那个秘方搞到手。我听她说，那是丽莱特小姐家中祖传的烹饪工艺和配方，到今年已经有七十五个春秋了。

我多么希望我能掌握这个美味的烹饪方法啊，这样我就可以自己亲手做了，只要我想吃，就可以做，那样我就什么都不奢求了。’

“‘你真的只是想要配方，而不是知道配方的人吗?’我问道。

“‘当然，’杰克逊说，‘我承认丽莱特小姐确实很不错，但我真的没敢奢望能和她发生什么，我只是单纯地想要饱饱口福……’博德看到我又将手伸向枪的时候，他马上意识到了自己有些地方失言了，于是改口道，‘是为了得到制作薄饼的配方。’

“我压抑着心中的愤怒，尽量心平气和地说：‘其实你还算是一个不错的小伙子。幸好你没有其他想法，否则你的小羊们就变成无人照看的孤儿了。这次饶了你，你只需要好好讨要薄饼的配方，不可有任何越轨的想法，否则下一次我可没这么容易就放过你。估计那时这个牧场上也就听不到你的歌声了。’

“‘我保证我说的句句是真话，如果……’牧羊人说，‘如果可以，你能帮我去拿那个配方吗？我知道你和丽莱特小姐的关系很亲近，她不愿意把那个薄饼的配方给我，但是她一定愿意把这个配方给你。只要拿到配方，我就再也

不去打扰丽莱特小姐了。’

“‘好，就这么办。’我握了握他的手，继续说，‘我很高兴能帮你促成此事。’之后我们就互相道别，各走各的路了。他转头走向皮德拉的大梨树平地，直奔陷骡山谷；我则选择西北方向，回老比尔·图米的牧场了。

“一连五天我都没有时间去比绵塔，后来我见到威莱拉小姐的时候，我们在埃姆斯利大叔的家里度过了一个十分快乐的夜晚。她不仅唱了歌，还用钢琴演奏了许多歌剧的插曲。我也给她讲了一些我深谙的事情，比如我亲自模仿响尾蛇的样子，还告诉她‘长虫’麦克菲自己摸索出了一套剥牛皮的新方法，当然还有我在圣路易斯的旅行经历。我们各有擅长，所以彼此都十分欣赏。那时我认为，只要杰克逊·博德不进来插足，那么我一定会和威莱拉小姐结为连理。于是我想起了关于薄饼配方的事情，我一定得想办法快点把配方搞到手，那样的话杰克逊就再也别想见到我的威莱拉小姐了。所以，大概在晚上十点的时候，我满脸堆笑地对威莱拉小姐说：‘说真的，如果说在这个世界上，还有比我在茫茫的绿草原上看见红色的马儿更让我欣喜的事情，那应该就是吃上一张刚出锅的、涂着蜂蜜的美味薄饼了。’

“威莱拉对我那句话的反应很不正常，她原本坐在钢琴凳上，可是当她听到这句话时，身体微微一震，之后满脸的惊诧。她说：‘是啊，薄饼是很美味。你刚才说在圣路易斯的一条街丢了帽子，那条街叫什么名字来着？奥多姆先生。’‘是薄饼大街啊，’我调皮地向她眨了眨眼，我是想幽默地告诉她，如果她不说出薄饼的配方，那么我就不和她聊别的话题了，我有些心急地对她喊道，‘好啦，威莱拉小姐，你就告诉我你的薄饼是怎么做的吧。’因为这个时候我满脑袋都是薄饼的事情，我期盼她快点告诉我——五百克左右的面粉、八打鸡蛋……乃至所有做薄饼的配方，比例、火候等。可最后等来的却是威莱拉小姐说：‘对不起，我得失陪一下。’之后她没有正眼看我，而是快速地斜瞄了我一眼后，从钢琴凳子上起身离开了。

“威莱拉小姐走到另外一个屋子，埃姆斯利大叔却来到我正待的屋子里。他没穿衬衫，手里拿着一个水壶。当他转身拿杯子的时候，我的天，我看见他的裤兜里居然有一把四五口径的手枪。我当时心想：‘他们家把薄饼的配方看得太重要了，即便有血海深仇也不至于带着枪过来吧。’‘喝点水吧。’埃姆斯利大叔递给我一杯水说，‘贾德森，你今天骑了太久的马，一定是累坏了，我们谈一点轻松愉快的话题，不要让自己的情绪太过紧张。’我没理会这句话，只是迫切地想要知道配方，于是我锲而不舍地问道：

‘埃姆斯利大叔，你会做薄饼吗？’

“‘会，只是我不大精通厨艺，做出来的东西也不好吃。做薄饼无非就是用些生面团、石膏粉，再往里面加点儿小苏打、玉米面、鸡蛋、全脂牛奶，把它们一起混合就行了嘛。’埃姆斯利大叔岔开话题说，‘对了，今年春天老比尔还会把牛肉卖到堪萨斯城吗？’

“那天晚上，关于薄饼的配方我也只能套出这些内容了。怪不得杰克逊迟迟不能完成心愿呢，如果再纠结这件事恐怕不太好，所以我只能暂时将薄饼的事情搁置，和埃姆斯利大叔聊一些七七八八的事情，完全不挨边儿，直到后来威莱拉小姐进来和我说‘晚安’，我才骑马回牧场去了。又过了一周左右的时间，我在去比绵塔的路上正巧遇到了杰克逊·博德，他刚从那边回来。于是我们就在路边聊了会儿天。我问他：‘你拿到薄饼的制作方法了吗？’杰克逊说：‘还没有，这太难了，恐怕我拿不到了。那你呢，你帮我问了吗？’我回答说：‘我试着帮你问过了，不过确实太难了，就好比让我用花生壳去挖草场里的犬鼠。他们那么守护薄饼的秘方，可见它对于他们来说是多么的重要和宝贵。’杰克逊有些失落地说：‘这么看来，我是肯定拿不到配方了。我还是放弃吧。唉，我无非只是贪恋那种美味，而且也只是做给自己吃而已。有的时候我躺在床上总是想着那个味道而失眠很久。’他语气中的伤感与无奈让我觉得这一切好像是我的错，是我对不起他一样。所以我对他说：‘先别那么早放弃，再努力试试看，我也会继续帮你的。我猜想不用多久你我之中总会有一个人能得到薄饼的配方的。不过现在我得先走了，再见杰克逊。’

“你看见了吧，那个时候我们两个人就像是亲密的战友。当我知道他不是觊觎我的威莱拉小姐的时候，我对那个牧羊人真的好得没话说。为了帮助他拿到配方，为了能让他解馋，我总是在威莱拉小姐的面前提到薄饼，但每逢我这样做的时候，她的眼里就闪烁出忐忑。如果我再不识趣地追问下去的话，她就会找各种借口逃跑，之后就和前面发生过的事情一样，埃姆斯利大叔就会拿着水壶进来，当然裤兜里还揣着枪。

“后来有一天，我像往常一样骑着马去拜访威莱拉小姐，不过我还带着礼物，是我亲手在草原上摘的一束蓝马鞭草，它们很美。但当埃姆斯利大叔看到我时，他眯着一只眼睛，表情有些尴尬地问：‘难道你还不知道吗?’我立刻问：‘什么？牛涨价了吗?’埃姆斯利大叔说：‘昨天，威莱拉与杰克逊·博德举行了婚礼。我是今天早上看到他们给我写的信才知道的。’

“我把那束马鞭草插到了正在吃的饼干桶里，之后努力让自己的身体慢慢地消化这个震撼的消息。先是耳朵，之后是心脏，直到脚底。我整理了一下心情问：‘埃姆斯利大叔，您刚才说的是什么事情？我的耳朵好像出问题了，没听清楚。是不是说优质品种的小牛犊已经涨到四块八一头了？还是别的什么？

“‘他们昨天结婚了。’埃姆斯利大叔说，‘现在他们两个人正在维克和尼亚加拉大瀑布度蜜月呢。难道你一点都不知道，甚至连一点迹象都没看出来？就是他们一起去骑马那天，杰克逊开始对她展开追求的。’

“‘可是，’我几乎是吼出来的，‘那薄饼的事情呢？他跟我说的薄饼配方是怎么回事？’

“当我提到‘薄饼’这两个字的时候，埃姆斯利大叔显然十分警惕地向后退了几步。

“‘薄饼是一个阴谋！’我说，‘你肯定知道真相，你快告诉我这整件事情是谁的主意，是谁要陷害我？我一定要弄个水落石出，否则，我不是会走的。’于是我纵身越过柜台，去追埃姆斯利大叔。他本想去拿枪的，但由于枪在抽屉里，距离他还有一段距离，所以我趁机抓住他的衣角，将他逼进一个墙角。我对他说：‘告诉我薄饼是怎么一回

事，否则你就会变成薄饼！威莱拉小姐会做薄饼吗？’

“‘她肯定不会，至少我没见她做过一张饼。’埃姆斯利大叔安慰道，‘好了贾德森，冷静一下，你现在太过激动了，这样会让你头上的旧伤复发，让你神志不清的。我们现在不要再想薄饼的事情了，好吗？’

“‘埃姆斯利大叔，’我立刻反驳道，‘我的脑袋是笨了些，但那也是天生的，我的头从来没受过什么外伤。杰克逊·博德跟我说，他接近威莱拉小姐完全是因为她会做很美味的薄饼，而他只想得到做薄饼的配方。他还求我帮忙，所以我才会不断地问你们这个问题。难道我是被那个该死的红眼睛牧羊人骗了？还是有其他隐情是我不知道的？’

“‘你先松开我，’埃姆斯利大叔说，‘之后我告诉你，我所知道的。如果你所说的事情是真实的话，那么你确实被杰克逊·博德骗了，然后他抱得美人，并溜之大吉了。其实，在他和威莱拉小姐一同骑马后的第二天，他特意来拜访我们，并且告诉我们无论在什么时候，只要你一提到薄饼，我们就要小心谨慎地对待。他说，因为你以前在营地烙饼的时候，曾有人用平底锅砸过你的头。从那之后你就留下了后遗症。只要你一激动，无论是高兴还是伤心，都会引发你头上的伤势，从而影响你的神经，让你发疯，并且不停地谈论薄饼。他还说只要我们将话题引开，你就没什么危险了。所以我和威莱拉小姐一直都是这样做的。'埃姆斯利大叔叹了口气，继续说，'哎，看来杰克逊·博德还真是一个狡猾的牧羊人啊。'”

其实在贾德森刚开始给我讲这个故事的时候，就已经熟练地将袋子里和罐子里的东西搅拌在一起了。当故事快讲完的时候，他的薄饼也出锅了。他亲手把这刚完成的金灿灿的薄饼端到我面前，还将他私藏的上等黄油和蜂蜜从一个秘密的地方拿出来给我。

我问他：“这件事情发生在什么时候?”

贾德森回答我说：“大概在三年前。现在杰克逊和威莱拉小姐还一直住在陷骡山谷，只不过我再也没见过他们了。我听别人说，就在杰克逊把我玩弄于股掌之中的时候，他就已经在装扮他的牧场了。在那里，他新配了摇椅和窗帘。其实，这件事情我早就释怀了，只是我的那帮兄弟总是将这件事作为笑料，不停地说。”

我问他：“那你现在做的这个薄饼，是你按照他们家的秘方做的吗?”

“你没听明白吗？根本就没有什么配方。”贾德森说，

“关于薄饼的制作方法我是从报纸上看到的，之后就剪了下来。因为我的那群兄弟总是用薄饼来开我的玩笑，后来他们也真的很想吃，所以我才按照剪报上所说的制作方法做给他们解馋的。你品尝一下，看看如何？”

我由衷地赞叹道：“真的很美味！贾德森，你也吃啊。”在听到答案之前，一声夹杂着复杂情感的叹息声清晰地传入我的耳朵。

“我呀？”贾德森说，“我从来不吃薄饼。”

女巫的面包

在街道的拐角处有一家面包店，每当有顾客登上门口的三个台阶，推开门时，门上的小铃铛就会“丁零丁零”响。这家小店的老板是四十岁的玛莎·米查姆小姐。她不仅拥有这家店，还拥有两千元的存款，以及两颗假牙和一颗多情的心。对于那些已婚女士来说，她确实是条件相当不错的一位。

在光顾这家面包店的客人之中，有一位中年男士引起了玛莎小姐的兴趣，并且逐渐对他产生了好感。他每周都会很固定地来这家店两三次。他的鼻子上总是架着一副眼镜，显得很斯文，另外他那棕色的胡须也是被精心打理过的。虽然他身上的衣服到处都是被缝补过的痕迹，并且满是褶皱，但是他的外表却很整洁、端庄；他的英语虽然带有很重的德国口音，但是对人却彬彬有礼。或许可以这样说，他虽衣着古怪，但气质超群。

他每次来面包店，只买两个不新鲜的隔夜面包，除此之外，他没买过任何东西。当然，新鲜的面包五分钱一个，而不新鲜的面包两个只需五分钱。

有一次，当这位男士又来买面包的时候，玛莎小姐看到他的手指上有一块红褐色的颜料，这一发现使玛莎小姐浮想联翩，她觉得他一定是一位落魄的艺术家，他没有钱买新鲜的美味，只能一边在阁楼上作画，一边吃着不新鲜的面包。玛莎小姐想，他一定很想吃到鲜美的食物。尤其在玛莎小姐品尝着美味时，这种感觉更甚。每当她吃着牛排、新鲜的面包卷、果酱，喝着红茶时，她都会为那位落魄的画家感到悲伤，她甚至想和他一起共进这一餐，而不是让一位才华横溢的画家独自在闷热的阁楼里啃着那又干又硬的面包。是的，这就是玛莎小姐，善良而又多情。

玛莎小姐为了验证自己的想法，她特意将一幅在很早之前从拍卖会上买下的油画放到了蛋糕店柜台后面的架子上。在此之前，这幅画一直被保存在她的房间里。这是一幅非常美丽的威尼斯风景画。威尼斯是有名的水城，它因水而生，也因水而美，所以画面的近景处是一座壮丽的大理石宫殿，它耸立在水面之上。画面上还有几艘小船穿梭于这座水上都市，其中一艘小船上有位妇人正饶有兴致地用手撩拨着水面，四周荡起一圈圈涟漪。远处的天空中飘着几片云朵。无论是色彩的运用，还是明暗的对比都显出画家卓越的功力。只要是懂画的艺术家，都会被它深深吸引。

在这幅画被摆出后的第三天，那位男士又来了。他习惯性地说："我要两个陈面包。"玛莎去给他包面包的时候，那位男士的目光停留在那幅画上，之后不自觉地说："夫人，您的这幅画很棒。"

玛莎尽量让自己保持自然地说："是吗？我一直都很喜欢艺术和绘画，你觉得这幅画很好吗？"其实在玛莎的心中想说的是"我一直都喜欢艺术家"，只是理智让她压抑住了内心的欣喜，并且她也认为现在就说他是艺术家也不是很妥当。那位男士说："是的，只是这个宫殿的透视法用得不是很好，显得不真实。好了，夫人，我走了，再见。"他拿起面包，礼貌性地欠身行礼，之后很快地走出了这家店。

玛莎在确认了他是一位艺术家后，便将那幅画又重新搬回了自己的房间。玛莎小姐觉得那镜片后面的目光是那样的温柔，又是那样的锐利，他一眼就能看出这幅画的缺点是什么。然而就是这样一位才华横溢的人居然要靠陈面包充饥度日。是的，一个人在成功之前，一定要有一段艰苦奋斗的过程，即使那个人是天才。不过如果天才能有一位好心人的支持，而这个好心人又有两千元的存款、一家面包店，那么他将在艺术上取得多大的成绩啊！当然，这一切不过是玛莎小姐的幻想而已。

在此之后，那位男士每次来买面包的时候，都会与柜台里的玛莎小姐聊上一会儿，他似乎很喜欢，甚至是有些渴望听到玛莎小姐那些令人愉快的语言。只是，他仍然只买不新鲜的面包，从来没买过店里的其他美味。

玛莎小姐觉得他越来越瘦了，精神也变得很糟糕，甚至有些颓废。她很想送给他一些别的，更新鲜更有营养的食物，但是她又怕自己的这种行为会伤害一位艺术家的自尊心。因为她知道，艺术家都是高傲而敏感的。

玛莎小姐开始注意自己的妆容了。站在柜台里的时候，她总是穿上那件她最喜欢的带蓝色点点的丝质背心；在后厨的时候，她也会熬制一种大家都会用的养颜汁液，是一种神秘的草籽和硼砂的混合物。

这一天，那位男士又来这家店买陈面包，他很自然地将五分钱放到了柜台上，而玛莎小姐当然也知道他的习惯。就在玛莎小姐给他取面包的时候，店铺外面一片嘈杂的声音响起。伴随着气鸣声和警笛声，一辆消防车从窗前驶过，所有的顾客都下意识地往窗外瞧。这对于玛莎小姐来说，真是个千载难逢的机会。送牛奶的人刚刚送过来一磅新鲜的奶油，它们现在就在柜台后面最下面一层的货架上。玛莎小姐灵机一动，快速地将这两个陈面包切开，满怀热情并且十分慷慨地将两片奶油塞了进去，之后又快速地将面包贴好、压好。这一切做得天衣无缝。当那位男士转过头来取面包的时候，玛莎小姐已经将面包包好，并且递给了他。

他们两个人习惯性地聊了一会儿，之后那位男士便离开了这家小店。玛莎小姐此时的心情就像一位怀春的少女，她有一种幸福和窃喜的感觉，但是她也有一种担心。她担心这位艺术家会不领情，她怕他会生气。但是后来，她自我安慰道："不会的，他一定不会生气的。只是食物而已，食物是不会侮辱人的。而且，黄油又不是定情信物，不会有失自己的身份。"

整整一天，玛莎小姐都在琢磨这件事情。她一直在想当这位男士切开面包之后，看到那些新鲜甜美的黄油时，会是一种怎样的反应。玛莎小姐想象着这样一个场景：那位男士在阁楼里凝视着自己的画作，这幅画的透视法肯定运用得非常好。他慢慢地放下笔，准备吃些东西再继续作画。当他切开面包的那一刻，他会很惊讶。想到这里，玛莎小姐的脸有些红了，因为她猜想着这位男士在品尝美味的同时，会不会想起她呢？他会不会……

在这个时候，玛莎小姐的思绪被一阵急促的铃铛声打断，她抬起头，看到两位男士已经站到了柜台前。其中一位就是那个艺术家，而另一位年轻人她没见过，那个人叼着个烟斗。那位艺术家的脸涨得很红，帽子只是轻轻地挨着他的后脑，头发被抓得乱七八糟。玛莎小姐赶紧来到大堂，那位艺术家则将紧握的拳头恶狠狠地挥向她，并且狂暴地喊着：“笨蛋。”一句“笨蛋”显然不解恨，他又骂了一句德语，意思应该是她该被千刀万剐。

他太冲动了，以至于他旁边的那位年轻人不得不上前去拖走他，而他则气愤地喊道：“我不走，我要问个清楚。”一声巨响，他用尽所有的力气将自己的拳头砸在了玛莎小姐的柜台上。他大声地质问：“你为什么要毁我！你这个八婆，你这个爱管闲事的巫婆。”

玛莎小姐被吓坏了，她整个人瘫软在货架旁，另外一只手还按着自己身上的那件丝绸背心。那位年轻人赶紧过来抓住了他同伴的衣领，并且说："我们走吧，你已经骂够了。"他把那位疯狂的同伴连拖带拽地弄出了面包店，自己又走了进来。

他说："夫人，我想我应该告诉你刚才发生的一切是怎么回事。刚才那个人是我的一个同事，他叫布卢姆伯格。我们都是建筑师。在这三个月中，他一直在为一项比赛作准备，也就是绘制一份新市政厅的平面规划图纸。绘制图纸时，我们通常都是先用铅笔打个草稿，之后再描好。而擦掉铅笔痕迹的最好工具就是陈面包屑，它们比橡皮好用得多。然而，他昨天刚刚描好了图纸，正打算用面包屑擦掉铅笔的痕迹，可是……您知道的，他刚刚在您这里买了陈面包，但是面包里却有黄油。他一直在这里买陈面包都没什么事，可偏偏这次，他马上就要完成了。现在那张图纸已经变成废纸了，它仅剩下的用途或许就是去包装三明治了。"

玛莎小姐听完这件事的整个过程，默默地走到后面的房间。她重新穿上了那件老旧的棕色衣服，换下了丝质的背心。紧接着她又将她精心熬制的美容养颜的汁液倒进了窗外的垃圾桶中。

天窗室

起初，帕克太太会先带你去看那个双开间的客厅。当她开始滔滔不绝地夸赞说房间的优点以及那位住了八年的先生的各种优点时，你压根就不敢打断她的话。接着，你总算找到一个空当吞吞吐吐地说出，你既不是大夫也不是牙医时，那么帕克太太对于你这番话所表现出来的神气，一定会让你对你的父母顿然多出很多不满来，你甚至会嗔怪他们当初为什么没有把你培养成为适合帕克太太的客厅的那种人才。

随后，你带着闪躲似的表情走上一排楼梯，去看看每周八块钱租金的二楼后房。那么，此刻的帕克太太便会换上一副二楼的嘴脸，她会对你说，当初图森贝雷先生还没有到佛罗里达去接管他兄弟在棕榈滩附近的柑桔种植园时，就住在这里。房间的租金一直是十二块钱，这是相当便宜的价钱了。她还会强调说住在双开间前房、有独立浴室的麦金太尔太太，每年冬天都会到那个棕榈滩去。你听了她的一番介绍之后，支吾地说出你的想法，你希望看看租金更便宜一点的房间。

如果你此时没有被帕克太太的鄙夷神情所吓倒，你就会被她领到三楼去看看斯基德先生的那个大房间。当然，斯基德先生的房间并没有空出来。他整天待在房间里写剧本，抽香烟。可是每一个来这里找房子的人总是会被帕克太太引到他的房间里去欣赏那门窗上的垂饰。而每次被新租户参观之后，斯基德先生就会付一部分欠租，因为他害怕有被勒令搬家的可能。

接着——啊，接着——如果你到目前为止仍旧局促不安地站着，一双滚烫的手不安地插在口袋里，用力攥紧那三块早已汗津津的钱，用低哑的嗓音说出你那可耻又无奈的贫困，那么帕克太太就不会再给你做向导了。她会拉开嗓门，叫一声“克拉拉”，立马调转过头，迈开步子下楼去了。于是，那个被唤作克拉拉的黑人使女会陪你爬上那代替四楼楼梯的、铺着毡毯的梯子，让你看看天窗室。

所谓天窗室是一间位于房屋中央，有七英尺宽、八英尺长，而且两边堆放着一些黑黢黢杂物的贮藏室。

天窗室里有一张小铁床、一个洗脸架和一把椅子，外加一个木头架子权当是梳妆台。四面墙空空荡荡的，咄咄逼人，就像棺材的四壁一般，逼得你透不过气来。这时，你的手会不由自主地摸到自己的喉咙上面，你喘着气，就像一个坐在井里的人一般抬头一望——总算恢复了正常呼吸。不过，透过小天窗的玻璃向外望，你会见到一方蓝天。

“两块钱，先生。”克拉拉会用一种半是轻蔑、半是特斯基吉式（美国南方阿拉巴马州的城市，黑人居民较多）的语调对你说。

有一天，丽森小姐也来这里找房子。她随身带着一台和她这样娇小的人十分不符的打字机。她那非常娇小的身材给人一种在身体停止发育后，眼睛和头发却长个不停的感觉。它们仿佛在说：“天哪！你为什么不跟着我们一块儿长啊？”

帕克太太领着丽森小姐去看双开间的客厅。“这个壁柜里，”她说，“可以放一架骨骼标本，或者麻醉剂，或者煤——”

“很抱歉，我不是大夫，也不是牙医。”丽森小姐打了个寒战说。

帕克太太听了，又把她专门用来对付那些不够大夫和牙医资格的人的猜疑、怜悯、轻蔑和冰冷的眼神显露出来，她瞪了丽森小姐一眼，然后领她继续去看二楼后房。

“这要八块钱吗?”丽森小姐说，“啊！我样子看上去虽然年轻，可并不是有钱人家的小姐。我只是一个穷苦的做工小姑娘。所以，还是麻烦您带我去看看位置高一点儿，租金低一点儿的房间吧。”

照例，斯基德先生又听到了叩门声，他被惊得连忙跳起来，烟蒂也撒了一地。

“对不起，斯基德先生。”帕克太太说，当她看到他一副大惊失色的模样时，便露出一脸奸笑，然后做出一副不知情的样子说，“我不知道你在家。我请这位小姐来看看你的门窗垂饰。”

“这太美啦。”丽森小姐嫣然一笑说，她笑起来的样子跟天使一般美。

待到她们走了之后，斯基德先生着实忙了一阵子，把他最近的（没有上演的）剧本里那个高身材、黑头发的女主角全部抹去，随之换上一个头发浓密光泽、容貌秀丽活泼、娇小顽皮的姑娘。

“安娜·赫尔德（当时美国著名演员）肯定会争着扮演这个角色呐。”斯基德先生自言自语地说。他抬起双脚，踩在窗饰上，之后如同一只空中的墨斗鱼一样，消失在香烟雾中了。

没过多久，那声不耐烦的“克拉拉”便响了起来，如通过警钟一般地向全世界宣布了丽森小姐的经济情况。紧接着，一个皮肤黑得如同小鬼一般的克拉拉便抓住了她，并引领她爬上阴森森的梯子，把她推进一间顶上透着微光的拱形屋子，随即，那几个带有轻蔑和神秘意味的字眼从她口中吐了出来：“两块钱！”

“我就租这间了！”丽森小姐嘘了一口气，如释重负的表情里带着一抹轻松，接着她便朝着那张吱嘎作响的铁床坐了下去。

丽森小姐每天都出去工作。晚上她还会带回一些有字迹的纸张，用她那架打字机誊清。如果恰巧这天晚上没有工作，她就会跟别的房客一起坐在门口的高台阶上。或许上帝创造丽森小姐的时候，并没有让她住在天窗室里的打算。不得不说丽森是个十分开朗的女孩，她的心胸豁朗，脑袋里尽是一些微妙的、异想天开的念头。有一次，她甚至让斯基德先生把他那伟大的（没有出版的）喜剧《并非玩笑》（一名《地下铁道的继承人》）念了三幕给她听。

每每丽森小姐有空在台阶上坐上一两个钟头的时候，男房客们都简直快乐得不行。不过，那位在公立学校教书的，碰到什么都说“可不是吗”的身材高挑的金发小姐——朗纳克，却坐在石阶顶级，不以为然地嘿嘿冷笑着。而那位在百货商店工作，每星期日都会去康奈岛打活动木鸭的多恩小姐，也会坐在石阶底级，同朗纳克小姐一样嘿嘿地冷笑着。但是有什么办法呢，一旦丽森小姐坐在石阶中级，男人们就会马上在她身边围拢过来。

尤其是斯基德先生，他虽然没有说出口，不过心里早就把丽森小姐当成了他现实生活中私人浪漫剧中的主角。还有那位四十五岁，愣头愣脑，血气旺盛的大胖子——胡佛先生；以及那位极年轻的埃文斯先生，他老是吭吭地干咳着，以此来博得丽森小姐的注意，好劝他戒烟。男士们一致公认丽森小姐是“最有趣、最快活的人儿”，当然，正处在顶级和底级的冷笑却是难以与之妥协的。

说到这里，我请求诸位允许戏文暂停一下，让合唱队走到台前，为胡佛先生的肥胖洒一滴哀悼之泪。为了这脂肪的凄惨，臃肿不堪的灾害以及因肥胖而遭遇的嘲讽而唱哀歌吧。如果情场的得意与否取决于油脂的多寡，那么福斯塔夫可能要远远胜过瘦骨嶙峋的罗密欧。不过，情人大可以叹息，只是千万不能喘气，因为胖子是归莫默斯发落的。腰围五十二英寸的人，不管你的心脏跳得有多么忠诚，到头来还是白费工夫。去你的，胡佛！四十五岁，愣头愣脑，血气旺盛的胡佛也许能拐带着海伦逃跑；然而同样四十五岁，愣头愣脑，血气旺盛的胡佛，如果脑肥肠满的话，那么他只能是一具永不超生的臭皮囊罢了。这样的胡佛，是永远没有机会的。

在一个夏日的晚上，帕克太太的房客们如往常一样闲坐着，丽森小姐忽然抬起头看看天空，然后爽朗地笑了起来，她嚷道：“呀，那不是比利·杰克逊吗！我在这儿的楼下也能见到。”

听此言，大伙都抬起头来——有的看高楼的窗子，有的则东张西望，像是在寻找一艘杰克逊操纵的飞艇。

“我说的是那颗星星。”丽森小姐解释道，同时伸出一根纤细的手指指点着说，“不是那颗一闪一闪的大星星，而是它旁边的那颗，是一颗不动的蓝色星星。每天晚上我都可以从天窗里望到它，并且还给它起了名字，叫比利·杰克逊。”

“可不是吗！”朗纳克小姐说，“我竟然不知道你还是个天文学家呢，丽森小姐。”

“是啊，”观望星象的小人儿丽森小姐天真地回答着，“和任何一个天文学家一样，我知道火星居民的秋季服装会是什么新式样。”

“可不是吗！”朗纳克小姐不以为然地说，“你指的那颗星是仙后星座里的伽马星。它的亮度和二等星相仿，它的子午线程是——”

“哦，”年轻的埃文斯先生打断说，“不过我倒是认为比利·杰克逊这个名字要好得多。”

“是的，我也同意。”胡佛先生说，他呼噜呼噜地喘着气，对朗纳克小姐也提出了反对意见，“我认为既然那些占星的老头儿有权利给星星起名字，那么丽森小姐也应当有此权利。”

“可不是吗！”朗纳克小姐又说出了她的口头禅。

“我不知道它是不是流星。”多恩小姐说，“星期日的时候我正好在康奈岛的游乐场里打枪，十枪当中打中了九次鸭子，一次兔子。”

“从这儿看还不是很清楚。”丽森小姐说，“你们如果在我的屋子里看效果会更好。你们也知道，如果坐在井底的话，即使白天也是可以看见星星的。每当夜色来临时，我的屋子就成了煤矿的竖井，而比利·杰克逊星就如同夜晚女神用来扣住她睡衣的大钻石别针一样。”

后来有一段时间，丽森小姐没有把那些冠冕堂皇的纸张带回来打字。并且她早晨出门也不是去工作，而是挨家挨户地跑事务所，央求傲慢的工友通报，为此她受尽了冷落和拒绝，每天都是一副很颓丧的样子。这种情形持续了很长时间。

一天晚上，丽森小姐筋疲力竭地爬上了帕克太太的石阶，往常这个时候，正是她在饭店里吃了晚饭回家的时刻，不同的是，这天她并没有吃晚饭。

正当她要踏进门厅的时候，胡佛先生遇到了她。他觉得这是个难得的好机会，于是向她求婚，一身肥肉颤巍巍往她面前一杵，活脱脱一座随时可以崩坍的雪山。丽森小姐见状立马闪开了，一把抓住了楼梯的扶手。他想去抓她的手，她却举起手来，有气无力地给了他一个耳光。随后，她拉着扶手，一步一顿地挨上楼去。她从斯基德先生的房门口经过的时候，斯基德先生正在蘸着红墨水修改他那出喜剧（没有被接受的）中的舞台说明，注明女主角梅特尔·德洛姆（也就是丽森小姐）应该“从舞台左角一阵风似地跑向子爵身边”。终于，拖着疲倦身体的丽森小姐爬上了铺着毡毯的梯子，打开了她天窗室的门。

此刻，她已经没有气力去点灯和换衣服了。她倒在那张铁床上，纤弱的身体倒在老旧的弹簧垫上，几乎看不出弹簧床做出的反应。在这个如同地府般幽暗的屋子里，她慢慢地抬起沉重的眼皮，一抹微笑嵌在了她的嘴角。

她觉得，此刻，那颗比利·杰克逊的星辰正透过天窗，安详、明亮而不渝地照耀着她。她仿佛坠入了一个黑暗的深渊，周围一片空虚，顶上只是一方嵌着一颗星的、苍白的夜空。她给那颗星起了一个异想天开的名字，可这个名字并不恰当。朗纳克小姐说的是对的：它原是仙后星座的伽马星，不是什么比利·杰克逊。可尽管如此，她还是不愿意称它为伽马。

她仰面躺着，想把胳臂抬起来，可是抬了两次都没有成功。第三次，她总算把两只瘦削的手指举到了嘴唇上，从黑暗的深渊中她朝着比利·杰克逊飞了一吻。随即，她的胳臂便软绵绵地滑落了下来。

“再见啦，比利。”她微弱地低吟着，“你远在几百万英里之外，甚至连眼睛都不肯眨一眨。可是当四周漆黑一片，什么也看不见的时候，你却还能待在我能看见的地方陪着我，是吗？……几百万英里……再见啦，比利·杰克逊。”

第二天，大约上午十点钟时，黑使女克拉拉发觉丽森小姐的房门还锁着，房客们担心起来，他们一起把门撞开，看到丽森小姐毫无生气的样子后，他们开始擦生醋，打手腕，给她嗅烧焦的羽毛，可这些都不见效，有人便跑去打电话叫救护车。

没过多久，救护车来了，倒退着停在门口。一位穿着白亚麻布罩衣的年轻精干的医生跳上了石阶，他的举止沉着、灵活，神态也很镇静，他那光洁的脸上显得又潇洒，又严肃。

“四十九号叫的救护车来了。”他简洁地说，“出了什么事情？”

“哦，是这里，大夫。”帕克太太显然很不高兴，好像她屋子里出了事而引起的麻烦比什么都叫人心烦，她没好气地说，“我不知道她是怎么搞的。我们用尽了各种办法，都没有效果，还是救不醒她。那是个年轻的女人，一个叫做埃尔西——是的，埃尔西·丽森小姐。我这里从来没有出过——”

“哪个房间?”医生打断帕克太太的絮叨暴喊起来，帕克太太还从来没有听到过这种询问房间的口气。

“天窗室。就在——”

救护车的随车医生显然很熟悉天窗室的位置。他四级一跨，已经率先上了楼。帕克太太唯恐失了自己的尊严，也慢条斯理地跟了上去。

她刚走到第一个楼梯口，就看见医生已经抱着那个“天文学家”下来了。医生站定后，便用他那训练有素，如同解剖刀一般锋利的舌头，任性地把她数落了一顿，不过声音并不高。可尽管如此，帕克太太还是像一件从钉子上滑落下来的浆硬的衣服一般，慢慢地皱缩起来。从那以后，她的身心上便永远留下了皱纹。偶尔，她的那些好奇的房客们也会问她，医生究竟对她说了些什么。

“算了吧，”她会这样回答，“如果我听了那番话，就能得到宽恕，那么我也就很满意了。”

救护车的随车医生抱着病人，大步穿过那群围观看热闹的人，以致到了后来他们也羞愧地退到了人行道上，因为他们发现医生的神情看上去就像是抱着一个死去的亲人。

他们还有留意到，医生并没有把他抱着的人安置在救护车里专用的担架上，他只是对司机喊了一句：“拼命快开吧，威尔逊。”

事情到了这里便完了。难道这也算是一篇故事吗？第二天早晨，我在报纸上看到一小段消息，其中最后一句话可以帮助各位（正如帮助了我一样）把一丝半缕的细节联系起来。

报道说，贝尔维尤医院接收了一个住在东区某街四十九号，因饥饿而引起虚脱的年轻女人。结尾这样写道：

“负责治疗的随车医生威廉·杰克逊大夫声称，病人并无大碍。”

公主与美洲狮

在这样的故事里，当然不会缺少国王和王后。国王呢，身佩枪支，是那种六响的手枪，而且还是好几支同时佩带，脚上常穿着靴子，是那种安有马刺的马靴。总之呢，就是那种很厉害的老头儿。他声若洪钟，倘若在草原上说一句话，响尾蛇都会被吓得躲到刺梨树下面的洞穴里。不过，在他拥有这样显耀的家庭背景前，人们叫他“柔声细气的本恩”。当他拥有了五万英亩土地和成千上万头牛的时候，人们又叫他“牛王”奥唐奈了。

王后是拉雷多（美国得克萨斯州南端的城市，在格朗德河畔，对岸即是墨西哥）人，但是她拥有墨西哥人的血统。她是一位典型的科罗拉多州主妇，她不仅善良贤惠而且也将自己的温柔深深地传染给了本恩，以至于本恩在家里说话的时候会尽量放低自己的音量，以免过高的音频会震碎家里的瓷碗碟。在本恩还没成为国王之前，她每天都会坐到刺头牧场正厅的回廊里，编织草鞋。可是随着那些椅子和大圆桌从圣安东尼运来，随着财富如泉水般流入，她的生活也就变成了达纳埃（希腊神话中阿尔戈斯王的女儿，被幽禁在高塔内）的生活。

其实在这个故事中，国王和王后并不是主角。介绍他们二人的目的只是出于对他们的尊重，以防落下欺君之罪。接下来我要讲述的这个故事，它的真实内容是——“美丽的公主、对快乐的憧憬及碍事的狮子”。

现在国王与王后只有一个幸存的女儿，公主名叫约瑟法·奥唐奈。她继承了母亲热情的品质，还有亚热带美女那种健康的黑色皮肤。从本恩·奥唐奈国王身上，她继承了勇敢的胆量和执政的才能，并且学到了许多知识。像她这种能够将父母双方的优点集于一身的姑娘，实在是行万里路也值得一见的。约瑟法可以骑着她的小马，在策马奔腾的同时射出六颗子弹，至少有五颗子弹可以打中那些用绳子穿挂起来的摇晃的番茄；她也可以和她的小白猫一起玩上几小时，给它穿上不同样式的荒谬滑稽的衣服；她不用动笔头儿，就可以心算出如果一头小牛价值八块五，那么一千五百四十五头会是多少钱；可以粗略地估算出多刺牧场的长与宽，长大概是四十英里，宽是三十英里——只是大部分的面积是租来的。约瑟法骑着她的小马曾走过这个牧场的每一寸土地，所有的牧童都见过她，并且随便哪一个都会愿意做她忠实的奴仆。里普利·吉文斯是多刺牧场中一个牛队领头的牛倌，一天也看见了公主，于是他有了与皇室攀姻亲的想法。癞蛤蟆想吃天鹅肉？那倒也未必。因为在那个时期，在纽西斯的男人们人人都是好样的。更何况，“牛王”也并没有真正的皇室血统。通常情况下，被称为“牛王”的人，也只是因为人们称赞他偷牛技术的精湛，这个封号只是一种标志而已。

有一天，里普利·吉文斯去双榆树农场打听一群误入歧途的小牛的下落。他往回赶路的时候，时间已经有些晚了，当他到达纽西斯河的白马渡口时，太阳已经下山了。这里距离自己的营地还有十六英里，即使到多刺牧场也要十二英里。可是吉文斯实在太累了，他决定在白马渡口过夜。

河床上有一潭清澈的潭水。它被一层层茂盛的树木厚厚地覆盖着，旁边还有一些矮小的灌木丛。距离水潭五十码的地方，是一片野生的牧豆草场——这里可以给他的马提供丰盛的晚餐，也可以当做自己松软的床。吉文斯把马拴好，又把马鞍上的毛毡摊开来晾干。他背靠着一棵大树坐了下来，并且掏出了一根烟。忽然，从沿着河边密集的树丛中的某个地方传来了一声让人瑟瑟发抖的哀号。小马也被这恐怖的声音吓得上蹿下跳，不断地抖动缰绳，鼻子里喘着粗气。吉文斯把手里的香烟猛吸了几口，之后慢悠悠地走到草地上晾着的马鞍带那边，从枪袋子里拿出一把手枪，转了转装子弹的转轮，试了试。一条大鱼跳入深潭，随着一声清脆的巨响，水花四溅；一只棕色的小兔子跳过了一撮碍事的小草，之后坐在那边抽动着它的胡须，并且很滑稽地看着吉文斯；小马又去吃草了。

当一头墨西哥的狮子，在黄昏的时候蹲在河床旁边高声吟唱，那么还是提高些警觉才好。那头狮子一定在唱：在这片草场上，肥美的牛犊和羊羔是那样稀少，所以产生了食欲。

在草地上有一个被人吃空的水果罐头盒，应该是以前在这里待过的人留下的。吉文斯赶紧上去，把它捡起来，满意地咕噜了一声。在他的马鞍后面绑着一件衣服，衣服口袋里有烟，还有咖啡。咖啡和香烟！作为牧场的工人怎么可能渴望更多呢？在两分钟内，他已经生起了一小堆篝火。他开始用罐头盒去水潭边取水。当他距离水潭还有十五码的时候，他看见一匹耷拉着缰绳的小马在离他不远的灌木丛那边吃草。他仔细看了看，那匹马上还有马鞍，而且是女孩子专用的那种侧鞍。约瑟法·奥唐奈在水潭边喝水，她用膝盖跪在潭边，双手支撑着身体。当她喝完水后慢慢地站起来，两只小手互相拍打掉手上的细沙。距离约瑟法十码外的地方，在丛林中隐藏着一头墨西哥狮子。它的身体呈蹲着的姿势，并且用它那琥珀色的眼睛如饥似渴地怒视着她；距离它的眼睛约六英尺的地方，竖着它的尾巴，直挺挺的就像一个指针。它挪动了一下后腿，这是猫科动物跳跃前习惯性的准备动作。

吉文斯做了一切他能做的事情。他把手枪扔到三十码开外的草地上，之后响亮地吆喝了一声，迅速跑到了狮子与公主之间的地方。

“格斗”，这是吉文斯在这件事发生之后对这个行为的称呼。格斗很短暂，并且有些混乱。当他刚刚抵达进攻的最前线时，他看到空中闪过了一个黑影，随之就听到了几声若隐若现的子弹炸裂声。一百公斤的墨西哥狮子扑通一声倒了下来，正好压在了他的头上，顿时他感到自己要被这个庞然大物压扁了。他立刻喊了起来：“让我起来，这不公平！”然后他像蠕虫一样从狮子身下爬了出来，嘴里满是青草和泥土。在他的后脑勺上还有一个肿块，那是他磕在水榆树根上弄的。狮子躺在那里一动不动。吉文斯觉得委屈极了，他质疑有人违反了规则，于是狠狠地在狮子的面前挥动拳头，喊道："咱俩再较量二十回合——"他随后才意识到了这是怎么一回事。

约瑟法的脚步没有移动过，静静地为她那把银色的三八径手枪重新装上子弹。其实对于约瑟法来说，打死这头狮子本没有任何困难，你要知道，狮子的头可比西红柿大多了，而且那些西红柿还是被穿在绳子上不断摆动的。从她的嘴角和黑亮的眼睛里可以看出一丝笑意，还有一些发人深思的戏弄，令人发狂。这位骑士本来想表演英雄救美，可是现在他的脸颊如同火烧一般，甚至已经烧到了他的内心深处乃至灵魂了。这对于他来说原本是一个机会，是他梦寐以求的机会。只是制造这个机会的是戏弄之神莫摩斯，而并非爱神丘比特。毫无疑问，这片森林中所有的生物都在因为这场戏剧而默默地嘲笑他呢。吉文斯先生和一头毛茸茸的狮子为大家演出了一场极为有趣的杂耍剧。

"是你吗，吉文斯先生?"约瑟法说，她用她那含有糖精的声音，沉稳而低沉地说，"你刚才大叫的那声，差点让我的枪偏离了位置。你摔倒的时候，头没受伤吧?"

“哦，没有，”吉文斯静静地说，“并没有受伤。”他羞惭地弯下腰，从这头狮子的身下拖出他那顶最后的斯特森帽子。帽子被压得扁扁的，而且全是褶皱，这种款式非常具有喜剧效果。然后，他蹲了下来，轻轻地抚摸着死去的狮子，它还张着大嘴，很吓人的样子。

“可怜的老比尔!”他凄惨地感叹道。“怎么了?”约瑟法一针见血地问道。

“当然，你是不会知道的，约瑟法小姐。”吉文斯说，他表现出一种悲痛，但宽恕的情感却远胜于自己的悲伤，“没有人能够责怪你，我只是想试图挽救它的生命，却没能及时通知你。”

“挽救‘谁’?”

“为什么是比尔。你知道吗，我已经在草原上找了它一整天了。它是我们营地的宠物，我们已经养了它两年的时间了，哦，可怜的老家伙，它连兔子都不会伤害。如果营地里的那些兄弟听到它已经死去，一定会心碎的。当然，大家不会怪你，其实比尔只是想和你一起玩而已。”

约瑟法黑亮的眼睛没有从他身上离开一刻，里普利·吉文斯看到自己的谎言成功了。他站在那里若有所思，摸了摸它头上黄棕色的卷毛。他的眼睛里充满了遗憾，也有一丝温柔的责备。他的脸上摆出了一种悲哀态度，约瑟法动摇了，她不知道该不该相信他的话。

“你的宠物跑到这里来做什么?”她拿出了最后一丝对于自己立场的坚持，问道，“白马渡附近根本没有营地。”“这个老东西，昨天晚上就跑出营地了，”吉文斯很轻松地回答，“这真是一个奇迹，这里的小狼居然没有把它吓死。你知道我们营地的那个牧马人叫吉姆·韦伯斯特吧。他上周带来了一条小猎狗。就是这个小东西把比尔逼走的——小狗总是追着比尔，之后咬它的后腿，一连几小时都是这样。小狗把它害惨了。每天晚上睡觉的时候，比尔会偷偷地钻到小伙子们的毛毯下面睡觉，目的就是为了躲开小狗。我觉得它一定是非常绝望了，不然它是不会自己跑走的，因为它离开营地就会害怕的。”

约瑟法看着那只猛兽的尸体。吉文斯轻轻地拍了拍它厚壮的大爪子，它的爪子足以轻而易举地在一起一落之间杀死一头一岁的小牛。一片红晕在女孩深橄榄色的脸上漾开来。这是不是一个猎人在错杀一只动物后，那种感觉到羞辱的信号呢？她的目光变得柔和，低垂的目光已经赶走了之前明显的嘲弄。“我很抱歉，”她虚心地说，“但是它显得那么大，而且又跳得这么高，可……”

“可怜的老比尔很饿。”吉文斯打断了她的话，快速地为死者辩护道，“在营地里，我们喂它吃东西的时候，总是要让它跳起来。它还会因为吃不到一块肉而在地上打滚。当它看到你的时候，一定是以为只要跳得高一些，你就能给它吃的呢。”

突然，约瑟法的眼睛睁得很大。“我刚才可能会伤到你！”她感叹道，“你当时就站在我和它的中间，原来你是冒着生命危险来救你的宠物！你简直太善良了，吉文斯先生，我喜欢疼爱动物的人。”

现在，在她的眼中甚至出现了钦佩的目光。毕竟，一个英雄，在一片废墟之中又重新站了起来。看看吉文斯的表情吧，这个表情绝对可以为他在动物保护协会谋得一个很高的职位。

“我一直都很喜欢，”他说，“马啊，狗啊，墨西哥狮子，还有牛、鳄鱼什么的。”“我讨厌鳄鱼，”约瑟法立刻提出异议，“让人很害怕，而且身上总是有泥水！”“我说鳄鱼了吗？”吉文斯说，“我的意思是羚羊，哦，绝对是羚羊。”

约瑟法的良知促使她想做出一些补偿。她悔过地伸出手，眼睛里有泪水在闪动，马上就要夺眶而出了：“请原谅我吧，吉文斯先生，好吗？我只是一个小女孩，你知道的，我是第一次这么害怕。对于比尔的死，我真的感到非常、非常抱歉。你知道我现在有多么惭愧吗？如果我在一开始就知道事情的真相，我是不会这么做的。”

吉文斯握住了她伸过来的手，并且握了一段时间。他用他表现出来的慷慨战胜了他失去比尔的悲痛。最后，很明显，他已经原谅她了：“你不要再提这件事了，约瑟法小姐。比尔的模样确实很吓人，我想任何一位年轻的女士看到它，都会作出同样的反应。我会对营地里的小伙子们解释这一切的。”“你真的确定你不恨我吗？”约瑟法主动接近他。她的眼神是甜蜜——哦，除了甜蜜，还有恳求原谅的忏悔：“我也会恨任何一个杀死我的小猫的人。你真的好勇敢，冒着这么大的风险去试图挽救你的宠物！很少有男人能做到的！”从失败转为胜利！从杂耍表演转为煽情的剧目！干得好，里普利·吉文斯！

现在已经是黄昏时分了，当然不能让约瑟法小姐独自骑马回牧场。吉文斯重新把马鞍放回马背上，准备送公主回家，只是他的马似乎不大高兴的样子。一位是公主，另一位是守护动物的英雄，两个人并排地骑着马，飞驰着穿过这片光滑的草场。泥土的芬芳加上盛开的鲜花那微妙的甜香，已经把他们围绕在一个甜蜜的氛围之中了。远处的山坡上，有阵阵狼叫的声音传来。

约瑟法将自己的马逐渐靠近吉文斯的马，并且她的小手似乎在摸索着什么。吉文斯用他自己的手抓住了它。两匹小马保持着一致的步调。马背上的两个人手拉着手。其中一只手的主人解释说："我从来都没有被什么事情吓到过，但是你想想，一头真正的野狮子是多么可怕啊！可怜的比尔！不过我却很高兴有你在身边！"

奥唐奈坐在牧场的回廊里。"你好，里普！"他喊了一声，"是你吗?"约瑟法说："我迷路了，是他陪我骑回来的。有些迟了。"

"非常感谢。"牛王说，"今天晚上就住在这里吧，等明天早上再骑回营地去，里普。"但是吉文斯没有。他还是需要赶回营地，因为在拂晓的时候，会有一群牛被运来。他说了声晚安，便疾驰而去了。

一小时后，当灯光熄灭的时候，约瑟法穿着睡觉时穿的长袍，站在她的卧房门口，对隔着砖墙的走廊里的国王的房间大声喊道："嘿，爸爸，你知道那只老墨西哥狮子吗？就是人们叫它'独耳大王'的那只——就是把给马丁先生放羊的牧羊人冈萨勒斯咬死的那只，还在萨拉达牧场杀死了五十多头小牛。你还记得吗？嘿嘿，今天下午我把它解决了，就在白马渡口那边。当它准备跳起来的时候，我用我的三八口径的手枪，直接打在它的头上，两枪毙命。我知道是它，因为它曾经被老冈萨勒斯砍掉了一大块左耳朵，所以我不会认错。怎么样你不一定有我这么厉害吧，爸爸。”

“你这个专会欺负人的小丫头!”在黑暗的皇宫中，“柔声细气的本恩”发出了雷鸣般的吼声。

证券经纪人罗曼史

上午九点半方才看到证券经纪人哈维·麦克斯韦尔在年轻的速记员小姐陪伴下匆匆走进事务所，他的机要秘书皮彻那向来毫无表情的脸，也不禁因为一丝诧异和好奇而动容。麦克斯韦尔飞快地道了声“早，皮彻”，就冲向了自己的办公桌，仿佛要从上面跳过去似的。接着，他就埋头于那一大堆等待他处理的信件和电报里。

那位年轻小姐担任麦克斯韦尔的速记员已经有一年光景。毫无疑问，她的美貌可不是草率几笔就能速记下来的。她没把头发做成浮华艳丽的蓬巴杜发型，也不戴什么项链、手镯、鸡心之类的东西，身上更没有那种随时准备受邀外出进餐的习气。她的灰色衣服简单素净，却精心勾勒出身材的线条而又不失矜持。精致的黑色无边帽上插了一支金绿色的鹦鹉羽毛。这个早晨，她春光满面，温柔而羞涩，双眸如梦幻般流光溢彩，面颊如桃花般娇艳，脸上流露出幸福的表情，又沁染着一分回味。

皮彻依然有点好奇，察觉到女速记员今天早晨的举止有些异样。她不像平时那样直接走向隔壁房间里自己的办公桌，而是略为犹豫地在外面的办公室里徘徊。有一次，她挪近麦克斯韦尔的办公桌，近得足以让他感受到她的存在。

坐在办公桌前的人早已成了一台办公机器——一个忙碌的纽约证券经纪人，被嗡嗡作响的齿轮和卷动的发条推动着前进。

“喂，干吗？有事吗？”麦克斯韦尔尖锐地问。他那些拆封的信件铺满了杂乱的桌面，就像舞台上的人工降雪。他锐利的灰色眼睛，粗鲁而毫无人情味儿，颇不耐烦地扫了她一眼。

“没事。”速记员回答，带着一丝笑意走开了。

“皮彻先生，”她对机要秘书说，“麦克斯韦尔先生昨天有没有说起过要另请一个速记员？”

“说过，”皮彻回答道，“他是让我另请一位。我昨天下午就通知了职业介绍所，让他们派几个过来看看。不过现在已经九点四十五分了，还没有哪个戴花枝招展的帽子或者嚼菠萝口香糖的人出现呢。”

“那我还是照常工作吧，”年轻姑娘说，“直到有人接班为止。”她立刻走到办公桌前，把那顶缀着金绿色鹦鹉羽毛的黑色无边帽挂在老地方。

谁要是无缘得见一个忙碌的曼哈顿证券经纪人在生意蜂拥而入时的光景，谁就不配当个称职的人类学家。诗人歌颂着“灿烂生命中拥挤的钟点”。证券经纪人不仅每一个钟头挤得满满当当，就连每一分每一秒都忙碌不堪，像车厢前后左右都挤满了乘客，人人都紧紧抓住扶手的吊带，没有一个空当。

今天就是哈维·麦克斯韦尔的大忙之日。证券行情收录器开始间歇痉挛地吐出一卷卷纸带，桌上的电话不断地铃声大作。人们开始涌入事务所，从栏杆外探进身子招呼他，有人喜形于色，有人言辞尖锐，有人刻薄阴毒，也有人激动不已。传信的小弟抱着信件和电报跑进跑出，事务所的职员们四处跳腾，活像暴风雨中的水手。就连皮彻那张扑克脸也露出了近乎于生气的神情。

交易所里风云变幻，如飓风、山崩、暴风雪、冰川移动、火山爆发，这些自然界的剧变在经纪人的事务所里微观地重演了。麦克斯韦尔一把将椅子推到墙边，像跳踢踏舞一样迅捷地处理业务，从行情收录器跳到电话，从办公桌蹦到门口，灵活得像个训练有素的滑稽戏小丑。

正在这个忙得不可开交、愈来愈紧张的紧要关头，证券经纪人忽然瞅见一堆高耸的金色卷发，顶着一顶颤颤巍巍的丝绒帽子，上面缀着鸵鸟毛帽饰；一件仿冒的海豹皮短外套；一串核桃大小的珠链，底下挂的银鸡心坠子几乎要垂到地板上。这些装饰物包裹着一个镇定自若的年轻姑娘，而皮彻正准备介绍她。

“速记员介绍所派来的姑娘，来应聘这个职位。”皮彻说道。

麦克斯韦尔转过半个身子，手中抓满了纸张和记录股票行情的纸带。

“什么职位？”他皱起眉头问。

“速记员的空缺，”皮彻说，“您昨天跟我说打电话给介绍所，让他们今天早上派一个过来。”

“你头脑发昏了，皮彻，”麦克斯韦尔说，“我干嘛要叫你办这种事？莱斯利小姐一年来在这里的工作完美到无可挑剔，只要她情愿在这儿干下去，这个职位就只可能是她的。小姐，这儿没什么空缺。赶快跟介绍所取消招聘的事，皮彻，也别再把其他什么速记员引进来啦。”

银鸡心摇摇晃晃，不听话地在办公室家具上磕来碰去，忿忿不平地离开了事务所。皮彻抓紧时间跟簿记员说，“老大”最近一天比一天心不在焉、容易忘事了。

事务愈发急迫，节奏愈发迅猛。麦克斯韦尔的大投资客户们持有的证券中，有五六种正剧烈震荡。买进卖出的票据像竞翔的飞燕一般传来递去。他自己投资的几种股票也被风险侵袭，他就像一部高速运转、精密坚固的机器般埋头工作——绷紧上弦、全速前进、精确无误、果断无疑、措辞妥当，决策和行动都像钟表机芯一样到位而迅速。证券、公债、贷款、抵押、保证金和担保品——这是一个金融的世界，人性或是自然界在这里丝毫没有立锥之地。

午餐时间将近，喧嚣得到了些微的平息。

麦克斯韦尔站在办公桌旁，手里满是电报和备忘便笺，右耳朵上夹着一支自来水笔，一缕缕头发凌乱地垂在前额上。他的窗子开着，因为春天这位可爱的女门房，已经在大地苏醒过来的暖气管里输送了一点儿暖意。

窗口飘进了一股飘忽的气息——也许是若有所失的——是紫丁香纤细又甜美的芳菲，一瞬间使经纪人动弹不得。因为这样的芳香属于莱斯利小姐，是她的，也只属于她一个人。

那股气息使她的体貌活灵活现地、几乎触手可及地显现在他眼前。金融的世界骤然缩成了一颗小小的微粒。那个她就在隔壁房间——相隔只有二十步的距离。

“天哪，我得马上过去，”麦克斯韦尔压低声音说，“我现在就得去问她，真不明白我怎么没早点过去。”

他一个箭步跃进里面的办公室，像做空头生意的人急于吃进一样，冲向了速记员的办公桌。

她抬起头，面带微笑地看着他。淡淡的红晕浮上她的脸颊，她的目光亲切而又坦诚。麦克斯韦尔的一只手肘撑在她的桌子上，双手依然抓着颤动着的纸张，耳朵上还夹着那支自来水笔。

“莱斯利小姐，”他急促地开口道，“我只能腾出一点儿时间，我打算借机来说几句话。你能做我的妻子吗？我实在没时间用寻常人的方式向你诉说衷肠，但我真的爱你。快回答吧，拜托——那帮家伙正在疯狂抢购联合太平洋公司的股票呢。”

“啊，你在说什么呢？”年轻姑娘喊道。她站起身来，瞪大了眼睛，凝视着他。

“你怎么就不明白呢？”麦克斯韦尔几近失控地说，“我要你嫁给我，我爱你，莱斯利小姐。我早就想跟你说这事，所以业务稍微松下来一点儿，我就抽空过来了。他们又叫我去听电话了。叫他们等一下，皮彻！你愿意吗，莱斯利小姐？”

速记员此时的行为让人十分错愕。她显然在用力克制自己的大惊失色，之后眼泪便从她那疑惑的眼睛中夺眶而出。再之后她居然笑了，笑容是那样的阳光，她用手臂搂住经纪人的脖子，动作很温柔。

“我现在知道了，”她轻声说道，“你的脑袋被那一群杂乱无章的事情占满了，搞晕了。刚才你真的吓到我了。你还记不记得，哈维？昨天晚上八点钟，我们已经在街角的那家小教堂结婚了。”

无常的人生

一个人抽着一个接骨木的烟斗，正坐在办公室的门口。这个人就是这里的治安官，贝纳加·威德普先生。在远处，可以看见耸入云端的坎伯兰山脉，在午后的薄雾中呈现出一种灰色下特有的蓝。在居留地大街上，只有一只威风凛凛的花斑母鸡走在上面，并且还“咯咯咯”地叫嚣着。

不远处传来车轴转动的吱吱呀呀的声响，没过多一会儿，就有一辆被粉尘包裹住的牛车疾驰而来。在这辆牛车上坐着的就是兰西·比尔布罗和他的妻子。牛车在治安官办公室的门口停了下来，并且夫妻二人都下了车。兰西身高六英尺，比较瘦，皮肤呈红褐色，头发是黄色的。大山赋予了他冷峻的外表，就好像穿着一件盔甲。他的妻子则穿着花布做的衣裳，身材也很瘦，虽然头发是被拢起的，但还是不很精神，体现出一种烦躁的情绪。或许这些景物和人物，再加上那只花斑母鸡就已经构成了一幅忧郁山村的画作。

出于身份的考虑，治安官赶忙穿上了鞋子，之后站起身，将两位带进了办公室。“我们要离婚。”女人说。她说话的声音就像是寒冷的风吹过松林，沙沙作响，又带着一丝凄凉。她看了一眼兰西，用意是想知道兰西是否同意她说的话，甚至包括陈述的事实是否真实，是否全面，是否有所偏袒，总之就是想确认一下。“离婚，”兰西冷酷地点了点头，说：“我们过不下去了。在这座大山里面，即使是一对和和美美的夫妻都生活得很无趣。更何况她还不是那种让人舒心的人。一天到晚不是像野猫一样发狂，就是像猫头鹰那样阴沉着脸。根本就没有男人愿意过这样的日子。”

“你说的这叫什么话，在说别人之前怎么不先看看你自己有多窝囊，”女人虽然这样说，但表情却没有很激动，“你看看你那群狐朋狗友，不是无赖就是酒贩子，喝了玉米酒回来就直接扎到床上呼呼大睡。还有你养的那群恶狗，我还得天天伺候着。”“她总是摔锅盖，”兰西受到指责很不服气，于是便反过来讥讽道，“她居然用滚烫的水往浣熊狗身上泼，她这个蠢女人，根本不知道这条狗有多好，在整个坎伯兰山就找不出第二只这样的。还有，她不仅不愿意给我做饭，还总在半夜的时候唠唠叨叨，还让人怎么睡！”

“他总是不老老实实地缴税，所以山里人才叫他二流子，和这样的人过日子，我也睡不着。”

治安官开始淡定从容地执行公务了，他首先把一把椅子和一张木凳并排摆好，让两位当事人坐好。然后翻开办公桌上面的法条，开始仔细查看法条索引。不大会儿工夫，他把眼镜拿下来擦拭了一下，又把墨水瓶重新摆放了一下，说：“在法律条文上，还有规章制度上，我并没有查阅到本法庭具有这个权限。但是，根据平等的原则，还有宪法、《圣经》里反推论的箴言，我觉得既然我们治安官有权利批准人们结婚，那么我们也应该可以批准人们离婚。所以我可以给二位办理离婚手续，并且遵守最高法院的决定，我所颁发给二位的离婚证书是有效的。”

兰西·比尔布罗从裤兜里掏出一个放烟叶的布口袋，并且从这个小口袋里掏出五美元放在了桌面上。他说：“我就只有这五美元了，这还是用一张熊皮和两张狐狸皮换来的呢。”“我们这里办理离婚案件的手续费，”治安官说，“就是五美元。”他故意装出不屑的态度，之后把钱装进了自己粗呢布料的坎肩口袋里。接着，这位治安官费了好多脑细胞，用出了吃奶的劲儿才写出来一份证书。他把内容写在了半张大纸上，之后又用另外一张大纸原样抄写了一遍。兰西·比尔布罗和他的妻子听着治安官宣读那份可以为两位换取自由之身的文件：

根据法律条文的规定，现宣布：兰西·比尔布罗与其妻子阿里艾拉·比尔布罗今天来到本法官这里协议决定，两个人从此一刀两断，无论今后彼此境况如何。签订协议时，当事人神志清醒，具有完全民事行为能力。凭借本州治安和法律的庄严，特发此离婚证。上帝作证，今后再无瓜葛，绝不反悔。

田纳西州，比德蒙特县

治安官贝纳加·威德普

治安官刚要把这张离婚证明递交给兰西，却突然被阿里艾拉的声音阻止了。两个男人都莫名其妙地看着她。天生对于感情就很迟钝的男性，碰到了一个女人出人意料的变卦。“法官大人，你先等会儿再发离婚证，事情还没说清楚呢。我还得索要我应有的权利呢，我的赡养费呢？一个男人要抛弃自己的妻子，却一分钱都不给，这可说不过去。离婚之后，我得去找我的哥哥埃德，他家住在霍格巴克山。我去之前总得买双新鞋，还有鼻烟之类的东西吧。兰西既然能付得起离婚费，那我的赡养费他也得给。”

兰西·比尔布罗都听傻了。在此之前他可没听说她要赡养费啊。女人啊，总是横生枝节，不停地制造麻烦。治安官贝纳加·威德普倒是觉得这个问题确实需要法律的裁定。不过法条上可没写要给多少赡养费。他觉得这个女人确实需要一双鞋子，因为霍格巴克山的道路崎岖不平，还满是小石子。

“阿里艾拉·比尔布罗，”治安官完全一副法官的派头，问道，“在本案中，你觉得你需要多少赡养费？”

“我觉得，”她说，“我要买鞋子，还有一些别的东西，五美元应该可以了。赡养费才五美元，这简直就算不上什么。不过我觉得只要能让我到埃德哥哥家就行了。”

“钱数上来看，还算合理，”治安官说，“兰西·比尔布罗，本官判你需要支付给原告五美元作为赡养费，之后才会给你们颁发离婚证书。”

“我没有钱了，”兰西很郁闷地说，“刚才我所给你的，就是我所有的钱了。”

“你如果不支付这笔钱，”治安官将眼睛挑得很高，目光是从眼镜的上方射到兰西身上的，他继续说，“就是藐视法庭。”

“我想，如果可以缓一天的话，”这位丈夫诚恳地央求说，“如果是明天，我或许能凑出来。我从来没考虑过还有赡养费这么一回事。”

“现在休庭，明日再审。”贝纳加·威德普说，“你们两个明天再来这里听判，然后再给你们离婚证。”他又坐回门口，并解开了刚穿上的鞋的鞋带。

“我们现在去山下的齐亚大叔家，”兰西决定说，“现在也只能住在他家了。”他爬上牛车，阿里艾拉也从另外一边上了车。兰西拉扯缰绳，小红牛跟着慢悠悠地转了方向，之后牛车又裹着尘土离开了。

治安官贝纳加·威德普又开始抽那个接骨木烟斗了。黄昏时，他订阅的报纸被送了过来。他开始专心地读报，直到光线越来越暗，他无法看清上面的字迹。接着，他点燃了桌上的牛油蜡烛，借着烛光，一直看到月亮挂在天空中，到了晚饭的时间了。他家住在山坡上，那棵剥皮白杨树的旁边有一个双开间的小木屋就是他家。回家吃晚饭的时候，他需要穿过一条被月桂树层层掩映的小岔路。当他正走在路上的时候，突然，一个黑影从树丛中跳了出来。这个黑影，带了一顶帽子，帽檐被压得很低，几乎遮上了一大半的面孔，他用枪指着治安官的胸口。

“钱，我要钱，”那个人说，“不要啰唆，我的神经很紧张，一个不留神就可能扣动扳机。”

“我只有五……五……五美元。”治安官一边说着，一边顺从地掏出了兜里的钱。

“把钱卷起来，插进枪口里。”那个人命令道。

那五美元是一张新钞，所以很脆。治安官虽然被吓得瑟瑟发抖，但是他的手指头还是可以完成这个卷钱的动作的，只是要把钱卷对准枪管不是很容易。

“好了，你可以走了。”那个人说。

治安官怎么敢再停留半刻，当然撒腿就跑。

第二天，那辆小红牛拉的车又来了，依然在办公室的门口停下。治安官贝纳加·威德普知道他们今天会来，所以早就把鞋子穿好了。兰西·比尔布罗当着治安官的面，把五美元交给了他的妻子。治安官看见那张钱的时候，目光呆滞。因为那张钱是卷起来的，就像是被放到过枪管里面。但是，治安官并没有作出任何反应，他觉得或许有同样巧合的经历也是有可能的。他把离婚证书发给了这两个人。

从接过离婚证书的那刻起，这两个人变得有些不适应，他们伫立在那里，只是慢慢地将这个自由的凭证折好，两个人都沉默不语。女人压抑着自己情感的宣泄，只是偷偷地看了一眼兰西。“你是要赶车回家了吧，”她说，“你记得面包我放在木架子上的铁盒里了。还有咸肉，我把它藏在烧开水用的锅里了，就怕狗会偷吃。还有，晚上要记得给钟上发条。”

“你这就去你哥哥家吗?”兰西问得好像也不是那么关切，只是顺口一说而已。

“我得在天黑之前赶到他那里。我没期望他们会主动热情地接待我，只是除了那里，我也没地方可以去了。路还挺远，我得马上走了。那么，我们要说再见了，兰西——我是想说，如果你还愿意和我说再见的话。”

“如果连一句再见都不会说的人，那也就不是人了，就是畜生。”兰西的声音中透着难过，“除非你是着急走，不愿意等我说出来。”

阿里艾拉沉默不语，她默默地将手里的离婚证书和那五美元的赡养费小心翼翼地折好，之后揣进怀里。贝纳加·威德普的目光透过眼镜，射到那张五美元的钞票上，他的心里很不是滋味，因为钱已经归了别人。然后，她说了一句话——这句话确实是她那时心里一直记挂的，这句话也充分地证明了她是一个富有同情心的女人中的一员，这句话还把兰西的处境与少数穷得只剩下钱的富翁相提并论。“今天晚上，老房子里会很寂寞吧，兰西。”她说。

兰西·比尔布罗双眼死盯着远处的坎伯兰山脉，在阳光的照耀下，山脉变成一片美丽的蓝色。只是，他没有看她。“我知道，一定会的。”他说，“但是有一个人有一肚子的怒气，吵着闹着一定要离婚，我又怎么能强迫她留下呢。”

“不是一个人闹着离婚的，”阿里艾拉也没有看着他，只是死死地盯着板凳说，“更何况没有人要她留下。”

“可那个人也没说不让留啊。”

“可是那个人也没说要她留下啊。我觉得我还是马上动身，去我哥哥那里吧。”

“那只钟太旧了，没有人知道该怎么给它上发条。”

“那我和你一起先回去，给钟上了法条再走，兰西？”

在那个山民的脸上还是看不出有一丝激动的表情，但是他用自己厚实的大手牵住了阿里艾拉那只又小又瘦的、不再白皙的手。而她却不能将自己的感情控制得那么好，她的喜悦之情溢于言表，脸上顿时闪耀出了光辉。

“我不让那些狗惹你生气了，”兰西说，“你说得对，我是有些窝囊，不进取。以后，还是你来给钟上发条吧，阿里艾拉。”

“其实我的心一直都留在那座木屋里，兰西，”她小声地呢喃，“心里永远都是你。我也不发脾气了。我们走吧，兰西，趁着太阳还没下山，我们赶回家吧。”

治安官贝纳加·威德普看见他们两个人居然当自己是隐形的，当他们走到门口的时候，他不得不用一种方式来警示两个人他的存在。“我以田纳西州政府的名义——”他说，“警告你们，不得藐视本州的法律和法规。本法官看到两个相爱的人终于解开所有误会，拨开了存在已久的浓雾，现在重归于好了。我很是替二位开心。但是我的职责要求我必须维护本州的伦理道德和治安，所以我需要提醒你们二位的是，你们现在已经离婚了。就是在刚刚，我才将离婚证书交到了你们的手上。在这种情况下，你们不宜以夫妻的名义生活在一起，不能做夫妻间才能做的事情，也不能享有夫妻间的权利。”

阿里艾拉一把抓住了兰西的胳膊。难道治安官的这番话是要告诉她，她好不容易才找回来的真正的爱情，刚刚接受了生活的惩罚，这么快就要再一次失去吗？

“但是，”治安官接着说，“本法官可以解除你们之间的障碍。我可以现在就为二位举行一个庄严的结婚仪式，让你们重新恢复高尚的婚姻状态。这样就可以解决已经离婚所造成的弊端了。只是，执行这个程序的手续费用，把所有的一切都包括进来的话，总共是五美元。”

阿里艾拉从他的话里听出了一丝转机，她没有多想，快速地将钱从怀里掏了出来。那张五美元的钞票就像一只长了翅膀的和平鸽，转瞬间就平安地落在了治安官的办公桌上。她挽着兰西的手，倾听着让他们结合的美丽、神圣的词句。阿里艾拉那黄色的脸上，因为羞涩或者因为幸福，总之是泛起了红晕。

这次，兰西先搀扶着她上了牛车，之后自己才爬上去，坐在了她的身边。那头小牛熟练地转身，之后，他们手牵着手，向山里进发了。

治安官贝纳加·威德普又坐在了门口，解开鞋带，之后把鞋子脱掉。他摸了摸自己坎肩口袋里的五美元钞票，之后又抽起了他那个接骨木烟斗。在居留地大街上，只有一只花斑母鸡威风凛凛地走在上面，并且还“咯咯咯”地叫嚣着。

春天的先兆

早在迟钝的乡下人感到春天到来之前，城里人就已经知道春之女神来临了。城里人坐在四堵石壁中间，吃着早餐的煎蛋和烤面包，只消翻开晨报，稍加留意就可以看到新闻远远地跑在季节的前面。

如果说，“春天的信使”曾一度是由我们敏锐的感觉所扮演的角色，那么现在就不同了，它已经由美联社取而代之了。

哈肯萨克知更鸟的第一次欢唱，本宁顿枫树枝叶的悄然舒动，锡拉丘兹的大街两旁杨柳顶出的新绿，蓝鸟最初的啁啾，蓝角的天鹅绝唱，圣路易斯一年一度的旋风，新泽西州庞普顿人那些估计桃子歉收的牢骚，比尔其沃特车站附近的池塘里那头每年必来的、瘸了一条腿的野鹅的出现，众议员金克斯在议院揭露了药品托拉斯哄抬奎宁价格的卑劣企图，遭到雷击的第一株高白杨，还有在树下躲雨而被震昏的野餐者，阿勒根尼河的解冻，派驻朗德角的记者在苔藓地上发现了一朵紫罗兰——这些报导无疑都构成了新绿季节的徐徐而来的脚步，成为春天的先兆，通过电讯的方式传到了智慧的城市，只是农民除了田野上一片死寂的冬天景色之外，他们什么也看不到，那些城市人所了解到的先兆，距离他们是遥远的。

当然，这些只不过是一些表面现象。而真正的先兆只存在于人们心里。当斯特雷方要找他的克萝伊，迈克要找他的麦琪时，真正的春天才算到来，而报上关于佩蒂格鲁法官的牧场上打死一条五英尺长的响尾蛇的新闻才能得到证实。

第一朵紫罗兰还没有绽放，彼得斯先生、拉格斯代尔先生和基德先生并排坐在联合广场的一条长椅上，他们正在策划一个阴谋。在这三个痞子之中，彼得斯先生充当的是达太安（法国作家大仲马的小说《三剑客》中的主角）

的角色。放眼望去，在公园里任何一条椅子的绿色背景上，最邋遢、最懒惰、最显眼的褐色污点就是他。不过，这丝毫不影响他此时此刻在三人中最为重要的地位。

因为彼得斯太太有一块钱，一张完整的一元钞票，这是一张合法的货币，全国通用，可以用来支付各项捐税和公共事业费用。而怎样才能把那一块钱弄到手，就是那三个不入流的剑客正在探讨的问题。

“你是怎么知道那一块钱的呢?”拉格斯代尔问道，他产生疑惑的原因在于钞票的面额之大。

“是送煤工看到的。”彼得斯先生说，“她昨天出去帮别人洗了些衣服。你们知道她早饭给我吃的是什么——一个面包头和一杯咖啡，而她自己身边却有一块钱!”彼得斯先生的语气明显有着难以按捺的气愤。

“真是岂有此理。”拉格斯代尔说。

“不如咱们一起跑上去，把她推倒，然后用毛巾堵住她的嘴，把那一块钱抢来如何?”基德恶狠狠地提出自己的建议，“我们总不至于怕一个女人吧?”

“她一定会大声嚷嚷的，到那时会害得我们脱不了身。”

拉格斯代尔提出了反对意见，他说，“我可不希望在人多嘴杂的地方去欺负一个女人。”

“各位先生，”彼得斯先生透过他黄褐色的胡子茬厉声说道，“请别忘了，你们现在谈论的是我的妻子。要知道，男人是不能对一位太太动手的——除非是——”

“麦圭尔，”拉格斯代尔直截了当地说，“如今已经挂出了卖黑啤酒的招牌。只要有一块钱，我们就可以——”

“别再讲啦!”彼得斯先生舐舐嘴唇，显然是难以抵抗诱惑，他说，“咱们总得想点儿办法把那张钞票弄到手才是，是吧，伙计们。难道一个男子汉连自己的老婆都驯服不了？这件事就交给我来办好啦。我现在就回家去把它弄来。你们在这儿等着。”

“对于女人，踢她们的肋骨是最好的办法，她们立马就会向你屈服，告诉你钱藏在什么地方，我可是亲眼见过的。”基德说。

“男子汉是不可以踢妇女的。”彼得斯又重重地重申了一遍，之后，他胸有成竹地说，“稍稍掐住她的喉咙——只需要那么轻轻地在气管上来一下——马上就能见效——而且还不露痕迹。你们等着吧。我肯定能把那一块钱弄来，伙计们。”

二马路和河滨之间有一座经济公寓，彼得斯夫妇就住在那里。他们住的是一间后房，光线很暗，甚至在房东连收房租时都有点儿不好意思。彼得斯太太很能吃苦，到处找些擦地板、洗衣服的杂活来挣些小钱。而彼得斯先生五年来从没有挣过一文钱，并且这项纪录至今仍保持着从未打破。作为一种习惯，他们一直相依为命，分担着彼此的憎恨和怜悯。不得不说，是习惯的力量维持着地球的内聚力，它才没有散成碎片；尽管有人提出一些愚蠢的地心引力的学说。

此刻，体重两百磅的彼得斯太太正坐在家里两把破椅子中比较结实的那一把上，呆呆地从窗口处望着对面的砖墙，那是家里唯一的一扇窗。她的眼睛又红又湿润。屋子里的家具早就该让收破烂的人运走了，可是这些东西白送给他们都没人要。

门被打开了，彼得斯先生走了进来。一双小猎狗似的眼睛里流露出一个迫切的愿望。妻子用一种判断的眼神打量着他，确定了这个愿望来自他身体的哪一部分，只是她错把馋渴当成了饥饿。

“天黑之前，你休想再找吃的啦。”她说完又向窗外望去，“你趁早带着那张猎狗脸到外面去吧。”

彼得斯先生打量了一下他们两人之间的距离。他思量着假如趁她不留意，也许有可能扑到她身上，将她打翻，然后施展他的掐脖子战术，要知道他可是在那两个等待着的伙伴面前夸下海口的。不错，那只是夸口而已；到目前为止，他始终不敢对她使用任何粗暴的手段；可是一想到那可口劲爽的黑啤酒，他就六神不安，甚至，他开始考虑要推翻自己那套关于绅士该怎么对待女士的理论了。作为一个习惯多用诡计、少动筋骨的懒汉地痞，他选择先采用外交手段，使出了一张极令牌——装作一副胜券在握的模样。

“你有一块钱。”他带着满不在乎而意味深长的口气说，一如财产已经唾手可得，他点燃一支雪茄时所说的话一样。

“是啊。”彼得斯太太说着从胸口处掏出那张钞票，并逗惹似的甩得哗哗直响。

“有人请我到一家——一家茶叶店去干活。”彼得斯先生努力作出轻松的样子说，“明天就上工。但是我必须买一双——”

“你撒谎。”彼得斯太太收好钞票，对于丈夫的诡计，她已然洞察，她说，“没有哪一家茶叶店、旧货铺、废品回收站会要你的。我洗工作服、工装裤，两手的皮都磨破了，好不容易才挣到那一块钱。难道你以为从肥皂泡沫里挣来的钱可以让你去换取那些灌进你肚子的啤酒泡沫吗？别做梦了！你最好别打那块钱的主意啦。”

很显然，即使塔列朗（法国政治家，以纵横捭阖、善使手腕著称）的装腔作势也终是换不到那一块钱了。但不得不承认他的外交手段还是很巧妙的。彼得斯先生足智多谋的气质拉住了他的半统靴的皮带，把他抬到一个新的立足点上。此时，他眼睛里流露出一种百般无奈的伤心神情。

“克拉拉，”他假惺惺地说，“继续挣扎也没用。你一直就不肯多理解我一下。老天知道我是如何用尽气力，拼命挣扎，就是想在不幸的波涛中冒出头来，可是——”

“别说啦，什么希望的彩虹啦，逐一克服困难，走向幸福之岛啦，”彼得斯太太叹了一口气，继续无奈地说，“这些话我已经听烦了。壁架上那个空咖啡罐头后面有一小瓶石炭酸，你就拿去喝个痛快吧。”

彼得斯先生沉思了一会儿。心中暗忖：下一步该怎么办呢！看来老办法已经行不通了。而那两个发霉的剑客正在破败的宅邸里苦苦等着他——所谓宅邸，就是公园里那张铁腿已经摇晃的长椅。如今，他的荣誉实难保全了。回来之前，他答应同伴要单枪匹马地攻打城堡，带回宝藏来供他们欢饮，给他们慰藉。他是那么胸有成竹地许诺的呀，因为挡在他和令人垂涎的那一块钱之间的只是他的妻子，是那个以前百依百顺的小女人——啊！——干吗不再尝试一下呢？以前只要用几句甜言蜜语，就可以如人们所说的那样，把她玩弄于股掌之上。是啊，为什么不再试试呢？他已经有好多年没有试过了。悲惨的穷困与相互间的憎恨和厌恶，已经使那些甜言蜜语消失殆尽。但是拉格斯代尔和基德在等他把那一块钱带回去呢！

彼得斯先生偷偷朝妻子瞥了一眼。她已经胖得没有模样了。一身肥肉溢出了那把破旧的椅子。此刻，她正神情恍惚而奇特地望着窗外。眼睛红红的，看得出她刚哭过。

“不知道是什么原因。”彼得斯先生暗忖道。

敞开的窗户外面空空如也，只看到砖墙和单调光秃的后院。假如吹进来的风不带一丝和煦的暖意的话，整座城里仍然是一片仲冬景色，对围攻的春天摆出一副凛然不可侵犯的面孔。但是春天的到来并没有隆隆炮声伴随，她是地道兵，是地雷手，不容你不投降。

“我还是得试试。”彼得斯先生扮了一个苦脸，喃喃自语着。

于是，他踱步来到妻子身边，伸手搂住她的肩膀。

“克拉拉，亲爱的，”他的语气连一只小海豹都骗不过，“我们为什么一定要顶嘴呢？难道你不是我的小亲亲吗？”

可是彼得斯先生，爱神圣洁的总账上已经有了你不光彩的记录。你的罪名是企图蒙骗、伪造并使用爱神最圣洁的称呼。

然而春天的奇迹还是实现了。春天的先兆从黑墙之间的小胡同里溜进了后屋。看着仿佛很可笑，可是——哎，那本来就是一个捕鼠夹，你们，太太和先生，还有我们大家无一幸免，全都给夹住了。

所以，又红又胖的彼得斯太太，如同尼俄柏（希腊神话中尼俄柏有七子七女，她嘲笑了只有一子一女的拉东娜，于是拉东娜的子女把尼俄柏的子女全部射死，尼俄柏悲痛而绝，化为一块终年淌水的岩石）或者尼亚加拉（美国东北部的大瀑布）那样泪水滂沱，她激动地伸出双臂一把抱住她的丈夫，软瘫在他身上。彼得斯先生本可以想法子把那张钞票从存放的地方掏出来，只是他的胳臂被箍得紧紧的，动弹不得。

“你爱我吗，詹姆斯?”彼得斯太太问道。

“当然，爱极啦，”詹姆斯说，“不过——”

“你不舒服啦!”彼得斯太太嚷道，“你脸色怎么这样苍白，样子看上去这么疲倦?”

“我觉得身体很虚弱。”彼得斯先生说，“我——”

“哎，等一会儿，我知道是什么原因。等一会儿，詹姆斯。我马上就来。”

临去之前，彼得斯太太又搂了他一下，劲道之猛使他想起了可怕的土耳其人。她随即匆匆跑出房间，下了楼。

彼得斯先生用两只手的大拇指钩着背带。

“行啦，”他长出了一口气，向天花板吐露说，“我把她骗上手啦。没想到我老婆的心肠居然这么软。嘿，先生，我简直成了下西区的克劳德·梅尔诺特（英国作家利顿所著《里昂夫人》中的人物，他是园丁的儿子，伪装成科莫亲王，赢得了女主角的欢心）。就目前来看，我已经十拿九稳，等下准能把那一块钱弄到手。只是不知道她跑出去干什么了。大概是去告诉二楼的马尔登太太，说我们又和好如初了。我得记住，这没用的东西！拉格斯代尔还说要揍她呢!”

没多大功夫，彼得斯太太拿着一瓶菝葜水（藤本植物，根茎可入药，有祛风解毒的作用）回来了。

“幸好我有那一块钱。”她兴奋地说，“不然你的身子就全垮啦，宝贝。”

彼得斯太太把那东西倒出一匙，塞进彼得斯先生的嘴里。接着，她坐到他腿上，喃喃地说：

“再叫我一声亲亲，詹姆斯。”

他一动不动地坐着，这下，他已经被他的有血有肉的春天女神镇住了。

春天来了。

而口干唇焦的拉格斯代尔先生和基德先生，此刻还坐立不安地待在联合广场的长椅上，等着达太安和他那一块钱。

“一开始我就该掐她的脖子。”彼得斯先生暗忖道。

提线木偶

在第二十四大街和一条伸手不见五指的窄巷的交汇处，有一位警察正在那里巡逻。而在街道的上方，正好横亘了一条高架铁轨。现在已经是凌晨两点，再过几小时天就亮了，而黎明前的黑暗总是最难熬的，再加上四周潮湿的空气，让人觉得很不舒服。

一位身穿长款大衣的男人此时正悄悄穿过那条漆黑的小巷，他的步伐很快，头顶戴着的帽子被压得很低，已经挡住了他的额头。他的手里好像还提着什么东西。警察很有礼貌地走过来拦住了他。在询问中，警察故意流露出强势与自信，而这源于他自己的职责，更多的是权威。在这个时间，在这样一个恶贯满盈的小巷中，一个人行色匆匆，还提着重物——所有这些不得不让人联想到“可疑”这两个字。所以警察必须要体现出自己的职能，调查一番。

这位嫌疑人很配合地停下了脚步，将帽子向后推了推，露出了额头，再加上路灯微弱的光线，才得以看清楚他的脸庞，一派气定神闲。他的鼻梁骨很长，眼睛深邃幽远。他的手上戴着手套，但这并不影响他将手伸进大衣兜里取出一张名片，进而交给前来询问的警察。警察将名片举起，就着昏暗的光线仔细辨认着上面的字迹：医学博士查尔斯·斯宾塞·詹姆斯。地址上写明的街道和门牌号也是处于被人尊敬的社区，这一点甚至不会引起人们一丝的好奇。警察的目光又向下看了一眼医生的手，一目了然——一个漂亮的黑色皮革药箱，上面还有一些小银架做装饰——这进一步为他的身份作了保证。

“好吧，医生，”警察说着便为他闪出了一条路，语气笨拙但很亲切，“这个时候出诊可要格外小心，最近在这里出现了很多盗窃、抢劫的案件。这个夜晚简直太糟糕了，虽然不冷，但湿气太重了。”

詹姆斯医生礼节性地点着头，接着也说了一两句关于天气的话题来附和警察的观点，之后他就快步离开了。在这个夜里，他已经接受了三次夜间巡逻警察的检查了，每一次他都递上名片，还让警察一眼就看到他手里提着的专职敬业的药箱。这些足以让他挺直腰杆，让警察相信他是一名尽职尽责的好医生。倘若真的有某一位心思细腻的警察在第二天去核对名片上所登记的名字与住址的真伪，那么他会发现地址是真实的，而且在漂亮的门牌上也写着医生的名字。并且，詹姆斯医生正穿戴整齐游刃有余地工作着，办公室的装备十分精良——他还会得到与其相处过两年的社区居民对这位医生的优秀评价，他是一位良好的公民，具有奉献精神的医生，并且向来如此。

因此，那些维护和平的热心家伙中，如果有一位能够窥探一眼表面完美无瑕的箱子里面，准会大惊失色的。当打开箱子，你能看到的第一件物品就是一套新式的工具，名为“撬锁专家”，是专为保险箱设计的。其实这个优雅的名字只不过是那些盗窃保险柜的人自己为它封的名号。这套工具采用了很特别的设计理念——短小却强大的撬棍，一套奇怪的钥匙，脾气火暴但品质一流的蓝钢钻头和冲头——所有这些都能轻而易举地钻透钢制的保险柜门，就像老鼠吃奶酪一样简单。夹钳可以像水蛭吸附人体皮肤那样，牢牢地吸附在光滑的保险箱的拉门上，之后就像拔牙一般，轻松利落地拔出嵌入门里的密码锁。在华贵的“药箱”的内侧，有一个小袋子，里面装有半瓶硝化甘油，如果装满的话，可以装四盎司。在工具的下面，是一些皱皱巴巴的钞票和几把金币，这些钱总共加一起应该有八百三十美元。

在詹姆斯医生的社交圈里，人员非常有限，而他则被朋友称为“了不起的‘希腊人’”。这种神秘的封号一半来自于他给人带来的冷酷的感觉和自身的绅士风度；另一半则暗暗涵盖了在另外一个领域，他是一位领导者，一位策划者，一位可以凭借自己的住址和职业来赢得社会权力和威信，并且借此来做一些危险事业的人。

在这个圈子中，还有其他几位成员，他们分别是：斯基才·摩根、根姆·德克尔——他们是专家中的“撬锁专家”；还有利奥波德·普雷兹菲尔德，他从事的是珠宝生意，所以负责操控三人工作小组所收集来的珠宝饰品的销售渠道。他们所有人都是忠诚于这个组织的，无论在什么情况下都会对他们的事情秘而不宣，讳莫如深。

那晚，一整夜的工作成果让他们并不满意，因为辛苦的工作没有得到足够的回报。这是一家资历雄厚的老字号，他们所经营的是上等的纺织品。按道理说，在周六的晚上，在老式的双层侧螺栓保险柜里，不应该只有两千五百美元。但是，他们只发现了这么多，他们当场就平分了这笔钱，这是他们三个人当初就订好的规矩。按照他们的预期，在这里应该能找到一万到一万两千美元。但是店里的其中一个股东显然太保守，天色刚刚暗下来，他就带着装满大部分资金的衬衫盒子回家了。

詹姆斯医生走到了第二十四街，无论从哪里看这条街，都是空无一人。即便是长久以来一直在这里聚会的民间戏剧的爱好者们，这个时间也都回家睡觉了。蒙蒙细雨中，街道被淋湿了，石头铺就的小路上也聚集了许多小水坑。光线射到水中，再折射到其他地方，整个街道上有无数的亮片闪闪发光。一阵刺骨的寒风，夹杂着雨水，从房屋之间的夹道吹了过来。

这位医生路过一个比周围的建筑物都高大的房屋，它的建筑风格与周围的房屋不同，而且墙面是由砖砌成的。当他刚走到拐角处时，突然听到砰的一声巨响，有人刚好把门打开。从门里走出一位黑人妇女，她的嘴里不停地咒骂着，既像是在自言自语，又像是在和某人谈话——这个种族的妇女总是这样，无论当她们独自一人，还是被某种问题困扰的时候，她们都会如此发泄或请求别人的支援。从外表看，她应该是南方的老式佣人——喜欢聊天、行为放肆、忠贞不二，却不服主人的管束。单凭她的外形，就足以推断出她是一个丰满、整洁的人，总喜欢系着围裙，扎着头巾。

这突如其来的幽灵，从无声的房子里突然间冒出来，当她走到台阶下面的时候，刚好站在了詹姆斯医生的对面。她的大脑将刚才喊话的能量，转移到观察能力上，她停止了叫喊，死死地用眼睛盯住医生随身的药箱。“上帝保佑!”那个药箱吸引住了她，并且迫使她发出了这样的感慨，她接着问，“您是一个医生吗，先生?”

“是的，我是一个医生。”詹姆斯停住了脚步回答道。

“哦，那请您看在上帝的分上，来看看钱德勒先生吧。我不知道他是不是犯了急症，还是其他什么原因，总之他现在躺在床上，动都不能动了，就像死了一样。艾米小姐让我去请大夫。我的天，如果你不出现在这里，在这个时辰该让老辛迪去哪里给他找个大夫。哦，如果老主人知道这里发生了什么，哪怕只是一点点端倪，那就有热闹看了。先生，他绝对会立刻掏出手枪，对，是手枪——用脚步丈量好距离，之后决斗。还有那如同小羊羔一样的，艾米小姐……”

詹姆斯医生说：“前面带路，如果你需要一位医生的话。”他的脚已经登上了台阶，“但如果你只想找个人听你唠叨，那么我没空。”

黑人女人在前面领路，他们进了屋子，走过一个用厚厚的地毯铺就的楼梯，来到了两条灯光昏暗的走廊。在走到第二条走廊的时候，被累得气喘吁吁的引路人推开了一扇大厅的门。“我把医生带来了，艾米小姐。”

詹姆斯医生进入了房间，看见一位年轻的女士站在床前，他向那位女士略微鞠了个躬。之后他把手上的药箱放在一旁的椅子上，又脱下了自己的外套，将它盖在椅背和那个箱子上面。他安然自若地走向床边。

一个男人躺在床上，他的四肢大张，应该是一直保持着刚刚倒下的姿势——这名男子衣着华贵，只有鞋子是脱掉的；身体瘫软在床上，一动不动，就像一个死人。

詹姆斯先生自身独具一种淡定的力量，他那镇定自若的气质就如同一种特殊的光环。对于他的客户来说，那种力量就像是在沙漠中备感软弱和荒凉的人，突然看到了甘露一般。尤其是女人，她们会在病室中，被这种特别的东西深深吸引。他对待病人的方式从来都不是刻意的讨好和谄媚，而是用一种稳重的方式。他踏实，有能力，他可以帮助人们克服命运的坎坷。他对病人给予的是保护，是奉献的精神。他的双眼充满了坚定，并发出棕色的光芒，就像磁石一样具有吸引力。他冷静的面部下面，给人们带来一种安宁祥和的感觉，就像牧师一样散发着潜在的威严。这一切都符合他医生的身份，因为这样他才能担负起知己或者安慰者的角色。有时候，在他第一次出诊到一位女士家里的时候，那些初见他的女人总会很信任他，并且告诉他，为了防止贼人入室盗窃，她们把钻石藏在了哪里。

通过无数次的实践，詹姆斯医生不用转动眼珠，就可以估算出这栋房子中陈设和家具的等级与质量。它们都价值不菲。同样地，他也对眼前的女人一目了然。她的年龄不大，几乎还没超过二十岁。她的容貌很迷人，不过现在她的脸色黯淡无光，笼罩着一种长期以来存蓄的忧郁。当然，这种忧郁不是刚刚产生的，而是由来已久。在她的额头，眉毛以上的地方有一块铁青色的淤青。作为拥有专业医术的詹姆斯，他一眼就能辨别出这块伤痕的制造时间，绝不超过六小时。

詹姆斯医生用手指去摸那男人的脉搏，而他的眼睛却在无声地向那位女士提出疑问。

“我是钱德勒太太，”她回答，她的语气中充满了凄婉的感叹，具有标准的南方人含糊的语调，“我丈夫突然发病了，就在你来这里的十分钟前。应该是心脏病，在此之前他也犯过病，其中有几次的情况也非常糟糕。”在现在这个时辰，病人却穿着整齐，女士觉得似乎应该进一步解释一下：“他晚上出门了，很晚才回来——晚宴，我相信他是去参加晚宴了。”

詹姆斯医生现在将注意力全部转向了他的病人。对于他的“专业性”，毋庸置疑。无论他从事哪一种职业，是“作案”还是“医治”，他总会全身心投入，并做到完美。

病人看起来大约三十岁，他的面容给人一种鲁莽和对任何事情都无所谓的感觉，不过长得还算周正，五官对称，还有一种幽默的味道，算是一种补充吧。从他的衣服上，散发出来一股浓烈的酒气。医生缓慢地解开了病人的外衣，然后用小刀把他的衬衫从领口处划开，直到腰部。清除所有的障碍后，他把耳朵放在他的心脏处，专注地倾听胸口上的声音。

“二尖瓣关闭不全?”他站起身，小声地说道。话的结尾处，用了一个不确定的上扬的语调。他又俯下身子听了很长一段时间，这次他十分确定地说：“二尖瓣关闭不全。”

“夫人，”他开始说道，语气中包含安慰的色调，以扫除人们心里的焦虑，“有一个概率是——”他慢慢地转过头，面向那位女士。他看到这位女士脸色发白，晃动了一下，便晕倒在了那位黑人老女人的怀里。

“可怜的小羊羔！可怜的小羊羔！他们是不是把辛迪大妈的宝贝害死了？但愿上帝可以用他愤怒的火焰烧死那些将她引入歧途的人，那些伤害了她天使般心灵的人，那些让她陷入不良处境的……”

詹姆斯医生说：“抬起她的脚，”一边说一边帮她撑住毫无支点的下肢，“哪里是她的房间？必须把她放到床上休息。”

“在这里，先生，”那个扎着头巾的黑女人，用她的头指着一个方向，顺着她指点的方向是一个关上的房门，“艾米小姐的房间在那儿。”

他们把她抬进了房间，并安置在她的床上。她的脉搏跳动得很微弱，但是至少还很平稳，不会就此昏厥，没办法恢复意识而从此一直沉睡下去。

“她是思虑过度，”医生说，“睡眠是一个很好的补救措施。当她醒来的时候，记得给她喝一杯加热的甜酒——里面再放一个鸡蛋，当然，得她肯吃下去才行。对了，她额头上的伤是怎么回事？”

“她自己撞的，先生。我可怜的小羊羔，她摔倒了——不，先生，”老女人的种族中带有的易变性格，让她突然变得愤怒，她说，“老辛迪是不会让我为了那个恶魔说谎的。是他干的，先生。但愿上帝惩罚他的手，让它烂掉——啊！辛迪答应过她甜美的小羊羔，绝对不把这件事告诉任何人的。艾米小姐受伤了，先生，她的额头是她自己撞的。”

詹姆斯医生走到一个精美的灯架旁，用手将火焰捻暗了一些。

“你留在这里陪你的主人，”他下令道，“注意保持安静，尽量让她可以多睡一会儿。如果她睡醒了，就给她加热的甜酒。如果她变得更加虚弱了，就过来告诉我。这件事很奇怪。”

“在这里，比这件事奇怪的事情多着呢。”黑人女人又开始发牢骚了。不过，医生却一改故态，用命令的语气强制她闭嘴。他经常用这种声音平息那些癔症发作的病人。他回到了另外一个房间，用手轻轻地关上了门。这个男人始终一动不动地躺在床上，但是他的眼睛是睁着的。他的嘴唇似乎在表述一些文字，詹姆斯医生低头仔细倾听他窃窃私语般的声音：“钱！钱！”

“你能听懂我说的话吗？”医生问道。他的声音故意压得很低，但足够清晰。那个人的头部微微点了点。

“我是一个医生，是你的妻子派人叫我来的，他们告诉我，你是钱德勒先生。你现在的情况有些危险，千万不能太过激动或者紧张。”

病人的眼睛似乎在向他招手，医生赶紧俯下身子，倾听他微弱的声音。

“钱——两万美元。”

“这笔钱在哪里？——在银行吗？”

眼神表达了否定的含义。“告诉她，”他说话的声音越来越小，“那两万美元——她的钱。”他的眼睛在这个房间里到处徘徊。

“你把这笔钱放在什么地方了？”詹姆斯医生的声音就像海妖塞壬一样神秘，极具诱惑，他想要从这个神志不清的男人那里获得这笔钱的下落，“是在这个房间里吗？”

他认为他看到的暗淡下去的眼神，是表示对这句话的赞同。而他手指下的脉搏却细若游丝了。

詹姆斯医生的大脑和心脏，此时都产生了另外一个职业的本能反应。他果断地抉择，就像他在做其他事情一样雷厉风行，他决定探知这笔钱的下落，即便其成本是一个人的生命也在所不惜。

他掏出了一个空白的开处方的便签，从上面撕下来一张纸，按照常规，潦草地写下了适合病人服用的药方。他走到了房屋门口，轻轻地叫那位老女人，并把处方给她，嘱咐她去药店，把这些药买回来。

她喃喃自语了几句，便独自离开了。医生走到钱德勒夫人的床边。她睡得很香，而且脉搏也强劲了许多。她的额头除了因为淤血而变得红肿的地方外，其余地方的温度已经降下来了，并且上面还有一层微小的汗珠。除非受到外界的打扰，否则她还会继续睡上几小时。他找到了大门的钥匙，在把房门锁上后，才回到刚才的房间。

詹姆斯医生看了看手表，他还有半小时可以自由使用，因为那个老女人不可能在比这个还短的时间内完成任务赶回来。然后，他找到一只水罐和平底的玻璃杯。他又打开了他的药箱，拿出了装有硝化甘油的小瓶子。而他的那些兄弟——善于摆弄钻头和扳手的兄弟，称它为“油”。

他把这种淡黄色、黏稠液体滴了一滴到平底的玻璃杯中，又拿出银色的注射器，拧上针头，仔细按照注射器上的刻度测量了每次的取水量，之后分多次稀释了硝化甘油，最后在玻璃杯中差不多有半杯的水。

就在这天晚上，也就是两小时之前，他同样是利用这个注射器，把未被稀释过的液体注射到一个保险柜中。注射的小孔是在保险箱锁上事先钻好的。在一声沉闷的爆炸声后，保险锁中控制运动的螺栓被摧毁了。现在，他要用同样的手段来撼动一个人的生命——炸开这个人的心脏——每一次强烈的撼动都是为了让人垂涎的金钱。

同样的方式，却打着不同的幌子。前者是一位狂野暴躁、充满原始能量的钢铁巨人，而这位，则是将致命的武器掩盖在柔软的天鹅绒和美丽的蕾丝花边之下的投其所好的朝臣。因为，医生正在用他的针管抽取那些被稀释了的液体，之后又小心翼翼地注入病人的体内。这种被稀释了的液体称为三硝酸甘油酯溶剂，也就是在医疗界众所周知的最强的心脏兴奋剂。两盎司的硝酸甘油足以炸裂一个坚固的保险柜；那么一滴硝酸甘油的五十分之一的容量，可以让一个人错综复杂的生命机制永远停止工作。

但不是马上。他没有这么打算。首先，出现的现象是让这个人的生命活力快速增强，心脏在剧烈的运动之下，为身体中的每一个脏器提供源源不断的能量。因为心脏会在这种液体致命的刺激下奋力跳动，血管中的静脉血液会快速地流回它的源头。但是，作为一位医生，詹姆斯知道，用这种方式来猛烈地刺激心脏，也就意味着死亡。这种感觉就好比用步枪对准他的心脏，之后让子弹迅速穿过。在这种“油”的刺激下，血液的流动量会增大，这就造成原本就拥挤的血管更加流通不畅，最终全部堵塞，生命将停止活动。

医生将已经没有意识的钱德勒先生的前胸露出，轻松而巧妙地将注射器里的液体，注射到他心脏区域的肌肉中。他有两项专长，无论哪项都干得利落完美。注射完成后，他仔细地擦拭了他的针头，并且将不使用时，用来堵住针孔的细金属丝插好。

三分钟后，钱德勒再一次睁开了眼睛，并且开口说话。他说话的声音虽然依旧很微弱，但足够让人听得清楚了。他询问是谁在照料他。詹姆斯医生把他是怎么到这里的和大致的情况又作了一次说明。

“我的太太呢，她去哪儿了？”病人问。

“她在睡觉——由于过度思虑和疲劳。”医生回答，“不过我不建议你现在去叫醒她，除非——”“不用——没有必要了。”钱德勒的呼吸短浅而急促，所以说话时也是断断续续的，“为了我……去叫醒她……她不会……感谢你的。”

詹姆斯医生展开了主动攻势，他绝不能把这短暂的时间浪费在闲聊上。

“几分钟之前，”他开始问道，此时的语气是属于他另外一种职业的，因为足够阴森严肃，也足够直接，“你刚才想要告诉我一些事情，是关于一笔钱的。我没有期待你会对初次见面的我十分信任，但是我必须告诉你，焦虑紧张或者是担忧等情绪都会对你的健康不利。假如你想要我帮你传递一些信息——借此解除你的焦虑——关于两万美元，我记得你清晰地提到过这笔钱的数目——你最好还是都说出来。”

钱德勒先生没有办法移动自己的身体，包括他的头，所以他只能转动眼睛，看向说话人的方向。

“我说了……这笔钱……放在哪里了吗？”

“没有，”医生回答道，“我只是通过你之前的话猜测而已，好像你很担心这笔钱是否安全。如果它们就放在这个房间的话——”

詹姆士医生突然停下来不说话了。因为他担心是不是自己所说的话已经让对方怀疑了？是不是在病人的脸上闪过一丝嘲讽？是不是有一丝怀疑的目光？他怀疑自己有些心急了，是不是说得太多了，问得太迫切了？不过他的怀疑和不自信在听到钱德勒接下来的话时，便全部消失不见了。

“除了……那边那……保险箱。”他呼吸急促地说，“还会……在哪儿?”

他的目光移向这个房间的一个角落。说实在的，直到跟随目光的指引，医生才第一次见到了那个铁质的保险箱，它的体积很小，而且被拉下来的窗帘挡住了一半。

医生站起身，用手指触摸病人的脉搏，脉搏跳动得十分剧烈，而时不时还夹带着具有危险信号的停顿。

“抬起你的胳膊。”詹姆斯医生命令道。

“你知道的——我根本不能动，医生。”

医生快速走到门口，打开门，听了听外面的响动，寂静万分。他没再绕圈子，而是径直走向了保险箱。他仔细地观察了保险箱，它的样式是老款的，保密设置很简单，至于安全性也就只能防止家里的佣人顺手牵羊而已。以他的专业性来讲，与其说它是保险箱，不如说它就是个玩具。在他的眼里，这个玩具就像是用稻草和纸板糊成的小盒子，从这个东西里面取钱，简直如探囊取物般容易。他可以选择用钳子把密码锁拔出来，或者是用钻头钻开制动栓然后打开保险箱的门，如果这样做估计两分钟就搞定了。但换个方法，或许一分钟就差不多了。

他单膝跪在地板上，把耳朵紧贴在保险柜的密码盘上，之后用手慢慢地扭动旋钮。果然如他所想的，这个密码箱是单组密码锁。所以当螺栓被制动的时候，他的耳朵会听到一声轻微的咔嗒声。这个声音虽然微小，但对于拥有敏锐听力的他来讲，已经足够了。他成功地对上了密码，之后转动手柄，保险箱被打开了。

但是保险箱里面什么都没有——铁盒子里空空荡荡的，哪怕一片废纸屑都没有。詹姆斯医生站起来，走回到床边。

垂死的人已经被病痛折磨得大汗淋漓，但就在那张憔悴的脸上居然有一丝不屑和嘲讽的冷笑。

“我还从没……从没见过，”他费尽力气地说，“治病的医生和……入室盗窃的人合二为一！你有两种职业……能够获得双份报酬……收入很可观吧……亲爱的医生！”詹姆斯从来没有遇到过这种尴尬的场景，而眼下他正在经历。

这种经历比之前的任何挑战都磨炼人，也考验人。这位生命垂危的人，居然用魔鬼般的微笑嘲弄着他，这是他从未经历过的境遇，也使得他陷入了一种荒谬和不安之中。但是他的素养却使得他能够保留清醒的头脑和一份尊严。他掏出手表，看着指针的转动，等待着眼前的男人死去。

“你对……那笔钱……也太……心急了。可是，亲爱的医生……那笔钱……你绝对……看不到。它们很安全。绝对的安全。因为那些钱在……我的赌注……经纪人的……手里。两万……美元……都是艾米的钱。我拿它去……赌马了……也输光了……一分都没有剩。我是个败家子，强盗先生……对不起，应该是……大夫，但是，我输得很坦然。我想……我从来没有……见到过……像你一样……只是表面光鲜的恶贯满盈的人。医生……哦，错了……强盗先生，我从没见过像你一样的人。给受害者……原谅我又错了……给病人倒一杯水……没有违背……你这个行业的……职业道德吧?”

詹姆斯医生给钱德勒先生倒了杯水。但是他已经病得几乎无法吞咽了。一股强劲的药力很有规律地阵阵袭来，他已经站在死亡大门的门口了，然而即便这样，他仍旧不忘羞辱一下别人。

“赌棍……酒鬼……败家子……都是我，可是……一个医生居然是盗贼!”

医生对他的羞辱和刁难只用了一句话回应。他轻轻地俯下身，怒视着钱德勒急剧扩散的眼神，用手指着那位正在沉睡的女人的房间。他的姿势如此含蓄深远、耐人寻味，以至于连那个奄奄一息的病人都用尽全身的力气努力抬起头，看向他手指所指的方向。但是他什么都没看到，只听到了医生冰冷的一句话——这是他在这个世上听到的最后一句话：“我从来没有——打过一个女人。”

要对这种人作出分析和研究那简直就是徒劳的，没有哪一门知识可以解释得了他的行径和内心。人们总会在提及一些人或事的时候说“他会做出这种事的”，或者“那件事他做得出来”，他就是这些人的后裔。我们仅仅知道在这个世界上还有一群这样的人类，而且我们也会经常看到他们，谈论他们的无耻行径，谈论他们毫无遮掩地所做的事情，就像孩子们经常看并且谈论的一种节目：提线木偶。

然而，这两个人——一个是谋财害命的强盗和凶手，站在受害人面前；另一个虽然没有严重违法，但行为更其恶劣，令人嫌恶，他躺在受他迫害、侮辱和毒打的妻子的房屋里；一个是虎，另一个是狼，他们两人互相憎恨对方的卑劣；尽管大家都罪恶昭著，却互相炫耀自己的行为准则（即使不谈荣誉准则）是无可指摘的。

詹姆斯医生的反驳肯定刺伤了对方剩余的羞耻心和男子气概，成了致命的一击。他脸上泛起一阵潮红——临终红斑；钱德勒停止了呼吸，几乎没有颤动，已经一命归天。

他刚咽气，黑人女人配好药回来了。詹姆斯医生一手轻轻按着死者合上的眼皮，把结果告诉了她。她并不伤心，只带着遗传的，与抽象的死亡友好相处的态度，凄凉地、抽抽搭搭地抱怨说："可不是吗！上帝自有安排。他会惩罚有罪的人，帮助落难的人。他现在该帮助我们了。辛迪为了买这瓶药，把最后一枚硬币都花了，结果药也没用上。"

"难道钱德勒太太没有钱吗？"詹姆斯医生问道。

"钱？先生，你知道艾米小姐为什么晕倒，为什么这么虚弱？是饿成这样的，先生。家里除了一些破饼干以外，三天没有吃的了。那个小天使几个月前就变卖了她的戒指和怀表。这座房子里的红地毯和漂亮家具全是租来的，催租的人凶极了。那个魔鬼——饶恕我，上帝——他已经在你手里遭到了报应——他把家产全败光了。"

医生的沉默使她越说越来劲。他从辛迪杂乱无章的独白中理出了一个古老的故事，其中交织着幻想、任性、灾难、残酷和傲慢。她喋喋不休的话语组成的模糊概貌中，有几幅比较清晰的画面：遥远南方的一个舒适的家庭；草率的，随即后悔的婚事；充满侮辱和虐待的不幸生活；女方最近得到一笔遗产带来了重振家业的希望；狼夺去了那笔钱，两个月不照面，在外面挥霍得精光；一天晚上喝得醉醺醺的又回来了。从一团乱麻似的故事里可以看到一条纯白的线索：黑人女人的质朴、崇高和始终不渝的爱，不论任何艰难险阻，她都坚定不移地追随着女主人。

她终于住嘴时，医生问她家里有没有威士忌或者任何什么酒。黑女人说有，餐具柜里还有那条豺狼剩下的半瓶威士忌。

“照我刚才对你说的那样，倒些酒，兑些热水，打个鸡蛋在里面。把你的女主人叫醒；让她喝下去，然后告诉她家里出的事。”

十来分钟后，钱德勒太太由老辛迪搀扶着进来了。她睡了一会儿，喝了热酒，看上去不那么虚弱了。詹姆斯医生已经用床单盖好了床上的死人。

那位太太哀伤和半含惊恐的眼睛朝床上一瞥，向她保护人身边更挨近了些。她的眼睛干而发亮，极度的痛苦使她的泪水已经涸竭。

詹姆斯医生站在桌边，他已穿好大衣，手里拿着帽子和医药包。他的神情镇定安详——他的职业使他见惯了人类的痛苦。只有他那闪烁的棕色眼睛里流露出审慎的、医生的同情。

他体贴并简洁地说，由于时间太晚，请人帮忙肯定有困难，他可以亲自去找合适的人来料理后事。

“最后还有一件事，”医生指着打开的保险箱说，“钱德勒太太，你的丈夫最后知道自己不行了；他把保险箱的组合号码告诉了我，让我打开。如果你要使用，请记住号码是四十一。先朝右拧几圈，再朝左拧一圈，停在四十一这个数字上。他虽然知道自己即将去世，却不让我叫醒你。

“他说他在保险箱里存了一笔数目不大的钱——也够你用来完成他最后的请求了。他请求你回你的老家去，以后日子好过一些的时候，请你原谅他对你犯下的种种罪愆。”

他指指桌子，桌上是一叠整整齐齐的钞票，钞票上面放着两摞金币。“钱在那儿——如他所说——一共是八百三十元。请允许我留下我的名片，以后有我可以效劳之处，请吩咐。”

他在最后时刻居然顾念到她——并且想得很周到！来得太迟了！但是这个谎话在她认为已经成为一片灰烬和尘埃的地方煽旺了一个柔情的火花。她脱口喊道："罗勃！罗勃！"转过身，扑在忠诚的仆人怀里，用泪水冲淡她的悲哀。在往后的年月里，凶手的假话像一颗小星星，在爱情的坟墓上空闪烁，给她慰藉，争取她的原谅，这本身就是一件好事。

黑人女人把她搂在胸口，像哄小孩似的低声安慰她，她终于抬起头——但是医生已经走了。

命运之路

我曾在许多条道路上寻觅
什么才是命运的真谛
难道内心最为真实的感受，还有挚爱的火焰
都不足以让我赢得生命战斗中的胜利
让我可以自由地选择顺从，或者重塑
我的命运吗？

——大卫·米格诺特　未发表的诗

歌曲结束了。歌曲是大卫写的，曲调由始至终都弥漫着清新的乡土气息。在这家小酒馆里，所有的人都热烈地鼓掌，这是一种发自肺腑的赞赏，因为这位年轻的诗人还为大家支付了葡萄酒的钱。这里面，只有一个人仅是轻轻地点了点头，他就是公证人 M. 帕皮诺先生。他这样做的理由有两个：第一，他博览群书、学富五车；第二，因为他离喝醉还有些时间。

大卫走出小酒馆，一个人漫步在乡村的小路上，夜晚的风吹散了他身上的酒气。这才让他想起来，他今天刚和伊冯娜吵了一架，并且下定决心要离开家，出去闯闯。他想要到更大的舞台上做出些事情，以赢得更大的名位和荣誉。

“等到有一天，全世界的人们都诵读着我的诗，”他越想越激动，竟然说出了声音，“她一定会后悔为什么在今天说出了如此伤人的话。”

这个小镇上，除了在酒馆里狂欢的人之外，所有人都已经睡下了。属于大卫自己的小屋，其实只是他父亲的农场边搭建的一个棚子而已。他尽量放轻动作，生怕不小心弄出声音来，他进了棚子，先是找到几件自己的衣服，打了个包裹，又找来一根木棍，将包裹挑在木棍的另一头。就这样，他扛着木棍，大踏步地向着自己梦寐以求的新世界进发了，至于要去哪里他还没想，他只是知道离开维尔诺伊就好。

漆黑的夜里，当他经过羊群的时候，那群小羊已经蜷缩在圈里休息了。在此之前，他每天都会帮父亲放羊，只是在放羊的时候，他往往没有那么用心，总是自顾自地写诗，而被他遗忘的羊群则自由地奔跑。再往前走，他又看到了伊冯娜家中的窗口还亮着灯，就在这一瞬间，他离家出走的计划有了那么一丝动摇。他觉得这灯光或许代表了她的悔意，或许她很懊恼自己对他发了脾气而夜不能寐，或许明天早上……不！绝对不行！他已经决定了，不能动摇。维尔诺伊不可能是他这辈子永远生活的地方。这里没有懂他的人，更没有心心相印的人，只有远离这个乡村的道路才是真正属于他的命运之路。

微弱的月光照亮了眼前这条通往前方的小路，前面三里格的道路笔直笔直的，就如同耕地的犁沟。村子里的人都说，这条路至少可以通往巴黎。诗人不断念叨着“巴黎”，以此作为他向前的动力。大卫打从出生就没离开过维尔诺伊，巴黎对于他来说已经是一个很遥远的地方了。

左边的道路

大概在行走了三里格的路程后，出现了一个让人难以抉择的问题。在脚下这条小路的对面是横亘在小路尽头的一条更加宽广的道路，正好与小路呈现出一个丁字路口。大卫站在路口，迟疑了一会儿，最终他选择了左边的道路。

这是一条因为与大卫的命运联系得异常紧密，从而显得更加重要的道路，在这条路上有一道清晰的车辙，应该是不久前一辆大车刚刚轧下的。大卫又走了三十分钟，他的揣测得到了证实，眼前正好有一辆四轮马车陷在小溪里了。因为马车太大了，而山脚下的小路很崎岖，所以笨重的马车便顺势陷进了旁边的小溪之中。此时，马车夫和副手正一起冲着马匹大声喊叫，并且不停地拽扯缰绳。而另外的一男一女则在路面上站着，男的身材魁梧，穿着一身黑色的衣服；女的看上去一副弱不禁风的样子，身上披裹着一件很薄的外套。

大卫看得出，那两个拖曳马车的人已经用尽了全力，不过由于他们使用的方法不对，所以总那么僵持着，没有效果。于是，他便自愿亲自去帮助他们。他让副手停止对马匹下口令，因为通常情况下，马儿只会对他主人的口令有认同感，所以他指挥那位副手去推车。而他自己也站在车辆的最后面，用他厚实的肩膀牢牢抵住车厢。车夫开始大声吆喝，三人同时合力，一下就将笨重的马车推回到了坚实的路面上。车夫和副手都重新上车，坐回到原来的位置。

大卫单脚站立了一会儿。身材魁梧的绅士向他挥了下手，说：“你也坐上马车。”绅士说话的声音很洪亮，但由于他自身的素质，所以听起来还是很平和舒服的。只要是这种声音飘过的地方，都让人无法拒绝。年轻的诗人大卫还是有一丝犹豫，但这丝犹豫很快便被接下来简短而充满命令口吻的声音打断了。他不再迟疑，直接登上了马车的踏板。在暗影之中，他看见一位小姐坐在后座。正当他犹豫着是否要坐在她对面的时候，那个绅士的声音再次响起，他说：“你坐在这位小姐的旁边。”绅士的语气中听来带着不容商量的强制性。

然后，那个身材魁梧的绅士在前排的座位上坐下。马车继续向山上走。小姐蜷缩在坐椅的角落里，沉默不语。大卫估算不出她的年龄，不知道她到底是年轻的还是年老的，但是他能从她的衣服上嗅到一丝温和而微妙的香水味。这与他曾经的梦境出奇地吻合。但是直到目前为止他也没能揭开这一行人的神秘面纱，尽管他和他们已经坐在了一起，但是他们之间没有言语的交流，大家一直保持着沉默。

马车行驶了一个小时后，大卫透出窗口看到了有车辆往来的城市街头。接着，马车在一间大门紧锁且一片黑暗的房子前停下。首先跳下车的是那个车夫，他十分不耐烦地捶打着大门。楼上的一个窗户突然打开，一个戴着睡帽的脑袋露了出来。

“是谁在敲门，半夜三更的还让不让人睡觉了？客栈已经停止营业了。这个时候来住宿，肯定没什么钱，有钱人哪会等到这个时候还在到处找地方？你们别吵了，快走，快走!”

“开门!”车夫大声叫着，“快开门！这位是博普杜依斯侯爵殿下。”

“啊!”那个刚才还嚣张万分的声音顿时变得惊讶之极，“还请侯爵殿下恕罪，您大人不计小人过……更何况天已经这么晚了……我马上就下来开门，所有人都会听大人的差遣。”

一会儿工夫，门里便传来了解下锁链和放下门闩的声音，之后大门从里面打开了。这家客栈叫“银狐客栈”，此时这家客栈的老板已经被吓得浑身抖个不停，他亲自举着蜡烛在门口迎接，只是在慌忙之中还没来得及换衣服，所以现在又冷又惊恐。

大卫跟随侯爵一起下了马车。“去搀扶小姐。”那位绅士也就是车夫口中的侯爵指示他，他自然是不能违抗命令。于是，大卫搀扶起了那位小姐，他能感受得到小姐的手在发抖。接着，又是一个简短的命令："进去。"

一行人就这么来到了客栈中的一个长方形的餐厅。一张长方形的橡木桌几乎占据了这里的所有空间，堵住了两头儿。身材伟岸的侯爵在桌子的顶头找了把椅子坐了下来。那位小姐则自己一个人瘫软在墙角的一把椅子上，看来一定是旅途的劳顿把她累坏了。大卫站在一边，心里琢磨着该如何和这一行人告别，好继续他自己的行程。

"侯爵殿下，"店老板先是向着侯爵鞠了一个九十度的躬，然后说，"如果……如果我知道您会……会光顾寒舍，我肯定会早早地就将一切事宜准备妥当。可是，现在只有一些葡萄酒和冷肉，或许还有……还有……"

"蜡烛。"侯爵打断店老板的话说道，并且伸出了一只厚实的手掌，摆出他独有的姿势。

"好的，好的，殿下。"店老板一下拿来了六支蜡烛，并且将它们点亮后摆放在桌子上。

"如果大人，不屑于饮用这种酒，我是想说我们这里还有一桶葡萄酒……"

"蜡烛。"侯爵说出这两个字的同时，依旧带着他特有的手势。

“遵命……马上……我马上就拿来，殿下。”

随即，十几支蜡烛被点燃，客厅顿时被照得一派通明。侯爵壮实的身体几乎要超出了他所坐的椅子。他穿着一身黑色的衣服，从头到脚只有袖口和衣领是雪白的，就连他的剑柄和剑鞘都是浓重的黑色。他的神情中只有讥讽世间一切的骄傲。两端上翘的小胡子，几乎要和他嘲讽的眼睛齐平了。那位小姐呢，依旧一动不动地坐在那里，不过现在大卫总算看清了她整体的容貌。她不仅年轻，而且在她的身上还有一种楚楚可怜的极具吸引力的美。就在他沉浸于欣赏这份美丽的当口，侯爵洪亮的声音又把他吓了一跳。

“你叫什么名字？是做什么的？”

“我叫大卫·米格诺特，是一个诗人。”

此时，侯爵卷曲的胡子更加接近他的眼睛了。

“你靠什么维持生计？”

“我原来是放羊的，帮我父亲照看农场的羊群。”大卫回答着，将头向上仰起，但是他的脸颊已经绯红了。

“那好，听着，牧羊人和诗人，看看今天晚上命运在仓促间为你准备了什么。这位小姐是我的侄女，她叫露西·德瓦内斯。她拥有高贵的血统，还有每年近万元的法郎收入，这些便是她所拥有的权力。至于她的魅力，我想你自己已经观察到了。如果你觉得这所有的一切能够让你怦然心动的话，那么她立刻就能成为你的妻子。现在，你不要打断我。今天晚上，我曾送她到孔德·维尔莫庄园，因为他们已有婚约在先。当时，嘉宾已经全部出席，牧师也在等待着良辰吉时的到来，一位与她的名利、地位和财富都相匹配的新郎也已经到场。可是，就在这个关键的时刻，这位向来温顺、孝顺的小姐居然变成了一头母豹，疯了似的向我扑来。她当场控诉我的残暴和种种罪行，并且在被吓呆了的牧师面前撕毁了我为她订的婚约。我发誓，她今天必须结婚，而结婚的对象就是在我们离开城堡后所遇见的第一个男人。无论他是王子，还是烧火打杂的家伙，哪怕是盗贼。所以，牧羊人，你就是我们离开城堡后遇到的第一个男人。既如此，这位小姐今天晚上必须嫁人。如果你不愿意，那么我会去找下一个。现在我给你十分钟的时间作决定。不要说任何无意义的话，也不要提问一些愚蠢的问题。记住，你只有十分钟，牧羊人，你要抓紧时间。”

侯爵说着，用他白嫩的手指用力地敲击着桌子，此时，他已陷入另外一种含蓄的状态，那就是等待，就好像一座大房子关闭了所有与外界沟通的门窗。大卫原本是想说些什么的，但是眼前这位魁梧男人的态度却让他的舌头无法动弹。所以，他只好转过身，对坐在椅子上的小姐绅士般地鞠了一个躬。

“小姐，”他说，他自己在内心都对自己的行为感到叹服，在这样优雅美丽的小姐面前，他居然还能轻松自如地说话，“你刚刚已经听到了，我是个牧羊人。当然有时候，我看起来也算是个诗人。如果对于诗人的检验标准是，是否崇拜和珍惜美丽的话，那么我绝对是一位诗人。请问，我可以用任何方式为您服务吗，小姐？”

年轻的小姐慢慢地抬起头，望向他，一双眼睛中充满了让人怜惜的哀怨。她的表情坦率而热情，但也因为刚刚经历了一场激烈的冒险而充满了威严的神情。她的身躯健美挺拔，蓝色的眼睛中流露出同情。或许是她太迫切需要的一种她长期得不到的帮助和善意，突然解冻了她的眼泪，使其夺眶而出。

“先生，”她说，她的声音很低，“我看得出你的真实与善良。那个人是我的叔叔，是我父亲的兄弟，也是我现在唯一的亲人。但是由于他喜欢上了我的母亲，所以他恨我，恨我长得太像我的母亲。是他，让我的生活陷入了恐怖之中。只要一看到他，我就会因为害怕而服从他。可是，就在今天晚上，他要把我嫁给一个比我老三倍的男人。先生，请你原谅我把这个麻烦带给你。你当然可以拒绝他试图强加在你身上的这种疯狂的行为。不过我依然感谢你刚才对我说的那番慷慨的话，这么多年来，已经没有人和我说过这样的话了。”

现在，诗人大卫的眼里已经充满了更多的同情以外的东西。他一定是位诗人，因为此时伊冯娜已经被他遗忘了。眼前这位刚刚邂逅的可爱的佳人，用她高雅清新的举动征服了他。从她身上散发出来的微弱的香水味，已经使他的内心溢满了异样的情愫。而她，正用一种无可抵挡的炙热的眼神看着他，没有一丝迟疑。她是渴望依赖他的。

“十分钟，”大卫说，“本来我可能用上十年才能完成的事情，现在只要短暂的十分钟就可以了。我不会说我是在可怜你，小姐。不是因为可怜，我真实的感情是——我爱你。当然，你现在可以不爱我，但是我要把你从这种悲惨的人生中拯救出来。用不了太久，我相信你会爱上我的。我觉得我的未来是光明的，我不可能永远都只是一个牧羊人。但从眼下来看，我只能用我整颗心去疼爱你，珍惜你，让你的生命中不再有悲伤。小姐，你信任我吗，愿意将你的命运交到我的手上吗？”

“啊，难道你的自我牺牲，只是因为你可怜我。”

“不是的，是源于爱情。时间差不多了，小姐。”

“你会后悔的，会瞧不起我的。”

“我今后生活的目标就是能够让你更加快乐，让我自己配得上你。”

她动摇了，从她的外衣之下，伸出了她精致的小手，并且畏畏缩缩地放在了他的手中。

“我相信你，”她说，并一口气把下面的话说完，“关于我的生活——或许爱——并不像你想象的那样已经被封闭很久了。去告诉他，一旦挣脱他的目光，我就会从过去的生活中解脱出来。”

大卫来到侯爵的面前。那个黑色的身影用嘲讽的眼神瞟了一眼客厅中的时钟。“还有剩下两分钟呢。一个牧羊人需要用八分钟来决定是否要迎娶一位美貌与财富兼备的新娘！现在你可以大声地告诉我，牧羊人，你同意成为这位小姐的丈夫！”

“这位小姐，”大卫自豪地挺立着身体说，“已经给了我这个荣誉，如此我便有权利娶她为妻了。”

“说得好!”侯爵说，“你对官僚那些阿谀奉承的本事倒是很有领会，牧羊人。原本这位小姐可能会找到一个更糟糕的夫婿。那么现在只要牧师和魔鬼都赞成这件事，你们就可以成婚了。”

侯爵说完，用剑柄敲了几下桌子。店老板立刻闻声赶来，立在一旁，他的膝盖还在发抖。与此同时，他也带来了更多的蜡烛，并且自以为对侯爵的心思是了然的。“找个牧师来，”侯爵说，“一个牧师，你听明白了吗？在十分钟之内，这里需要一个牧师，否则……”

店老板听到这里，立马放下蜡烛，几乎是飞了出去。

牧师来了，一双不胜困倦的眼皮很是沉重，时不时地往下掉，他的态度很明显地带着些气愤。他为大卫·米格诺特和露西·德瓦内斯做了证婚，然后带着侯爵扔给他的一袋金币，又消失在夜色之中了。“酒。”侯爵下令，同时挥着他那不祥的手指。

“倒满。”酒被拿来之后，他再次命令道。烛光中，他站在桌子的一头儿，看过去如同是一座黑色的充满毒液和自负的山。他看着他的侄女，眼神凶狠，如同看着旧日里的爱情回忆，只不过那些爱情在如今已全部变成了恨。

“米格诺特先生，”他举起酒杯说，“先等我把话说完，你再喝下这杯酒。现在，她已经成为你的妻子，她将会把你希望的美好生活统统毁掉，让你的生活充满背叛和猥琐的事情。因为她所继承的血液是黑色的，具有毁灭性的。她会给你带来无止境的耻辱和悲惨。要知道，魔鬼已经渗透在她的眼睛、皮肤、嘴巴里，几乎覆盖了她的全身，无处不在。她会自甘堕落，甚至会去勾引一个农民。伟大的诗人，这就是你的承诺所换来的所谓幸福生活。喝了你的酒，最后，我必须要说，小姐，现在，我终于可以摆脱你了。”

侯爵说完便将那杯酒一饮而尽。这时，一阵微弱的哭声从那位小姐的唇边传来，那样子就像是她刚刚遭受了一次严重的伤害。大卫将其手中的玻璃杯端了起来，迈着坚实有力的步伐向前走了三步，他与侯爵面对面地站着，他的这一举动没有一丝一毫牧羊人卑微的感觉。

“刚才，”大卫心平气和地说，“您称呼我为‘先生’，对此，我感到很荣幸。并且，我希望我和小姐的婚姻，可以使我的地位更加接近您——让我们说话的时候，可以站在平等的地位上——所以我想，我能够有资格与您站在同一个高度谈话，是这样吗?”

“这可能是你的希望，牧羊人。”侯爵冷笑一声道。

“那么，”大卫在说出这句话的同时，也将手里的酒泼到了那双轻蔑的、嘲笑他的眼睛上，“现在，麻烦您屈尊接受我的挑战。”

侯爵显然是没有想到大卫会有这样的举止，他简直气爆了，他大声愤怒地诅咒，就像突然吹响了号角。他如同撕毁什么东西似的将剑抽出了鞘，并冲着一旁犹疑不定的店老板喊：“拿一把剑，给这个蠢货!”他又转向那位小姐，脸上带着一种让她心寒的凶狠恶毒的笑，他说：“看看，你到底让我费了多少事，夫人。看来今天我不仅要给你找个丈夫，还得在今晚让你成为一个寡妇。”

“我不知道怎么用剑。”大卫说。在自己的妻子面前说出这样的话，他难堪得满脸通红。

“‘我不知道怎么用剑’，”侯爵模仿着大卫的声音和语气说，“难道你想让我像一个农民那样和你挥棒子？好了，弗朗索瓦，我的手枪!”

那名被唤作弗朗索瓦的侍卫从枪套里取出两支手枪，

这两支手枪上面都有闪亮的雕刻精美的银质装饰徽章。侯爵随便拿了一把抛出去，扔在了大卫的手边。“你去桌子的另外一头站好，”侯爵大喊，“就算是一个牧羊人也应该知道如何扣扳机吧？很少有人能有这个荣幸，可以死在博普杜依斯枪下的。”

如此，大卫和侯爵分别站在长方形桌子的两边。此时的店老板已经吓得整个身子都颤抖了，他随意地比划了几下，结结巴巴地说：“殿……殿下，看在耶稣基督的面子上，不要在我的店里动手！——出了人命——这会毁掉我的生意的……”侯爵用威胁的眼神看了他一眼，店老板的舌头就立马瘫痪了，再也不敢言语。

“懦夫！”侯爵大声说道，“停止你的喋喋不休吧。如果你还能说话，那就由你来喊口令。”

店老板听了扑通一下跪到了地板上，此时他已经说不出一句话了，他甚至连声音都发不出来了。尽管如此，他的手还是那么的渴望和平，还在不停地挥舞，他只是想要保护住这个房子和其他的顾客。

那位小姐说：“我来喊口令。”她的话清晰干脆。她先是来到了大卫的身边，给了他一个甜蜜的吻。她的眼睛是亮闪闪的，脸颊满是少女娇美的红晕。然后她倚靠着墙站好，看着两个男人对好枪口，她便开始数数：“一——二——三!”

两支枪同时发出巨响，刹那间，烛光轻摇。侯爵面带微笑地站着，他的左手手指已经放松了，五指伸开，垂放在桌子的边缘。大卫也站立着，他慢慢地转过头，努力寻找着他妻子的眼睛。接着，他的身子一软，就如同一件衣服一样，跌倒在地上。他是红色的，瘫软的，皱皱巴巴地倒在地上的。

一声恐怖而绝望的呐喊声响起，那个刚刚丧偶的女人连忙跑过去。她弯下腰，检视着他身上的伤口，然后她脸上悲痛的表情又逐渐恢复了那种淡淡的忧郁。“他的心脏被射穿了，”她低声说，“哦，他的心脏!”

“来吧，”侯爵浑厚的嗓音再次响起，“赶快上车！拂晓之前我一定要把你嫁掉。你还得再嫁一次，嫁给一个活人，就在今晚。接下来我们碰到的第一个人，不论他是强盗还是一个庄稼汉。如果实在没有什么人可以遇见，我就把你嫁给为我开门的人。快点出来，上车!”

身材魁壮的侯爵无情地发誓，再一次将那位小姐包裹进了那个神秘的斗篷之中。侍卫们收好手枪——所有的人都已经登上等待出发的马车。沉重的车轮开始滚动，他们在沉睡的村庄中呼啸而过。在银狐客栈，被吓得失了魂的店老板搓着双手，无措地看着倒在地板上的尸体。此刻，桌子上那二十四支蜡烛的红色火焰正在微风中跳着舞，尽情地摇曳着。

右边的道路

大概在行走了三里格的路程后，出现了一个让人难以抉择的问题。在脚下这条小路的对面是横亘在小路尽头的一条更加宽广的道路，正好与小路呈现出一个丁字路口。大卫站在路口，迟疑了一会儿，最终他选择了右边的道路。

他不知道这条路将把他带到哪里，但是他很明确的一点就是，这条路足以将他带离维尔诺伊，就在今晚。他又往前走了一里格，并途径了一座很大的庄园。从外观来看，这个庄园在不久之前刚刚招待过客人。因为庄园的房间里每个窗内都亮着灯，在庄园宽敞的庭院中，有很多马车留下的深深浅浅、清晰可见的交叉的车辙，很显然，是访客的马车留下的。

大卫又继续往前走了三里格。此刻，他感觉到了疲惫，便用路旁的一堆松树枝当床，躺在上面睡了下来。等他醒来之后，又继续沿着未知的方向前进了。

就这样，他在这条宽阔的道路上持续走了五天。如果要睡觉，就睡在大自然带有松油香味的床上，或者是农民家的草垛里；要吃东西，只能吃热情好客的人们给他的黑面包；至于喝水，要么去溪流边喝，要么就向好心的牧羊人讨要一小杯。

在经过漫长的长途跋涉之后，他又跨越了一座巨大的桥梁，随后便面带微笑地站在了一个城市的土地上。这里比世界上任何地方都适合诗人的孕育，当然，也比世界上任何的地方都埋没诗人。他听到巴黎这座城市，正在用低沉的音色高唱着欢迎他的曲目——那是城市特有的车马声、吵闹声和各种鸟鸣。此时他心潮澎湃，呼吸也跟着急促起来。

他继续向前走，最后在康迪大街的一栋老房子前停了下来。他付了房租，随后把将自己安置在一把木质的椅子上，便开始写诗。这条街巷曾经是名门望族的聚集地，而如今聚集在此的只有社会地位低下的穷人们。

街上的房屋高大，虽然破损的痕迹有些明显，但仍能看出当初的威严。只是大多数的房间都布满了灰尘和蜘蛛网，里面空无一人。到了晚上，就会听到市井流氓挑衅滋事的声音，还有从小酒吧里传出的叫喊声。曾经温婉高雅的宅院，如今已经到处可嗅到腐臭的气味，到处可以见到粗鲁、野蛮的人。但是这里的房租，恰好和大卫的钱包相符。他无论在白天的阳光下，还是在夜晚的烛光中，总是与他的笔和纸为伍，通宵达旦地谱写着未来。

这一天的下午，他刚刚完成了一次这个世界上最低级的觅食之旅，回到租住的地方。他的手上提着面包、凝乳，还有一瓶低度数的葡萄酒。在昏暗的楼梯间，他刚走了一半，就看见了——或者更确切地说，她此时正在楼梯上休息——一个美丽迷人的年轻女子。至于她的美丽，应该完全符合一位诗人的想象力。她的黑色外衣敞开着，在外衣之下露出了华美的长裙。她的眼神迅速地跟随着耐人寻味的思想变化。这一刻，她的双眼睁得大而圆，就像是一个天真烂漫的孩子，但是下一刻，她的眼睛就会眯成一条狭窄的长缝，像极了一位阴险智慧的吉卜赛女郎。她单手提起了她的长衫，露出了一只小巧的鞋子，鞋跟很高，但是鞋带晃来晃去的已经解开了。她就是从天上坠落的天使，她自身的美丽和魅力绝对不允许她亲自屈尊俯下身。她或许已经看见了大卫正要向她走来，所以她便坐在那里等待他的帮助。

“啊，先生，请您原谅我占据了这个楼梯的位置。只是我的鞋——太可恶的鞋子！哎！鞋带好端端的怎么就开了呢！啊！先生，您看起来是那样的亲切，您会给我帮这个忙吧！”

诗人的手指在颤抖，他尽力控制着自己的双手将鞋带系好。然后，他想迅速逃离这里，因为他已经隐约感受到她给他带来的危机。她的眼睛慢慢地眯成了一条缝，像极了一个吉卜赛人，她的目光已经足以控制他的身体了。他靠在楼梯的栏杆上，一动不动，手里紧紧地握着那瓶红酒。

“您真是太好了，”她面带微笑地说，“请问先生，您也住在这栋房子里吗？”

“是的，夫人，我——我想是这样的，夫人。”

“或许是住在三楼，是吗？”

“不，夫人，还要再高一些。”

这位女士摆动了一下她的手指，但尽可能地收敛住不耐烦的姿态。

“先生，请您原谅，我很抱歉刚才的提问。我不应该询问您住在哪个房间，这样的问话太不谨慎了。”

“夫人，请不要这样说，我住在……”

“不，不，不，不要告诉我，我明白的。我已经犯了错误，但我只是因为对这栋房子感兴趣，还有关于这栋房子的一切。这里曾经是我的家。我经常到这里来，而每次来这里的目的就是为了重温那些已经消逝的快乐时光。您可以把这当做我刚刚犯错的理由吗？”

“让我告诉你吧，其实，你不需要有任何理由，”诗人结结巴巴地说，“我就住在这栋房子的顶层——在楼梯拐角处的一个小房间。”

“是前面的房间吗？”女士将头侧向一边，问道。

“是后面的，夫人。”

那位女士叹了口气，仿佛得到了救济一般。

她说：“那我就不耽搁您了，先生。”她的眼睛又睁得大而圆，就如同一个天真烂漫的孩子，“帮我照顾好我的房子。哎！我现在的回忆里就只剩下这栋房子了。再见，非常感谢您的帮助。”

她走了，留下了一个微笑和一丝甜美的香气。大卫如睡着了一样，昏昏沉沉地爬上了楼梯。等他从梦幻中苏醒时，那个微笑和香气仍然萦绕在他的左右，从此再也没有离开。这位偶遇的女士——对她的身世一无所知的女士——激发出了他的创作灵感，他写出了一首赞美明眸的诗。一瞬间，他已经坠入了爱河，他歌颂她卷曲的头发，描写她修长的腿下有一双小巧的鞋子。

他一定是位诗人，因为伊冯娜已经被遗忘了。这位刚刚遇见的可爱的佳人，用她高雅清新的举动征服了他。从她身上散发出来的微弱的香水味，已经使他充满了异样的情愫。

一天晚上，有三个人围坐在这栋楼三层的一个房间中。这个房间里的所有家具，就只有三把椅子和一张桌子，另外就是桌子上面燃烧的蜡烛了。一个身材魁梧的人，他穿了一身黑色的衣服。他的表情带着嘲讽的高傲。他上翘的小胡子的两端，几乎要触碰到他那蔑视一切的眼睛了。另外一位是女士，她年轻漂亮，当她的眼睛又大又圆时，就像是一个天真烂漫的孩童，而当她把眼睛眯成一条缝的时候，就像极了一个阴险智慧的吉卜赛女郎。但是现在，她的眼神中充满了火热和勃勃雄心，就像其他任何一位阴谋的策划者一样。第三个人，他是一个实干家，或者说是一位战斗英雄。他就像是一个勇猛的、不惧怕任何困难的钢铁侠，别人总会称呼他为“德罗尔斯上尉”。

这名男子用拳头猛烈地砸向桌子，尽力控制住自己的火暴脾气说：“今晚，就在今天晚上，就在他做纪念耶稣的仪式时，我们就动手。我已经听腻了那些所谓的密谋，我也厌倦了总是要等待什么信号、密码、秘密集会之类的东西。让我们做一群坦诚的叛逆者。如果法兰西要除掉他，那就让我们大开杀戒，明刀明枪地干起来，而不是在这边设置什么圈套和陷阱。今天晚上，我说了，就在今天晚上动手。我说到做到，我会亲自上场。就在今天晚上，在他做仪式的时候动手。”

女士转过身，亲切地看着他。女人，无论怎样狡诈，怎样擅长谋划，但总是会对不拘泥于小节的英勇男士投去仰慕的目光。身材壮硕的男人骄傲地摸了摸自己上翘的小胡子。

“尊敬的上尉，”他说，他说话的声音很洪亮，但由于他自身具备的素质和修养，这话听起来还是很平和舒服的，“这次我同意你的看法。等待只是徒劳，我们现在已经有足够的宫廷卫士做内应了，我绝对相信我们的这次行动是把握十足的。”

“今天晚上，”德罗尔斯上尉重复着强调，他再一次将拳头砸在桌子上，“你相信我，侯爵，我绝对会亲自动手的。”“但现在，”拥有庞大身躯的男子轻声道，“我们还有一个问题需要解决。我们还需要一个送信的人。让他把这个消息送到皇宫的侍卫手中，并且和他们商定一个暗号。跟随皇家马车出行的人，必须是我们自己的人。可是现在这个时候，谁才能把信送到皇宫的南门口呢？现在他正在南门口守卫，只要把信交到他的手上，所有的问题就都解决了。”

“我去。”女士说。

“你，伯爵夫人？”侯爵扬了扬眉毛说，“你的奉献精神是值得赞扬的，这一点我们很清楚，但……”

“听着！”小姐惊呼，她起身站好，双手撑住桌子，“就在这栋房子的阁楼里住着一个朴实的牧羊人，他温顺得就像是他放养的羊羔。我在楼梯间见过他两三次。因为我担心他所住的房间会靠我们太近，所以我才问了他住在哪里。只要我愿意，他就会折服于我。他现在正在阁楼里写诗，或许诗中的内容全部都是我的影子。我觉得我已经成了他的一个梦。只要我说一句话，他肯定会去办。就让他去皇宫里送信吧。”

侯爵从椅子上站起来，向她鞠了一躬，说：“请您容许我说完这句话，伯爵夫人。”他说，“我想说，您不仅有伟大的献身精神，您更具有伟大的智慧和脱俗的魅力。”

在阴谋的策划者们商量大事的时候，大卫正在为那首“楼梯间偶遇的恋人”的诗斟酌润色。突然，他听到了一声有一丝胆怯的敲门声。当他打开门时，他的心开始悸动。原来敲门的正是令他魂牵梦绕的她。那个女士在门口气喘吁吁的，睁大的双眼充满了孩童一般的天真和烂漫。

“先生，”她喘了一口气，继续说，“我遇到困难了，而且我相信您是善良而真诚的，所以我来向您求救。我不知道除了您，还能去找谁了。我跑过了好多条街道，甚至穿行于大摇大摆的男人们之间，才来到这里。先生，我的母亲已经奄奄一息了。我的舅舅在国王的宫殿里当警卫队长。现在我必须要带封信给他。我希望……”

“小姐，”大卫打断了她的话，他的眼睛里闪耀着为她服务的渴望，“您的希望已经为我插上了一对翅膀，您现在就告诉我怎么能找到他吧。”

这位女士将一个密封的信塞到了他的手中：“去皇宫的南门——南门，记住了——对守门的卫兵说：‘猎鹰已经出巢。’您把这句话对他讲，他就会放您进去。之后您继续重复这句话，直到有人回应您说：‘如果您想，就让您出巢吧。’这是接头的暗语，先生。听到这句话您就把信交给他。是我舅舅让我这样做的，您也知道现在国家的局势动荡不安，甚至有人想刺杀国王。所以，如果没有这个暗语，您是不能够获得在夜间进入皇宫的权利的。如果您可以把这封信交给我的舅舅，我想我的母亲就会在临死前看到他了，即便是去了，也会安息的。”

“给我吧，”大卫急切地说，“只是，这么晚了，我不能让您独自一人走在街上，我送您回家吧，我……”

“没关系，没关系——现在的每一分钟都像珠宝一样珍贵，您快去吧。”女士说，此时她的眼睛又眯成了一条缝，像极了阴险狡黠的吉卜赛女郎，“我以后一定会竭尽全力地向您表示感谢的，谢谢您的善良。”

诗人把信塞在了胸口的口袋中，大跨步地往楼下跑去。当他走后，女士当然是回到了楼下的房间。

侯爵粗大的眉毛显然在询问她事情办得怎样了。“他已经去了，”她说，“就像他自己放的羊一样，跑得很快，只是脑袋有些愚蠢。”

德罗尔斯上尉又一次地将拳头砸在了桌子上，震耳欲聋。

“我的天!”他喊道，“我忘记带我的手枪了，我只用得惯我自己的手枪!”

“拿着这支，”侯爵说着，从他的斗篷下面挥出手臂，随之带出了一把很大的手枪，上面还配有雕刻精致的银质徽章，闪闪发亮，“没有哪支枪比这支更值得信赖了。不过你可要好好地保护它，千万别丢了，因为上面有我的徽章和标记。再加上，早就有人怀疑我了。今天晚上我必须离开巴黎，明天早上我必须出现在我的城堡里面。再见，亲爱的伯爵夫人。”

侯爵猛地将蜡烛吹熄。这位女士也穿戴整齐跟随两位男士轻轻地走下楼梯，融进了康迪大街狭窄步行街的人流之中。

大卫加快了脚步。当他抵达皇宫的南门口时，有一名侍卫用枪抵着他的胸膛，但是他只说了一句话，侍卫就转身让开了。他说：“猎鹰已经出巢。”

“你可以通行了，兄弟，”侍卫说，“快去吧。”

在皇宫南面入口的台阶上，又有几个侍卫拦住了他，但同样地，这句暗语又一次显现出了神奇的魔力，让这几个人再次放过了他。其中有一个声音说：“如果他想……”

还没等这个卫兵把话说完，一阵骚动在众多的卫兵中响起，这告诉他们有情况发生了。一个目光如炬而又敏锐的男人从一群人之中大步走了过来，并且查获了大卫手上的那封信。“跟我来。”他说完，便把大卫带进了一个大厅里。接着，他将信拆开，读了一遍。然后，他又向正在这里通行的一个穿着军装的男人招了招手，说道：“泰德洛上尉，你把南面入口处和南大门的守卫都抓起来，关在秘密的地方。换上忠诚的守卫。”他又对大卫说：“跟我来。”

他们通过一条走廊和一个前厅，最后进到一个宽敞的屋子里。房间里有一个神情忧郁的人，他的穿着打扮也是暗色调，他坐在一张宽大的牛皮椅子上一言不发。卫士对这个人说：“陛下，我向您进谏，宫廷中到处都是内鬼，就如同下水道中的老鼠一般。然而陛下却认为我太过谨慎。现在这个人就是在许多门卫的纵容下，畅通无阻地走到了您的眼皮底下。我还在他的身上截获了一封密信。我已经把他带来这里了，陛下可能就不会再认为是我太过谨慎，或者捕风捉影了。”

“我自己来问他。”国王说，他在椅子上挪动了一下，之后用混沌不清、慵懒的眼神看着他。诗人的膝盖已经弯曲了。“你从哪里来的？”国王问。

“从维尔诺伊村来的，在厄尔-卢瓦尔省，陛下。”

“那你为什么来巴黎?”

“我——我想成为一个诗人，陛下。”

“你在维尔诺伊是做什么的?”

“我帮我父亲照看羊群。”

国王又挪动了一下自己的身体，刚刚在他眼睛中蒙上的薄雾已经消失不见了。

“哦，在田间地头放羊!”

“是的，陛下。”

“你生活在田间地头，每当清晨的时候就会呼吸到最新鲜的空气，置身于绿草成茵之中。羊群在山坡上自由地吃草。你在溪流边喝水，在树荫下啃食着甜美的黑面包，毫无疑问，你还会听到小鸟们自由欢快地歌唱。是这样吗，牧羊人?”“是这样的，陛下。”大卫喘了一口气，说，“我还能听见蜜蜂在花朵上嗡嗡地采蜜，甚至有时还会有采葡萄的人传来一曲曲动听的山歌。”

“是的，是的，”国王有些烦躁地说，“是会听到这些，但主要还是能听见小鸟的歌唱。它们总是在树林里唱歌，对吗？”

“它们无处不在，陛下。在厄尔-卢瓦尔省的鸟叫声是最甜美的。我一直尝试着用一些动听的诗句去描写它们的叫声。”

“你现在可以朗诵一下那些诗句吗？”国王急切地问，“在很久以前，我也听过树林中的鸟叫声。如果谁能用文字正确地诠释出鸟叫声，那么它可比一个王国还要可贵。到了晚上，你把羊群赶回圈中，然后宁静安详地坐在椅子上，愉快地吃着面包，对吗？你现在还能朗诵出来那些诗句吗，牧羊人？”

“我这就给您朗诵一段，陛下。”大卫怀着崇敬的热情朗诵道：

懒惰的牧羊人，看看你的小羊，
它们跳跃，它们欣喜若狂；
看，羊毛在微风中摇曳舞蹈，
听，畜牧的神仙在吹奏着芦苇。
听，我们在树梢上呼喊，
看，我们在羊背上盘旋；

丰厚的羊毛为我们搭建起温暖的巢，

在枝叶间……

“启奏陛下，”一个刺耳的声音打断了大卫的朗诵，“如果您不反对的话，我希望能问这个牧羊人几个问题。因为时间有限。臣渴望得到您的原谅，陛下，因为我实在为您的安全而焦虑，所以才敢冒犯。”

“我知道你的忠诚，杜马尔公爵，”国王说，“我不会因此降罪于你。”他又将身体全部倚靠在座位之中，眼睛里又蒙上了一层薄雾。

“首先，”公爵说，“我把他带的信读给您听。”

“今天晚上是太子的忌辰，如果他按照往常的惯例参加宗教仪式，为他儿子的灵魂祈祷的话，猎鹰就要出击到伊斯普拉那德大街。如果他的行动确定的话，就在宫殿西南角的房间点燃一盏红色的灯。猎鹰会注意观察，以此为信号。”

“农民，”公爵严厉地说，“这些话你都听清楚了吧。这就是这封信的内容，现在你可以告诉我，是谁让你把这封信带进来的？”

“公爵大人,”大卫真诚地说,“我会告诉您的。这封信是一位女士交给我的。她说,她的母亲生病了,生前的唯一心愿就是看看她的兄弟,也就是那位女士的舅舅。我不知道这封信的内容是什么意思,但是我发誓,她绝对是一位美丽而温婉的女士。”

“那你描述一下这位女士的容貌吧,”公爵命令道,“说说她是怎么骗你的。”

“描述她的容貌!”大卫带着他标志性的笑容说,“您的这个要求,就等于让我用语言去创造一个奇迹。嗯,她很阳光,但是又不刺眼,就是那种在厚厚的树荫下透进来的阳光,温暖、舒服。她的身材苗条,亭亭玉立,走路的时候婀娜多姿。至于她美丽的双眸总是很神秘:时而很圆,时而又微睁,就好像是太阳偶尔被云层遮蔽,偷偷看着这个世界。当她出现的时候,就仿佛将人们带到了仙境;当她离开的时候,世间又变得混乱,但会有山楂花的香味留存。她亲自到康迪大街二十九号去找的我。”

“这栋房子,”公爵转向国王说,“我们一直在留意。而且这个诗人所描绘出来的图像,正是臭名昭著的库珀多伯爵夫人。”

“陛下、公爵,”大卫认真地说,“我希望我笨拙而低劣的语言没有诋毁她的容貌。我已经看过那位小姐的眼睛，我可以用我的生命起誓，她绝对是一位天使，不管那封信里写了些什么。”

公爵先是直勾勾地看着他，之后语速缓慢地说：“那你就亲自去证明。你可以假扮成国王，坐着马车去参加午夜的宗教仪式。你接受这个测试吗？”

大卫自信地笑了笑，说：“我看过她的眼睛，她的眼睛已经告诉了我什么是事实。就用你的方法去检验。”

还差半小时十二点的时候，杜马尔公爵带上自己的亲信，在宫殿西南角的房间中点亮了一盏红色的灯。当时间还有十分钟就到午夜的时候，大卫从头到脚已经装扮成国王的样子了，并且将头藏在宽大的斗篷下面。公爵搀扶着他的手臂，缓缓地从皇宫里走出来。在公爵的协助下，他登上了马车，在里面将门关好。马车向大教堂飞奔而去。

在伊斯普拉那德大街的转角处，泰德洛上尉已经带着二十人潜伏在那里。只要出现刺客，那么他们必定会进行反击，将其一网打尽。

但似乎出于某种原因，密谋者的策划作了轻微的改变。当皇家马车行驶到克里斯多夫大街的时候——此时距离伊斯普拉那德大街还差一个街区——德罗尔斯上尉突然发起了进攻。他带领的一群图谋刺杀国王的杀手一下子全都围了上来，弄得皇家车马队人仰马翻。车上的侍卫虽然对这个突然袭击感到吃惊，但也并非手足无措，他们立刻跳下马车，与这群人厮杀起来。惊天动地的搏斗声引起了泰德洛上尉的注意，他们飞快地赶来救援。但是，在此期间，疯狂的德罗尔斯上尉已经撞开了马车的门，并且用手枪抵着一身黑色衣服里面包裹的人，来不及阻止，子弹就发射了。

这时，忠诚于国王的援兵赶到，街道上响起了呼喊声、兵器交错的声音，还有受到惊吓的马匹。在马车里，那个瘫软在坐垫上的穷苦可怜的假国王兼诗人，已经被博普杜依斯侯爵大人手中的枪击毙了。

中间的道路

在行走了三里格笔直的道路后，出现了一个让人难以抉择的问题。在脚下这条小路的对面是横亘在小路尽头的一条更加宽广的道路，它与小路呈现出一个丁字路口。大卫站在路口，犹豫不决，最终他在路边停了下来。

他不知道眼前的每条路都通往什么地方，但是他似乎可以感觉到无论他选择哪一条路，都在充满机会的，同时也充满危险。他坐在路边，仰望天空的时候，突然注意到了一颗很闪亮的星星。这颗星星对他来说有着非同寻常的意义，因为他和伊冯娜两个人曾把这颗星星看做是他们两个人的。这种突然的睹物，必定会带来思人的后果，他开始想念伊冯娜，他开始质疑自己的行为是不是太过冲动。只因为发生了几句争吵，就要离家出走，是不是太过幼稚。难道爱情就这样的不堪一击，难道因为爱产生的嫉妒也能打碎爱情吗？其实每一个看似很重的烦恼都会在一夜的沉淀后，随着清晨的来临而变得没那么重要。现在他还可以后悔，维尔诺伊村还在如孩子般甜美地酣睡，只要他回去，那么今晚的一切也就没有人知道。他的心里还是爱着伊冯娜的。并且在生他养他的故乡，他同样可以写出伟大的诗作，同样可以过得很快乐。大卫站起身，他挣脱了那些诱惑和令他不安的情绪，他毅然决然地转身，沿着来时的路走了回去。当他一脚迈进维尔诺伊的时候，那些离家出走的想法已经没有了一丝踪影。他路过羊圈，那群羊听到夜晚经过这里的主人的步伐，立刻向他拥了过来，它们快乐地跳着、蹦着，那感觉再熟悉不过了，这时他的心感受到了温暖。他小心翼翼地钻回自己的棚子，一纵身倒在了温暖舒适的床上。他暗自庆幸自己没有离家出走成功，他不用在陌生的道路上忍受痛苦。

他对女人的心思洞若观火！第二天的晚上，伊冯娜来到了路边的一个水井旁，这里是许多年轻人听牧师传播福音的地方。她默默地用余光寻找着大卫的身影，而且嘴角上还有一丝未完全消散的怒气。这一切在一旁的大卫都尽收眼底。他自己给自己鼓了鼓劲儿，走了过去，他得到了梦寐以求的宽恕。接着，在两个人一同回家的路上，他还得到了一个吻。

就在三个月之后，他们结为夫妻。大卫的父亲是一个机灵聪明、办事能力很强的人，所以他们家的家境自然也殷实许多。他的父亲为他们举行了一场盛大的婚礼，三里格外都知道了这个消息。一对恋人在整个村子里面人缘都很好，所以贺喜的人也络绎不绝。他们在草场上举行了舞会，还请来了德鲁克斯那里的杂技演员和木偶剧演员为大家演出。

在此之后的一年，大卫的父亲去世了。大卫继承了父亲的羊群和农舍。此外，他还拥有全村最贤良淑德的妻子。只要是伊冯娜擦洗过的奶桶和铜水壶，就一定锃光瓦亮，如果在阳光底下看，反射回来的光绝对晃得你的眼睛睁不开。但是，你必须把眼睛睁开了，因为接下来我们要去参观他们家的院落：花坛里的花朵不仅娇艳美丽，而且如列队的士兵般整齐。只要你看见它们，保准会震惊。还有你得去听听她的歌，每一首都婉转悠长，那美妙的声音，即使你站在格鲁诺大伯的铁匠铺前面的那棵板栗树旁，也可以听得见。

可是从那一天起，大卫又重新翻动了那个很久没有被打开过的抽屉，他从里面抽出一张纸，然后又开始咬着笔头，思考着他的诗了。因为春天来了，春天总是会拨动每一个人的心弦。他一定是位诗人，因为伊冯娜已经被遗忘了。在春风覆盖过的大地上，一片生机盎然，这清新淡雅的美丽景色征服了他的心。丛林与绿草的香气使他充满了异样的情愫。以前他总是能在早上赶着羊群出门，在夜色降临的时候准时回到家里。可是现在，他躺在刚刚萌发出嫩芽的小树下，整个心思都在他的创作上。他忘我地创作着诗句，让羊群自由奔走，野狼当然看准了这个时机，便贪婪地叼走每一只小羊。

大卫的诗歌越写越多，但是能放的羊则是越来越少。伊冯娜随着羊的数量的减少，体重也在降低，增长的只有她的脾气，甚至还有尖酸刻薄的语言。她所清洗的奶桶和铜水壶已经逐渐了失去了光泽，只是她的眼睛还闪着光亮。她开始对诗人无止境地抱怨，因为他对于工作的怠慢，已经让羊的数量减少，也让整个家庭的经济不堪重负。大卫雇了个男孩来替他放羊，他则将自己关在农舍上面的小房间中，继续写诗。只是，这个被雇来的男孩，与大卫有同样的潜质，都会疏于对羊群的照顾。只不过他不写诗，而是睡觉。时间一长，野狼当然发现了写诗与睡觉对于它们来说是没有任何区别的。所以羊的数量更加急剧的减少。是的，当然有增加的，还是伊冯娜的脾气。有时，她会站在院子中间，对着大卫写诗的窗口大声地咒骂，声音之大，即便站在格鲁诺大伯的铁匠铺前面的那棵板栗树旁，也可以听得见。

公证人 M. 帕皮诺是一位很善良和蔼的老头，并且极具生活的智慧，只是有些爱管闲事而已。他对所有的事情都可以明辨是非、明察秋毫，只要是他目光所及的地方，就都逃不出他的法眼。所以，大卫家里的事情他也看得一清二楚。他找到大卫，深吸了一口鼻烟后，说：“米格诺特，我的朋友，曾经在你父亲的婚礼证书上盖章的人是我。但是我真的不希望，我还会在你的破产证书上盖章。如果真的有那么一天，我会十分悲痛的。我之所以这么说，是因为你现在正徘徊在破产的边缘。作为一个真正的朋友，我要对你说几句真心话，你要听好了。我知道，你已经迷上了作诗，如果我武断地制止你，那是我的不对。所以我介绍一个人给你。他是我的一个朋友，他住在德鲁克斯，他的名字叫布里尔——乔治·布里尔。在他的房间里，满满堆放了一屋子的书籍。他博览群书、学富五车，而且每年都会去巴黎，同时他自己也写了很多书。他清楚地知道地下的墓穴是什么时候建造的，每一颗星星是怎样命名的，长着那种特别长的喙的鸟叫什么。至于对诗歌的了解，无论是形式还是含义他都了如指掌，就像你能清楚地辨别出羊的叫声一样。我可以写封信给他，只要你带着这封信去见他，并且将你的诗稿交给他看，那么你就知道你这条写作的路到底还要不要继续。或许到那时，你就会觉得让你的妻子过上幸福快乐的日子才是正确的选择。”

“请您现在就写信吧，”大卫说，“真遗憾，您为什么不早点说这件事。”

第二天，天刚蒙蒙亮，大卫就迫不及待地前往德鲁克斯了。当然，在他胳膊下面还夹着一卷自己十分珍惜的诗稿。大概中午的时候，他来到了布里尔先生的家门口，以示尊重，他在敲门前擦拭了鞋上的尘土。这位学识渊博的先生拆开了 M. 帕皮诺先生的信。他阅读文字的方式就如同阳光蒸发水分一样，用明亮的眼睛瞬时扫过信纸上的全部内容。他将大卫带到他的书房，在成堆的书籍中为他挪出了一小块可以坐下来的位置，就如海洋中的一座孤岛。

布里尔先生做事情总是很认真仔细的。面对有一指厚、横七竖八地被卷曲的诗稿，他没有一丝的不耐烦，甚至连眉头都没蹙一下。他将这些诗稿摊放在腿上，一丝不苟地一个字一个字地阅读，甚至已经把自己埋在了诗稿之中，就好像是一条钻入果子里面的虫子，努力地啃噬。

与此同时，大卫则坐在书海中漂荡。巨大的海浪让他失去了安全感，心脏开始剧烈地跳动。在这里没有导航员的帮助，也没有指南针的引航，他在心里很笃定地认为，在这个世界上的人，肯定有一半的人在写书。

布里尔先生看完了书稿的最后一页，才慢慢抬起头，将眼镜摘下，用手帕擦了擦眼镜后问道："我的老朋友M. 帕皮诺的身体还好吧?"

"嗯，不错。"大卫回答。

"你家里现在还有几只羊，米格诺特先生?"

"三百零九只，我昨天才数过的。最近运气不好，羊群的损失很大，原来有八百五十只，现在只剩下这些了。"

"你已经成家了，而且生活得很舒适。羊群带给你的不仅仅有经济的价值。在赶着它们去吃草的同时，你可以呼吸到最新鲜的空气，在空闲的时光，你可以吃着甜美的面包。你甚至可以尽情地亲近自然，躺在自然的怀抱中，倾听枝头上小鸟欢快的歌唱。你能享受这一切，只是需要注意羊群的安全就可以了，对吗？”

“是的，没错。”大卫说。

“你写的诗，我读了。”布里尔先生继续说，只是眼睛一直游移在书海之中，总是没能定下来看着一个地方，好像是在海平线上寻找帆船的影子，“米格诺特先生，麻烦你现在从窗口看向窗外。你能告诉我，你看见了什么吗？”

“一只乌鸦。”大卫瞥了一眼窗外后回答。

“就是这只鸟，”布里尔先生说，“它能帮我讲明白一些事情。你应该了解乌鸦的习性和特点，米格诺特先生。它可以算是一位会飞的哲人，而天空就是它可以施展才华的地方。它因为顺从了命运的安排而感到心满意足。它有它自身的优势：它的目光敏锐，它的脚步轻盈，再没有其他的鸟类像它那样快乐了。它想要的，它已经全部得到了，所以它不会觊觎黄鹂的美丽羽毛，更不会因为没有而伤心。您一定听过大自然赋予乌鸦的嗓音吧，米格诺特先生？难道你觉得夜莺就一定比它快乐幸福吗？”

大卫站起身时，恰巧乌鸦发出了“哇哇”的刺耳叫声。

“很感谢您，布里尔先生，”他语气缓慢地说，“我只想问一个问题，难道在满耳的乌鸦的叫声中，就没有一个如同夜莺一样甜美动听的声音吗?”

布里尔先生叹了口气，说:“如果有，我一定不会漏掉的。你也看见了，我是逐字逐句地拜读了你的诗稿。还是将所有心思都放在牧羊上吧，这样至少你可以过诗一般的生活。小伙子，停止写诗吧。”“谢谢您，”大卫说，“我这就回去照看我的羊群。”

“如果你愿意留下和我共进午餐的话，”知识渊博的人说，“如果你还能听进去我的逆耳良言，我倒是还可以和你仔细分析一下这其中的道理。”

“不用了，”诗人坚定地拒绝道，“我想我还是回到田间地头，对着我的羊群哇哇大叫来的好些。”

大卫还是如往常一样，将诗稿夹在胳膊下面，拖着沉重的步伐往维尔诺伊走。刚刚进了村子，他便进了一家商店。这家商店店主的名字叫齐格勒，是从亚美尼亚来的犹太人。这家店铺所经营的物品琳琅满目，什么都有，只要是店主能弄到手的，就会在这些货架上出现。

“嗨，哥们儿，”大卫说，“最近森林里总是有野狼出没，我的好几只羊都被野狼吃了。我想买支枪，来保护我的羊群，你这里都有什么枪啊？”

“唉，说到这事儿，我还真得和您好好说说。不得不承认我的运气真是衰啊！米格诺特，我的朋友，”齐格勒说着，无奈地摊开双手，“我这儿有把手枪，想来只能便宜你了，价格只是原价的十分之一。这个东西是我上个星期从一个小贩那里买来的，这么说吧，其实我从那个小贩那里买了一马车的货品，这只是其中的一件。据说，这些东西都是他从一个王室侍卫的拍卖会上弄来的。那个拍卖会上拍卖的东西来自一个贵族世家，这还包括他的庄园和所有物品——我也不知道具体什么伯爵——只知道因为他刺杀了国王，所以家产都被查封了，所有的人都被发配了。其中被拍卖的就有几把做工精良的手枪。你看这支，简直都可以给太子王孙们用了！这样，你只需付四十法郎，我就把枪给你了。米格诺特，我的朋友，说起来，这笔生意我不仅没得赚，还赔了十法郎呢。不过，如果你还是想买火绳枪……”

“就它吧，”大卫顺手将钱扔在柜台上，又问道，“里面有子弹吗？”

“哦，我这就给你装上，”齐格勒说，“如果你能再加我十法郎，我还可以送你一包火药和子弹。”

就这样，大卫把手枪揣进外衣口袋里，回了家。正巧伊冯娜不在家，最近她总是喜欢往邻居家跑。不过，炉台上正生着火。大卫一把拽开炉台的门，把全部的诗稿都丢进了火堆中。熊熊的烈火烧得十分欢实，间杂发出噼噼啪啪的响声。

“这是乌鸦的叫声！”诗人说。

做完这一切后，他回到阁楼上，把自己关在那个小房间里。此时，整个村子一片寂静，因此当那支巨大手枪发出巨响之后，足以让十几个人听到。听到巨响的人们一起赶来，寻着冒着青烟的阁楼窗口，他们找到了诗人。

可是，此时的诗人已经变成了一具尸体。赶过来的男人们笨手笨脚地将他平放在床上，又将尸体处理干净。他们觉得，如今能帮助这只可怜的黑乌鸦做的最后一件事，就是把他已经被撕裂的羽毛掩盖起来。村里的女人们小声地议论着，感叹着，无不表达着对诗人的怜悯和同情。还有几个人急匆匆地跑去给伊冯娜报信。

向来爱管闲事的 M. 帕皮诺也听到了枪声，并且在第一时间赶了过来。他也是第一批赶到现场的人之一。他拿起那支手枪，仔细地辨认了枪座上的银质徽章。随后，他的神情变得十分复杂，那神态看上去，既充满了对这支精美手枪的赞赏，又充满了对死者的同情。

“从这支枪上的徽章和纹饰来看，”他对旁边的牧师轻声耳语，“是博普杜依斯侯爵的。”

宝　藏

世界上有很多种傻瓜，他们犯傻的方式却是五花八门。好了，现在请大家坐好，不要动，直到我叫到谁的名字，谁再起立。我在每件事情上都像个傻瓜，但除了一件事。我挥霍无度，我期盼一桩婚姻，我赌扑克，我在草坪上玩网球，我搞投机，最后我终于花光了所有的遗产，与金钱就此分手了。但是还有一种角色，就是那个头上戴铃铛的，时时都会成为人们笑料的寻宝者，我还没有尝试过。只有很少的人才会迷恋上这项活动，但是每一位追随点石成金的迈达斯国王的人，都会认为寻宝才是最刺激和愉快的事情。

我还要先说一些别的事情——蹩脚的作者都是这样的——我还是一个多愁善感的傻瓜。当我第一次见到梅·玛莎·曼格姆时，我的心就沦陷了。她刚好十八岁，美丽白皙的皮肤就像钢琴的白色键盘，容貌甜美、纯净，就像被人施了巫术的天使，被迫生活在得克萨斯草原上的这座小镇中。她的身上有一种奇异的气质和魅力，单凭她的美貌和气质就可以轻而易举地摘取比利时国王或者其他任何国王宝座上的红宝石。倘若她想这样做，就如同摘个草莓一样简单。只是她却不知道自己的魅力，而我也没有告诉她。

我明确地知道自己的想法，我想得到梅·玛莎·曼格姆。我要娶她，我要一生与她厮守。她可以每天晚上都把我的烟袋和拖鞋藏到我找不到的地方。

梅·玛莎的父亲与她截然不同，他留着浓密的胡子，戴着眼镜，这两样在脸上的东西就足以把他的脸遮盖得严严实实的了。他生命的意义就在于昆虫，为了蝴蝶，为了天上飞的，为了地上爬的，为了那些能钻进人们领口的，或是黄油中的那些昆虫。他是一位昆虫学家，或者是作这方面研究的任何学家。他这一生都在做着一件事：捕捉它们，用大头钉固定它们，给它们命名。

他家里只有他和玛莎两口人。玛莎除了照顾他的饮食起居外，还为那些浸泡昆虫的瓶子加满酒精。所以，他对玛莎视若珍宝，把她当做他最精致的人类标本。据说，科学家们都是忽略生活的。

除了我，还有一个人对梅·玛莎·曼格姆虎视眈眈。那个人叫做古德罗·班克斯。他刚刚大学毕业回到家。他熟悉课本，只要是书上写的，无论是拉丁文、希腊文、哲学，还是高等数学与逻辑学，他都了如指掌。

如果他不那么高调，总在众人面前卖弄自己的学问的话，我想我会喜欢他的。不过即便如此，他或许仍然认为，我和他是好朋友。只要有空，我们就凑在一起，因为我们都想从对方的口中寻找些关于梅·玛莎·曼格姆的真实想法的蛛丝马迹。或许这不完全对，因为古德罗·班克斯才不会轻易上当呢，这是情敌之间应有的防备。

或许你每次见到古德罗的时候，都会想起书籍、礼貌、文化、才智，还有衣着。而看见我则会想到垒球和每周五晚上的辩论会——这些对于我来说就算是我的文化了——或许你还会想到一个马术高手。

但不管怎样，我们在彼此交谈，或者是我们和梅·玛莎·曼格姆一同聊天的时候，我们两个人中没有一个人能感觉到梅·玛莎·曼格姆的心会偏向于哪一方。梅·玛莎·曼格姆的性格就是这样，她从不主动表达自己明确的想法，她只是躺在摇篮中，让别人去揣测。

我已经说过，曼格姆老爷子是不可能洞察这一切的。很长时间之后，他才在某一天发现——肯定是一只蝴蝶告诉他的——有两个小伙子正在费尽心思地捕捉那个将他的生活照料得十分妥帖的姑娘，也就是他的女儿，或者也可以说是法律上的附属品。

我发誓，我从没见过这位科学家居然可以如此自如地应对这种生活上的事情。曼格姆老爷子已经在表述中把我和古德罗归类到最低等的脊椎动物的纲目中，他是用英语说的，没有使用晦涩难懂的拉丁文。哦，对于拉丁文，我就知道这么一句——“奥格托里斯，赫尔维蒂之王。”他警告我们不许再出现在他家门口，倘若他再看见我们在此转悠，他一定会抓住我们，并且将我们制作成标本。

古德罗·班克斯和我为了避风头，消停了五天。等我们整理好心情再次踏访她家的时候，梅·玛莎·曼格姆和她的父亲已经不在了。搬家了！原本这栋房子只是他们租住的，现在大门紧锁，他们的行李、财产也都被搬走了。

梅·玛莎·曼格姆没有给我们其中的任何一个人留下

些文字或口信。在山楂树上，没有随风飘动的白色字条；在门柱上，没有用粉笔写下的记号；在邮局里，没有一张属于我们的明信片。毫无提示。

两个月的时间，我和古德罗动用了我们所有的脑细胞，分头追寻那两个人的踪迹。我们去询问火车站的售票员和火车上的乘务员，我们和出租马车的人套近乎，我们甚至和小镇上的警察拉关系，但结果仍旧让人失望。

就这样，我和古德罗成了比任何时候都要亲密的朋友，当然也是敌人。我们每天干完活儿，都会聚到斯奈德酒馆后面的房间里，玩玩牌、聊聊天。但每句话都包含着刺探，彼此都想从对方的口中得到新的消息。情敌之间就该是这样的。

古德罗·班克斯总是用打击别人的方式来凸显自己的博学，他把我定义为只读“简·瑞真可怜，她的小鸟儿死掉了，没有可以玩的东西了”这样文字的人。不过我还是挺喜欢古德罗的。像他看不起我一样，我也同样看不上他在大学里学来的东西，而且我向来与人为善，所以我也就忍受了他的嘲讽。再者说，我见他的主要目的是想打探梅·玛莎·曼格姆的消息，其实这才是耐心的原动力。

一天下午，我们正在聊天，他对我说：“埃德，就算你能找到她，那又能怎样呢？曼格姆小姐很有头脑，虽然她很单纯，但她注定应该享受更有品位的生活，而这些你都无法提供。我和许多人交谈过，但是没有人能像她一样真正地领会古诗的精髓，以及那些吸收到古人的精华，并将其发展的现代文人的魅力。你难道不觉得你是在浪费时间吗？”

“我认为的幸福生活，”我说，“就是在得克萨斯草原上有一栋属于自己的，八个房间的房子。房子临水而建，周围种上橡树，葱郁而轻灵。客厅里，”我继续说，“放着一架可以自己演奏的钢琴，牧场里有三千头牛。然而，这只是个开始。一辆四轮的马车，和一匹听话的小马随时听从‘女主人’——也就是梅·玛莎·曼格姆的差遣。她可以动用每一分钱，只要她喜欢，牧场里赚来的钱她都可以用。我将和她白头到老，她可以每天晚上都把我的烟袋和拖鞋藏到一个我找不到的地方。幸福的生活，”我说，“就是这样的。而你所学的课程，哲学之类的玩意就连一颗无花果——一颗干瘪的、拿来摆地摊售卖的无花果都不如。”

“她应该享受更有品位的生活。”古德罗·班克斯又强调了一遍。

“好了，不管她该过怎样的生活了，”我回答说，“现在的问题是她失踪了。我们现在需要想尽办法找到她，可是你在大学里学到的东西却一点用都没有。”

“这牌没法玩下去了。”古德罗扔下手里的牌说。然后我们便开始一起喝啤酒。

在这之后没有几天的时间，我认识的一个年轻的农民来到了镇上。他给我带来了一张蓝色的被折好的纸。他说，他的爷爷刚刚去世。我硬撑着没有流泪。他接着说，他爷爷已经将这张纸保存了二十年，并且把它作为遗产的一部分留给了后人。除了这张纸，还有两头驴和一片不能用来种田的土地。这张纸上标注的日期是 1863 年 6 月 14 日，这种纸张通行于废除奴隶主义者和分裂主义者战争的时期。上面画的是价值三十万美元的金币和银币的藏埋地点。老朗德尔——也就是山姆的祖父——这个宝藏的信息来源于一位西班牙的传教士，他曾亲自参加了埋藏宝藏的事情，许多年以前——哦，应该是在此之后的几年——这位传教士在老朗德尔家中去世了。而眼前的这张纸就是老朗德尔根据传教士的说法记录下来的。

“你父亲为什么不自己去寻找这笔钱呢？”我问小朗德尔。

“他还没来得及动身，眼睛就看不见了。”他说。

“那为什么你不去找呢?” 我又问。

“唉,” 他说, “虽然我是十年前知道的这张藏宝图，但是春天我要犁地，秋天我要在玉米地里割草，然后为牲口准备过冬的饲料，到了冬天又哪儿都去不了了。这么一年一年，很快这十年就过去了。” 我觉得他的话很可信，所以便决定和他一起探寻宝藏。不过图纸画得很粗糙。驮着宝藏的骡队是从多洛雷斯县的一个非常古老的西班牙传教士的基地出发的。他们按照指南针的指示，一路向南行，最终到了阿拉米托河。他们蹚过河水，把宝藏藏在两座大山中间的一座小山顶上，这个小山有点像马鞍的形状。在埋藏地的上面，还堆了一些石头做记号。但是就在几天后，那些埋藏宝藏的人被印第安人杀害了，只有西班牙传教士侥幸逃了出来。所以，我认为这个独家的寻宝图实在真实不过了。

李·朗德尔提议再买一套野营用的装备，之后雇用一个勘测员，让他测量出西班牙传教士的地基到宝藏埋藏地的线路图。再之后就是拿到那三十万美元的金币和银币，到沃斯堡游山玩水。不过，虽然我没读过太多的书，但是我仍旧想出了一个既能节省成本，又能减少时间的方法。

我们去了州土地局，请工作人员绘制了一张所谓的简图，就是从老传教基地到阿拉米托河一带的地图。我在地图上画了一条越过阿拉米托河的通向正南方的直线。这张简图上注明了每条测量路线的实际长度和所在区域。我们凭借着这些，在河岸上找到了那个通往山涧的起点。然后，将这个点与罗斯安尼莫斯五里格测量图上的一个重要的，以及确定的地区连接在一起——这就是西班牙国王菲利普的授地。这样做，我们就不用再聘请勘测员进行全部路程的勘测了，所以可以节省不少开支和时间。

李·朗德尔和我架好一辆马车，使用两匹马拉的大车，装上我们所有的行囊，行驶了七百四十九英里，最终来到了距离我们要去的地点最近的城镇——奇科镇。我们又找到了当地勘测局的代理人，让他帮助我们找到了罗斯安尼莫斯测量图上的区域，之后又按照我们自己绘制的地图上要求的向西走了五千七百二十瓦拉（西班牙和拉丁美洲的长度单位，一瓦拉相当于三十二至四十三英寸不等）的路程，并在找到的地方放了块石头留作记号。接着，负责勘测的人喝了杯咖啡，吃了培根，之后跟一班邮递车回奇科镇了。

我越来越确信我们可以找到那三十万的宝藏了。但李·朗德尔只能分到三分之一，因为这次寻宝的所有费用都是我来支付的。如果能顺利拿到二十万，倘若梅·玛莎·

曼格姆还在这个世界上，那么我就一定会找到她，并且用这笔钱把曼格姆老爷子喜欢的所有蝴蝶都抓进鸽笼里。只要我能找到宝藏！但是现在，我必须和李·朗德尔搭起营帐了。在河的对岸有非常密集的雪松，它们覆盖着十几个小山脉，然而却没有一座小山像马鞍的形状。不过这不会阻止我们寻宝的信念，山的外形只是用来迷幻视觉的，或许马鞍形状只是一个美好的形容，只存在于一个旁观者的眼中。

我们一起研究那些雪松掩盖的小山，就像那些女士精心挑拣跳蚤时一样。我们沿着河岸，在两英里的范围内研究着每一座小山的侧面、顶部、四周、平均高度、倾斜角度、坡度，乃至凸凹处。我们就这样花了整整四天的时间。最终，我们套好那两匹杂色的和深栗色的马，拉着我们剩下的咖啡和培根，回到了一百四十九英里外的康卓市区。李·朗德尔在回程的路上咀嚼了很多烟草，而我则忙着驾驶马车，因为我归心似箭。

乘兴而去，空手而归。不久，我就又在斯奈德酒馆后面的屋子和古德罗·班克斯会面了。同样的，我们玩骨牌、套话。我告诉了他，我去寻找宝藏的事。

“如果我可以发现那价值三十万美元的宝藏，”我对他说，“我就可以踏遍全球，寻找梅·玛莎·曼格姆了。”

“她应该享受更高品位的生活。”古德罗说，“我自己可以找到她。但是你可以和我讲一讲，那个宝藏是怎么被轻率地埋藏，之后你又是怎么去挖掘的呢?”

我告诉了他每个细节，还把那个简约的地图递给他，上面清楚明了地标明了路线和距离。但是，他只是看了这张地图一眼，便开始将身体向后靠在椅子上，大笑不止。那一定是在大学时学习过的大笑，因为他的笑声中满是嘲讽和轻蔑，充满了优越感。

“嗯，你真是个大傻瓜，吉姆。”他勉强克制了自己的大笑，对我说。

“该你下注了。”我说着，并且用手指掐住我两边都是六点的牌，耐心地等待。

“二十。”古德罗说，他用粉笔在桌子上画了个十字。

“为什么我是傻瓜?”我问道，“在许多地方都曾发现过宝藏。”

“因为，”他说，“在计算河上的那个起点时，你忽略了一个问题，这让你所有的工作都是无用功了。你应该考虑到磁差，在那里的磁差应该是向西偏九度。把你的铅笔给我。”古德罗·班克斯立刻就在一张信封的背面计算起来“从西班牙的传教基地，从北往南的距离，”他说，“正好是二十二英里。根据你所说的，这条线是按照袖珍的罗盘画出来的。那么，你应该把罗盘的磁差考虑进去。所以你寻宝的地点，应该是在你实际到达的地方，也就是沿着阿拉米托河岸再往西六英里九百四十五瓦拉的地方。哦，你真是个傻瓜，吉姆!”

“你是说什么变化?”我问道，“我认为数字从不会说谎。”

“是罗盘上磁差的变化，”古德罗说，“也就是磁针与真正子午线之间的夹角。”

他用一种高高在上的方式微笑着，然后我在他的脸上看到了寻宝的念头，并且跃跃欲试，表情贪婪。

“有时候，”他对着空气，就像一位预言家似的说，“这些藏匿宝藏的古老传说，也并非全无根据。假如你可以让我看看那张藏宝图，看看具体的位置，也许我们可以一起……”结果，古德罗·班克斯和我原本是情场上的对手，却变成了冒险的同伴。我们从奇科镇出发，那里是距离铁路线最近的小城，也就是亨特斯堡塔驿站。到了奇科镇，我们雇了一辆有弹簧和车篷的旅行马车，并且装上了我们的野营用具。我们同样雇用了上次的那位勘测员，接着按照古德罗的磁差理论，修订好正确的方位，重新测定了路线。在之后，那位勘测员完成使命回去了。

夜幕降临时，我们才到达目的地。我喂了马匹，并且在距离河岸不远的地方生起了篝火，烹饪了晚餐。本来古德罗应该一起帮忙做的，但是在大学的课堂上没有人教他该怎么做这些实用的工作。

不过，在我做着实用工作的时候，他却能用古人留下的经典思想逗我开心。他引用了许多来自希腊的译文。

“阿那克里翁，”他解释道，“这是曼格姆小姐最喜欢的一篇文章——就是我刚才背诵的那篇。”

“她真的应该享受更有品位的生活。”他依旧重复着那句话。

“还能有什么更好的，”古德罗问道，“除了古典文学所构造出来的知识与文化的氛围，还有什么能让人感受到生活的品位吗？你时常看不起教育，甚至谴责它。但是只因为你缺少基本的数学常识，让你之前的努力都变成了徒劳，不是吗？如果不是我的知识帮助你，指出你之前的错误，那么你还需要浪费多少时间才能找到宝藏呢?”

“我们还是观察一下对面的那些山吧，首先，”我说，“看看我们有什么发现。因为我仍然怀疑你的磁差理论。我一直相信指南针的指针始终对着正北。”

第二天清晨，六月的阳光温暖而灿烂。我们起得很早，吃过了早饭。古德罗被眼前的美景吸引住了，我负责烤培根，而他则负责朗诵——嗯，大概是济慈的诗，要么就是凯利的，当然也可能是雪莱的。这条河，其实如同小溪一样，我们已经准备好蹚水到对岸，去寻找那座被雪松掩盖住的小山了。

“我的好尤里西斯，”在我洗早餐用过的盘子时，古德罗拍了一下我的肩膀，对我说，“让我再看一看那张让人心醉神迷的藏宝图吧。我记得它给我们的线索是一座马鞍形的小山。可是我从没看过马鞍，马鞍是什么形状的，吉姆?”

“这次文化分文不值了吧，”我说，“我看见了就知道。”

古德罗看着老朗德尔留下的那张藏宝图，突然咒骂了一句。

“你来，”他说，并且把藏宝图对着阳光，“看。”他用手指指着一个地方给我看。我看见那张蓝色的纸上面有一行颜色较浅，但很清晰的文字和数字：莫尔文，一八九八。说实话，在此之前我还真没注意到这些文字的存在。

“这行文字怎么了？”我问。

“这是水印。”古德罗说，“水印表示这张纸的出厂时间是 1898 年。可是藏宝图的落款时间却是 1863 年。这张藏宝图是假的！”

“哦，不会吧，”我说，“朗德尔一家向来都很忠厚老实，他们一家都没有受过教育，只是淳朴的乡下人。或许这是生产商的一个错误，或是他们的骗局。”

这时，古德罗大发脾气，当然是在他的文化许可内的最火暴的发泄方式。他摘下眼镜，目视着我。

“我早就知道你是个傻瓜。”他说，“你自己被别人耍了就算了，居然还来愚弄我？”

“我怎么可能是故意在愚弄你呢？”我反问。

“无知，是你的无知欺骗了我……”他说，“在你整个计划中，我发现了两大纰漏。但是，只要是上过小学，你就不至于犯下如此荒谬的错误。另外,”他继续说,“让这场寻宝的游戏见鬼去吧。我已经花了不少冤枉钱了,我可不愿继续当冤大头,我不干了。”

我站起来,手里握着一个刚从洗碗水里拣出来的勺子,并用它指着他问:“古德罗·班克斯,在我眼里你所受到的教育分文不值,就连这颗半生不熟的豆子的价值都赶不上。倘若是别人我还可以容忍,但是对于你,我真的受够了,我鄙视你。你所谓的学识都给你带来什么好处了?它只是欺辱了你的朋友,让你的朋友讨厌你。走吧!”我说,“带着你的磁差和水印走得远远的。它们在我的眼里什么都不是,什么都无法阻止我寻宝的决心。”

我用勺子指着河对岸的一个马鞍形的小山说:“一会儿,我就要到那座山上去寻宝。你现在给我一句话,是去,还是不去。如果水印和磁差让你选择放弃,那么你就不是一个真正的寻宝者。现在立刻就给我一个最后的决定。”

恰巧此时,在河边的土路上,扬起一团白色的灰尘,并且向这边径直过来。那是赫斯帕卢斯去奇科镇的邮车。古德罗拦住了它。

“这个荒唐的行为与我再无关系。”他依旧很愤怒地说,“只有傻瓜才会把那张虚假的破图当成宝贝。就这样吧,你一向都是傻瓜，吉姆。你就留下来继续当你的傻瓜吧，与我无关。”

他麻利地收拾了自己的东西，爬上了邮车，神经质地推了推他的眼镜框，随着一片白色的粉尘消失了。

我继续洗好了盘子，把马牵到一片有嫩草的地方拴好，然后蹚水到对岸，穿过茂密的松柏树林，爬上了那座形似马鞍状的小山的顶端。那一天应该是六月里最美好的一天。在我的一生中从来都没有见过这么多的鸟，还有这么多的蝴蝶、蜻蜓、蚱蜢——总之是所有天上飞的、地上跑的、带翅膀或带刺的昆虫。

我将这座小山从上到下，从下到上地勘察个遍，但是始终没有发现与宝藏沾上一点边儿的事物。没有藏宝图上标记的乱石堆，树上也没有留作记号的人工划痕，那三十万的宝藏连个皮毛都看不到。

在凉爽的下午我登上了山顶。当我走过一片松树林时，突然之间步入了一个美丽的画面中。绿色的山谷中流淌着一条小溪，最终与阿拉米托河相聚。在那里，我看到一个野人一样的家伙，他蓬头垢面，脸上蓄着长长的胡子，衣衫褴褛，正在陆地上捕捉一只挥舞着翅膀的巨型蝴蝶。“也许他是从疯人院里逃出来的。”我心想。他怎么会来到这么一个远离教育和知识的地方呢？我始终没有答案。

然后，我又向前走了几步，看到小溪的旁边有一个用藤条掩盖的小屋。在一个小块草地上，我看到梅·玛莎·曼格姆正在摘野花。她站起身，看着我。我第一次看到她那如同白色琴键的脸，开始变成粉红色。我朝她走去，静静地无须言语。她手中刚刚收集的野花，如同涓涓细流般散落一地。

“我知道你会来，吉姆，”她清清楚楚地说道，“我父亲不让我写信给你，但我知道你会来。”接下来的事情我想你们已经猜到了。我的旅行车和马匹就在河对岸。

我常常想知道一个人为什么要受那么多的教育——如果他们不能很好地利用它们的话。如果他们的学识都被别人所用，那么又何苦去受教呢？

梅·玛莎·曼格姆和我长相厮守了。我们有一栋八个房间的房子，还有可以自己演奏歌曲的钢琴，围栏里还有许多牛，当然它们正在向三千的数字发展。

当我晚上骑马回家时，她已经把我的拖鞋和烟袋藏起来了，我找不到它们。

但是谁在乎这一点呢？——谁在乎？

爱情信使

在每年的这个时节，在这个时节的这个时间，公园里只有为数不多的几名游客。然而在公园小路旁的长椅上，却安坐着一位姑娘。或许她只是一时兴起，想抢在别人的前面，好好欣赏一下早春的景色。

姑娘安静地坐着，一动不动，她在沉思着什么，因为她的脸上写满了忧虑。想必让她忧心忡忡的事情应该是最近发生的，至少她那美丽的脸廓和线条依旧分明的双唇，没有因为思虑和伤心过度而有丝毫的损耗。

一位身材瘦长的男士此时正沿着女孩座位旁边的小路往这边走，速度很快地穿过了花园；男士身旁还有一个小男孩，帮男士提着一个手提箱。当男士看到长椅上的姑娘时，脸色时白时红的。他一边走，一边用眼睛搜索着姑娘脸上的表情，心情十分忐忑，眼睛里充满期盼和不安。男士距离她只有几百米了，但是那位姑娘依然沉浸在思索和痛苦之中，没有一丝迹象表明她意识到了他的出现。当男士又向前走到只距离那姑娘四五十米的时候，他猛然停住了脚步，选择坐在另一个长椅上。小男孩也跟着停了下来，只是一双机灵发亮的眼睛疑惑地看着男士。

这时，男士从兜里掏出个手帕，擦了擦额头上的汗珠。手帕很淡雅，男士的额头很漂亮，男士真的很英俊。他对小男孩说："你看到那位坐在长椅上的姑娘了吗？我想让你帮我传个话，告诉她，我正要去赶火车，前往旧金山。我要去参加阿拉斯加驼鹿猎捕队。告诉她，我尊重她的禁令，不能和她说话，不能给她写信，所以我只能选择这个方式最后一次恳请她：请她看在我们过去的海誓山盟上，别意气用事。告诉她，憎恨一个人、抛弃一个人，却不告诉那个人原因，不给对方解释辩白的机会，这简直不是她的做事方式，我不相信她是这样独断专行的人。告诉她——或许我以这样的方式与她交流也是不被允许的，但我只是希望她能够理智一些，选择更加正确的方法来解决问题。好了，就这样告诉她吧。”

男士说完，给了小男孩一枚五角的硬币。小男孩的脸上满是污迹，却掩盖不住他那聪明相和闪闪发光的机智的眼睛。小男孩看了看男士，之后便转身跑向那位姑娘。当他靠近那位姑娘时，尽管有些疑虑，却没有表现出很慌张。他先用手抬了一下自己头上的旧方格呢帽的帽檐，这种帽子只有骑自行车的时候才戴。姑娘则不带有任何情感地看着他。她没讨厌他的到来，但也没对此有什么期盼。

“小姐，”小男孩说，“坐在那边长椅上的先生让我过来给您唱首歌，跳个舞。您认识那位先生吗？如果他只是想调戏您，那么三分钟之内我就可以帮您把警察叫来，只要您的一句话。但如果您认识他，那我觉得他倒是一位很老实的人，我就可以把他让我给您带的那些废话一五一十地告诉您了。”

姑娘听小男孩这么一说，脸上露出了好奇的模样。“唱歌、跳舞吗？”她说话的时候语气温婉，声音甜美，就连节奏也刚刚好，即便语言中有一丝嘲讽，却如同用一层薄薄的丝绸包裹着，若隐若现，“这倒有点意思，那就唱一个舒缓的曲子吧。至于那个让你传话的人，我在之前是认识的，所以就不用去叫警察了。你现在可以唱歌跳舞了，只是声音不要太大，免得招来别人的围观。现在可不是玩杂要的时候。”

“哦!”小男孩说话的时候，身体随着双肩耸动了一下，“小姐，您一定看得出其实我的主要目的不是要表演节目。我只是想把他唠叨的一些话说给您听。那位先生让我告诉您，他已经把他所有的衣服都打包到箱子里了，因为他要去旧金山，之后到克朗代克达去打雪鸥。他说您给他下了禁令：不许他再送花言巧语的书信，也不许他出现在您家的花园门口，所以他才想出让我传话的办法，阐述自己的冤情。他说您将他一脚踢开，却没告诉他任何原因，也没给他一个辩驳的机会，这让他很受伤害。”

这个时候，姑娘眼中原有的好奇和兴趣丝毫未减，或许是那位马上要去猎捕雪鸥的男士的创意让她心生了一丝好感，或许是这个男士的执着和勇敢打动了她。总之，这位姑娘打破了那些原有的禁令，她继续以这种方式交谈了。她的目光落在公园里一座愁眉不展的塑像上，她对这个小使者说：“你去告诉那位先生，他应该最了解我的理想是什么，我没有必要再次和他强调了。而这件事只是让我更加确定了我最崇尚的就是忠诚和坦白。你去告诉他，我是一个正常人，虽然我的内心也有柔软的地方，但我的信仰不会因为软弱而妥协，我很清楚自己想要什么，需要一个怎样的人陪伴终身。这也就是我不听他任何解释的原因。我不会无理取闹，单凭一些道听途说而去指责他的行为。但是现在他明明知道自己错在哪里，还明知故问。所以你不妨告诉他，那天晚上我本想为我的母亲摘一枝玫瑰花，但当我走进温室后门的时候，却看见他和阿什伯顿小姐两个人在粉红色的夹竹桃下面。那可真是一幅醉人的画面啊，两个人相拥在一起，画面真是绝美，一切尽收眼底，在这样的事实面前，任何解释都是软弱无力的。所以，我静静地离开了温室，同时远离的还有我的玫瑰和誓言。现在你可以把这段歌舞表演再带回去给那位先生了。”

“很抱歉，小姐。我有一个词没听懂，那个相……拥……是什么意思?”

“相拥——你也可以理解成拥抱，或者身体挨得很近，总之就是两个人将彼此的身体挨得最淋漓尽致的程度。你想怎么说就怎么说吧。”

小男孩又一次拔腿就跑，身后带起了一溜灰尘和碎小的石子，转瞬间就来到了那位男士的面前。男士用急切的目光等待着这个使者的回音。小男孩真可称得上是一位出色的翻译，他从心里到眼睛都具有十分敏锐和客观的判断力。

“那位小姐说，因为她知道她抵挡不住一个骗子的花言巧语，担心自己因为一时的心软而上当，所以她宁可选择不听任何解释。她说，她亲眼看见你在温室里抱着另外一个妞儿。她是从后门进去的，本来是想为母亲摘玫瑰花的，却看到你和那个妞儿腻歪在一起。她说那个画面很精彩，只不过让她觉得很恶心。她说让你去赶你的火车吧。”

男士听到这里，反倒轻松地吹了个口哨，眼睛里闪烁着一种智慧的光芒。他灵机一动，迅速从外衣的口袋里掏出来一打信。他从中挑选了一封，之后递到小男孩的手上，又从衬衣里拿出来一枚硬币给他。他对小男孩说：“你帮我把这封信送给那位小姐，务必让她读一下。另外，帮我告诉她，这封信可以把那件事完全解释清楚。你告诉她，在坚持理想的同时如果能多给予理想一丝信任的话，那么她就可以避免这种无谓的心痛了。另外，还请你转告她，我同样誓死捍卫着那份忠贞，并且至死不渝；请务必对她说，我等待她最终的判罚。”

这位爱情的信使随即又来到了姑娘的身边。他对姑娘说：“那位先生说，你的凭空猜想真的是冤枉他了。他说他不是那种装腔作势、虚情假意的人。小姐，这儿有一封信您看一下吧。我只想说你没有爱错人，他确实是个好人。”

姑娘接过信，半信半疑地将信打开。信的内容是：

亲爱的阿诺尔特先生：

我十分感谢上周五晚上，您对我女儿的及时抢救。再一次感谢您的仁慈与精湛的医术。她在沃尔德伦太太的晚宴中心脏病突发，若不是您及时赶到，扶住了她，她必定会晕倒在温室中；若不是您及时、恰当的抢救，我们恐怕已经失去这个女儿了。在这里我还有一个不情之请，如果您能来寒舍，继续为小女治疗疾病，那我将备感荣幸。

永远感谢您的罗伯特·阿什伯顿

姑娘看完信，仔细地将信叠好后交给那个小男孩。小男孩说："小姐，那位先生正在等待您的回复呢。我该怎么对他说呢？"

姑娘将头抬起，一双盈满泪光的双眼望了那位男士一下，眼角的笑容却溢于言表。她的声音有些微微的颤抖，但能听得出激动里面的欢喜，她说："小信使，麻烦你告诉那位男士，他的姑娘让他过来。"

红毛酋长的赎金

这看起来倒是个好买卖，不过，你得等我把话说完。故事发生在我们——我和比尔·德里斯科尔——南下的途中，当时，我们正途经阿拉巴马，这个绑票的念头就在我们的头脑里产生了。后来，比尔称这一时兴起的念头是“一时糊涂”，不过在当时我们并没有意识到。

那一区域有个小镇，地势平坦，看上去犹如一张大饼，说来可笑，名字还叫顶峰镇。镇上住的都是一些丰衣足食的农民，所以，你完全可以想象得出住在这里的人生活得多么自在。

原本，我和比尔打算合伙在伊利诺斯西部地区买块黑市地，可是我俩身上总共只有六百多块钱的资金，而要实现这一计划，少说也得再有两千块钱才够用。无奈之下，我们便在旅馆门口的台阶上坐下来商量。我们聊到，乡村集镇上的居民通常都特别疼爱孩子，如此，再加上另外一些因素，在这里绑票相比较而言是很容易得手的，不像那些周遭有报纸杂志出版的地方，一旦有点风吹草动就会被一些记者搅得沸沸扬扬。我们当然也知道，顶峰镇有几名警察，或许还有几条懒狗，案发后镇子上的《农民周报》也可能登出一两篇文章，不过就凭这么点力量想要抓住我们是很困难的。综上所讲，这无疑是个好买卖。

经过一番了解，我们打算将镇上的头面人物埃比尼泽·多尔斯特的独生子作为我们的目标。这位父亲在当地很有地位，他经营建筑业，是个严肃认真的生意人，不过他也很吝啬。男孩子大概十多岁的样子，脸上有些雀斑，头发的颜色就像我们平时赶火车时在报摊上买到的杂志封面。我和比尔都认为，埃比尼泽怎么也得给两千块钱的赎金来救他的儿子吧，不过你别着急，还是等我把话说完吧。

在距离顶峰镇大约两英里路的地方，有座草木茂密的小山。那座山的后面有个岩洞，里面储藏着我们的食品。

那天，太阳已经落山，临近傍晚的时候，我们驾着一辆马车从老多尔斯特的家门口经过，发现那男孩正在街上，手里拿着石子朝对面人家栅栏上的一只小猫身上扔。

“喂，小家伙！”比尔向那孩子打招呼说，“你想不想吃糖果，或者坐在车上兜兜风？”

那男孩没说话，一甩手，就用一块砖头子儿击中了比尔的眼睛，动作很是利落。

“就冲你这么一下子，你那老子得额外多给五百块钱。”比尔愤愤说着下了车。

小家伙还挺有气势，像头半大不小的熊一般揪住我们就是一阵撕打，但他毕竟还是个孩子，最终的结果是他被马车带离了顶峰镇。我们带着他到了山洞，然后由我负责将马栓进树林，并在天黑以后再驾车赶到三英里以外的一个小村子将租来的马车还掉，一切妥当之后我又步行回山。

等我回去时，比尔正在往脸上受伤的地方涂着膏药。洞口那块大石头后面已经生起火，而男孩则默默地守在一旁看着一壶煮开的咖啡。他的红头发上插了两根鸟的尾毛。等我走进他身边时，他突然举起手中的树枝指着我说：“哈哈！该死的白脸皮，你竟敢走进平原魔王红毛酋长的营地?”

“他现在很好,”比尔说,然后卷起裤脚看看腿上的伤痕,“我们扮演印第安人来玩。我们要让这个小家伙一辈子也忘不了这个游戏。”

比尔说得没错,小家伙长这么大,好像还是头一回玩得这么开心。他觉得在山洞里的生活很有趣,早已忘记自己原本是被绑架来的了。他看上去很有兴致,甚至还给我起了个“蛇眼侦探”的绰号,并宣布说,等他的那些印第安勇士打完仗回来,太阳出来时就将我捆在火刑柱上处以火刑烧死。

接着我们开始吃晚饭。嘴里塞满肉片和肉酱的小家伙又接着发表他的演说。他的演说内容大致如下:

“我很喜欢这种生活。之前,我从来没有在野外住过;不过我倒是有过一只可爱的野猫。如今我九岁的生日已经过了,说实在的,我很讨厌上学。吉米·塔尔博特的婶婶家的母鸡下了很多蛋,可惜被老鼠吃掉了十六只。这个林子里到底有没有真正的印第安人呀?我还想吃点肉酱。树枝动了是不是说明在刮风?我们家有五只小狗。哎哟,你的鼻子怎么会这么红呢,汉克?我爸爸有很多很多的钱。天上的这些星星也很热吗?上星期六的时候,我和埃德·沃克对决，他败了两次。对女孩子我可没什么兴趣。没有绳子你就别想捉癞蛤蟆。公牛会叫吗？桔子为什么都是圆的呢？如果这个山洞有床睡觉会更舒服吗？啊，莫斯·默里长了六只脚趾头。鹦鹉会说话，猴子啊鱼啊什么的都不会。几乘几等于十二？”

如此，每隔几分钟，他只要一想起自己是个印第安人，就会拿起那根树枝，像握着一杆枪似的悄悄走到洞口巡视，看看有没有讨厌的白种人在这边侦查。他还时不时地发出一声喊杀声，老汉克听到这种声音就害怕。没想到孩子一来就把比尔给吓唬住了。

“红毛酋长，”我对孩子说，“你想回家吗？”

“咦，干吗回家呢？”他说，“家里一点意思也没有。我讨厌上学，我喜欢在这里野营。你不会把我再送回去吧，蛇眼，不会的，是吗？”

“现在不会，”我说，“我们要在这个洞里待些时间。”

“好啊！”他很兴奋地说，“这再好不过了。我长这么大从来没有这么痛快地玩过。”

约莫十一点钟，我们准备睡觉了。我们把几条又厚又宽的毛毯铺在地上，让红毛酋长睡在我们中间，我们并不担心他会逃跑，不过这一宿还是没有睡好。洞外的树林里一有点风吹草动的声音，小家伙就以为有歹徒来偷袭了，便一次次跳起身去取他的那支长枪，并且在我和比尔的耳边一个劲地喊“伙计，你听”，如此几次，害得我和比尔三个小时都不能入睡。最后也不知什么时间我迷迷糊糊睡着了，却梦见自己遭了绑架，被一个凶神恶煞般的红发海盗用铁链锁在一棵树上。

天色微明时，我被比尔的一阵极其尖利的叫声惊醒。你怎么也想不到一个男性竟会发出这样的声音——既不是一阵怒吼，也不是一声长嚎，而是像女人见了鬼或毛毛虫时发出的那种歇斯底里的、让人惊恐而又难堪的一阵阵的尖叫。想想看，一大早，又是在一个山洞里，突然听到一个壮汉如此尖声尖气没命似的叫喊，实在是让人很不舒服。

我翻个身坐了起来，想看看到底发生了什么事。这一看我也吓了一跳，原来是那个“红毛酋长”已经骑在比尔的胸口上，一只手揪着比尔的头发，一只手拿着我们切肉用的快刀，那样子看上去就像是在为如何执行昨晚对比尔的判决而大伤脑筋，正想着怎样才能完整地割下他的头皮。

我连忙过去一把抢过孩子手中的刀，并强迫他重新躺下。但比尔的情况不太好，惊魂未定，他在他原来的位置躺下后，因为这孩子的缘故，就再也没有敢合眼。我又睡了一会儿，在太阳快要出来时候忽然想起了“红毛酋长”说要在日出时把我绑在火刑柱上烧死的话，我虽然没觉得有多可怕，不过还是坐了起来，点上烟斗，独自倚在身后的一块石头上抽烟。

“你起这么早做什么呢，萨姆?”比尔问。

“我啊?”我说，“噢，我的肩膀这儿有点痛。我想，坐着或许会好受些。”

“你在说谎!”比尔说，“你是害怕了。昨天你被他判了火刑，你担心他会烧死你。如果让他找到火柴的话，他真的会这样干的。这难道不可怕吗，萨姆?你想，谁肯出钱把这样一个小恶魔赎回家呢?”

“会的，”我说，“很多做父母的就是喜欢这样淘气的孩子。喂，你快点和酋长起来做早饭吃，我去山顶看看那边什么动静。”

我爬上小山顶，先将整个乡村扫视了一遍。当我朝着顶峰镇的方向眺望时，本以为会有一些身强力壮的村民拿着农具四处搜寻绑匪，很显然，我失望了。因为映入我眼帘的是一幅宁静的风景画，画中唯一的点缀是一人一马在田间劳作。既不见有人在河塘里打捞；也不见有人惊慌地来回奔走，向孩子的父母报告些什么。整个阿拉巴马似乎还处于朦胧的睡意之中。“或许，”我喃喃自语说，“他们还没有发现圈中的小羊已被狼叼走。老天保佑我们这两头狼吧!”说完，我便从山顶下来吃早饭。

当我刚迈进山洞，发现比尔竟靠着洞壁站在那儿喘粗气，而那个“红毛酋长”则举着半个椰子大的石块威胁着要砸他的脑袋。

“他竟然把一个滚烫的熟土豆放进我的衣领，烫我的脊背。”比尔解释说，“然后又把土豆踩在脚底下。我当然气不过，便给了他一记耳光。你身上带枪了吗，萨姆?”

我疾步过去夺下小家伙手里的石块，硬是阻止了这一场争吵。

“你等着，我会收拾你的，”小家伙对比尔说，“敢动手打红毛酋长的人没有一个不受惩罚的。你给我小心点。”

用完早饭，小家伙从口袋里掏出一块用绳子捆着的皮板儿，他一边解着绳子一边往洞外走去。

“他又想搞什么鬼?”比尔忧心忡忡地问我,“他不会逃跑吧,萨姆?”

“这倒不用担心,”我说,“他可不像是个喜欢待在家里的人。不过我们当务之急还是要商量出一个讨钱的办法来。顶峰镇并没有因为这个孩子不见了而引起多大的躁动,当然,也有可能是他们还没有意识到这孩子被绑架了,又或许他家里的人还以为他是在珍妮婶婶家或哪个邻居家过夜呢。但不管怎么说,今天总该留意到孩子不见了吧。我们今晚一定要给孩子的父亲捎个信去,叫他拿出两千块钱赶快把人赎回去。”

就在这时,我们听到一声喊杀声,想当年大卫很可能就是这样大喊一声,然后将石块甩出把勇士歌利亚击倒的。“红毛酋长”刚才从口袋里掏出来的皮板儿正是一个投石器,此刻,他正在头顶上挥舞着他的投石器瞄准目标。

我见状一跃而起,只听得一声沉重的响声过后比尔一声呻吟传来,像是马被卸下鞍子时的一声长嘘一般。一块鸡蛋大的石子直击比尔左耳后面,然后他全身散了骨架似的瘫倒在烧着洗碗水的热锅上。我顾不得许多,立马把他拖到一边,往他头上足足浇了半个小时的凉水。

比尔终于慢慢坐起身,摸着受伤的后脑勺说:“萨姆,你知道我最喜欢的《圣经》人物是谁吗?”

“别紧张,”我说,“你已经清醒过来了。”

“犹太王希律。”他说,“你不会离开,把我一个人扔在这儿不管吧,萨姆?”

我走到外面,抓住那个小家伙的肩膀一阵猛摇,直到我自己摇不动了才住手。

“你如果还不听话,”我说,“我就马上送你回家。你说,你是要做个乖孩子呢,还是坏孩子?”

“我不过是和他闹着玩的,”他立马哭丧着脸说,“又不是存心要伤害老汉克。可是他为什么要打我呀?不过你放心,我一定会听话的,蛇眼先生,只要你不赶我走,而且今天就让我玩黑人侦察兵的游戏。”

“这个游戏我不会玩,”我说,“那是你和比尔先生的事情。今天他陪你玩,我等下有事要出去一下。这样吧,你进来和他和好,毕竟是你伤了人,所以你得先认错,不然的话你就回家,马上走。”

他显然是不想回家,便依我所言跟比尔握手言和,之后我把比尔拉到一旁，告诉他距离山洞三英里外有个叫杨树湾的小村子，我说我想去那里打听打听顶峰镇的村民对这起绑架有些什么反应。我还对他说，如果可行的话当天就给老多尔斯特捎封信去，直截了当地提出要多少赎金，并把交款的时间和地点给他标注明白。

“你知道的，萨姆，”比尔说，“我们两人一起玩牌、躲警察、抢火车、抵御龙卷风，总之上刀山下火海，天大的困难我都跟你一起闯过来了。若不是抓了这么个小恶魔，我还从来不知道什么叫担惊受怕呢。如今，这个小家伙已经把我弄得寝食不安了。你不会出去很长时间，让我一个人陪着他吧，萨姆?”

“我今天下午肯定回来。”我说，“不过在我回来之前，你一定要好好逗他玩，千万别把他惹毛了。好吧伙计，我们现在就给老多尔斯特写信吧”。

我和比尔取出纸和笔准备给老多尔斯特写信，而此时的“红毛酋长”，则披了条毛毯，在洞口来回巡视呢。

眼泪汪汪的比尔怜悯地请求我把赎金从两千元减至一千五。他说：“我不想亵渎父母对子女神圣的爱，不过我们是跟人打交道，按照人之常情，有谁会为这个满脸雀斑四十磅重的野猫花上两千块钱的赎金呢。所以我宁可少要五百的好。当然，你可以将这个差额记在我的账上。”

为了让比尔安心，我同意了他的请求，于是我们两人便你一句我一句写成了下面这样一封信：

尊敬的埃比尼泽·多尔斯特先生：

你的宝贝儿子已经被我们藏在一个远离顶峰镇的地方。别说你本人，就是最有本领的侦探也休想找到他。如果你想让他回到你身边，唯有答应以下条件：给我们一千五百元大面额的钞票作为他的赎金；这笔钱可按照下面所说的回信方法，于今晚午夜放到同一地点的同一盒子里面。如果你同意这些条件，那么就派一人于晚八时半送来书面答复。在通往杨树湾的大路上，过了猫头鹰小溪后，路右边沿麦田篱笆处有三棵相距一百码左右的大树，在第三棵树的对面篱笆桩底下放有一个小纸盒。送信人将回信放入此盒后须立即返回顶峰镇。

你如果背信弃义或拒不答应上述条件，那么你就永远也别想见到你的宝贝儿子了。你如果按照要求交款，那么你的儿子便会在三小时之内平平安安回到你身边。这些条件乃最后决定，即使有不同意见，也不再联系。

两个亡命徒

我在信封上写下多尔斯特的地址，将信揣进口袋。正要动身，男孩走到我面前说："喂，蛇眼，你说了你走了以后我可以玩黑人侦察兵的游戏。"

"玩吧，完全可以。"我说，"比尔先生会陪着你玩。你想怎么个玩法呢？"

"我当黑人侦察兵"，"红毛酋长"说，"我负责骑马报信，通知寨子里的居民印第安人来犯的消息。之前我老是扮印第安人，已经厌烦了。这次我想当黑人侦察兵。"

"行，"我说，"反正你不会被伤到一根毫毛。本来我还指望比尔先生会帮助你打退那些凶猛的野蛮人呢。"

"要我做什么呢？"比尔似乎很担心，眼睛盯着那孩子看。

"你来做马呀，"小家伙说，"给我趴下来在地上爬。没有马骑我怎么能赶到寨子呢？"

"你可不要扫了他的兴，"我对比尔说，"我们计划还没有开始实施呢。权当活动一下手脚吧。"

比尔虽然不情愿，但也只得趴下，他的眼睛里流露出兔子掉入陷阱时的神情。“到寨子有多少路，小家伙?”他怯声怯气地问道。

“九十英里，”小家伙说，“我命令你，就算是豁出性命也得准时赶到那里。现在就出发!”

小家伙说完，猛地跳到比尔背上，两只脚后跟还在比尔腰上蹬了一下。

“看在老天爷的份上，”比尔说，“萨姆，你要早点回来，越早越好。早知道如此，我们真不该把赎金定在一千元以上。喂，我说，你别踢我好不好?你要再踢，我就起来揍你了。”

到了杨树湾，我在那家兼卖杂货的邮局里坐下，看到有进来买东西的当地老乡就凑过去聊上几句。有个胡子拉碴的家伙说，老埃比尼泽·多尔斯特的儿子也不知是走失了还是被人拐走了，如今顶峰镇乱得如同一锅粥。很好，我就是为了打听这个消息而来的，如今已得到证实。之后，我买了些烟丝，又故意问了问豇豆的价钱，当我走出邮局时趁四下没人注意便将信投进了邮筒。听驿长说，用不了一个钟头，过路的邮车就会将这批邮件带往顶峰镇。

当我回到山洞时，发现比尔和那个男孩不见了。我在附近的地方一阵寻找，情急之下还大胆喊了两声，但没人答应。我只好点起烟斗，坐在长满青草的土堆上等待事态的发展。

大约过去了半个钟头，树丛里传来一阵窸窸窣窣的响声，比尔从树丛里面钻了出来，拖着摇晃的身体来到山洞前的那一小块空地。而那个小家伙就像个侦探似的轻手轻脚尾随其后，竟然还咧着嘴在笑。比尔站定后，脱下帽子，掏出一块红手帕擦汗。小家伙也在离他大约八英尺远的地方停了下来。

“萨姆，”比尔看着我说，“我想你也许会说我对不起朋友，但我实在是被逼无奈啊。俗话说大丈夫能屈能伸，我也已经逆来顺受惯了，但人总有个受不了的时候。那个小恶魔已经被我打发回家了。这下全完了。古有殉道者，”比尔接着说，“他们干一行爱一行，宁死不肯改弦易辙。但我敢说他们当中肯定没有一个受过像我这样的非人的折磨。我忍气吞声为的是信守我们共同商定的协议，可是忍耐毕竟是有限度的。”

“到底出了什么事，比尔?”我问。

“我驮着那个小家伙跑了九十英里赶到那个寨子，我没让他下来走一步路。后来，居民得救了，给了我一点燕麦，可地上的泥沙毕竟代替不了饲料啊。回来的路上，他继续胡搅蛮缠，折磨了我足足有一个小时，我反复向他解释为什么洞是空的，为什么一条路可以两头走，为什么草会发青。我敢说，萨姆，没有人能经得起这样的折磨。我揪住他的衣领硬是把他拽下了山。一路上我的两条小腿被他踢得青一块紫一块，大拇指也被他咬了两三口，如今我的整个一只手都得找医生治。”

“可他到底还是走了，”比尔接着说，“他回家去了。我指着那条去顶峰镇的路，一脚把他送出去八英尺远。萨姆，我很抱歉丢掉了一笔赎金，但如果不把他送走，比尔·德里斯特尔科就要被送进疯人院了。”

比尔说到最后，几乎喘不上气来，不过他那张红扑扑的脸看上去却是格外平静，那是他说到最后才露出的一点满足的神情。

“比尔，”我说，“你家里没人有心脏病，对吧？”

“没有，”他说，“没人有这种病。除了疟疾，就是意外事故。你问这个干吗？”

“那你现在可以转过身，”我说，“看看你后面的人是谁。”

转过身去的比尔看到了小男孩。他大惊失色，一屁股坐在地上，一脸愣怔地抓弄起手边的青草和小树枝。我担心再这样下去他的脑神经肯定会出毛病，经过一小时的思考后，我对他说我已经有了立即结束这场闹剧的办法，又说，要是老多尔斯特答应我们的条件，我们一拿到赎金就连夜离开。比尔这才缓过神儿来，勉强给孩子一个笑脸，并允诺他说等身体稍好后就跟他玩俄国人打日本人的游戏。

我想了个安全的取款办法，不会落入任何圈套，我想在此介绍给那些以绑票为营生的兄弟们。我选中的那棵树——先在下面放回信，后在下面放赎金的那棵大树——离路边的篱笆很近，四周又有一大片空地。只要派几名警察在一旁守候，那么来取信的人在穿过空地甚至是在路上时就会被发现了。不过这样反而不会出事，先生！我在八点钟时就已经躺在树上，像只树蛙似的坐等送信人的到来。果然很准时，一个尚还稚嫩的男孩骑着自行车来了。他在那篱笆桩子底下找到了那只盒子，然后迅速塞进了一张折叠好的信纸，信纸放好后他随即踩着自行车回顶峰镇去了。我又在树上等了一个小时，确定没有危险了便悄悄下树取了信，之后，我沿着篱笆溜进树林，半个小时后回到山洞。我迫不及待地打开信，凑到灯前念给比尔听。信是钢笔写的，字很难认。主要内容如下：

致两位亡命徒

敬启者：你们的来信已于今天收悉。关于出钱赎回儿子一事，我认为你们的要求有点高，特提出相反建议，望能乐意接受。你们亲自将我儿子约翰尼送回并付给我二百五十元现款，我就同意从你们手中接过孩子。不过我建议你们还是趁夜晚来比较好，因为邻居们都相信孩子是自己走失的，若是被他们发现事情的真相，恐会对来人采取何种行动，我可担当不起。

埃比尼泽·多尔斯特谨启

“简直就是英国彭赞斯的海盗！”我说，“真他妈的蛮横无理——”

不过当我看了比尔一眼后，到了嘴边的脏话又被我咽了回去。他那苦苦央求的眼神真是太可怜了，我还从来没有在哪个人的脸上——无论是不能言语的哑巴亦或是会讲话的野兽——见到过这样的神情。

“萨姆。”他看着我说，“二百五十块钱究竟算什么呢？这钱我们有。但如果多留这小子一晚的话，我就会被送进疯人院了。多尔斯特先生只向我们要了这个价，我看他不但是个十足的绅士，而且简直就是个慷慨仗义的人。我想你也不愿意放过这个机会，对吧？”

“实话告诉你吧，比尔。”我说，“对于这个小兔崽子我也感到十分厌烦。我们把他送回去，给了钱就赶紧脱身。”

商量好之后，当晚我们便把那孩子送往他的家中。我们对他说，他父亲已经给他买好了一支银色的来复枪，还特地买了印第安人的衣服给他，又说我们第二天要去捕熊，才终于把他骗上路。

当我们来到埃比尼泽家门并敲响大门时，正好是夜里十二点。按原本的计划，此刻本应由我从树下的纸盒子里取出一千五百元赎金的，而现在却是比尔从自己的口袋里数出了二百五十元交到多尔斯特的手里。

当小家伙发觉我们要丢下他时，“哇”地一声便哭开了，他的哭声听上去就像狂风在呼号。他紧紧抱住比尔的腿，像只蚂蟥似的叮住不放，以致他的父亲如同揭膏药一般慢慢扯开他才勉强把他拉了过去。

“你能拽住他多久？”比尔问。

“我现在的力气也不如以前了，”老多尔斯特说，“但我可以为你们争取十分钟。”

“这已经足够了。”比尔说，“有十分钟时间，我就能穿过中部、南部和西部各州，朝着加拿大边境飞奔了。”

尽管天色非常黑，比尔又是那么胖，而我呢，几乎可称得上是个飞毛腿，但等我追上比尔时，他已经跑出顶峰镇足足有一英里半的路程了。

苹果的诱惑

已经走出乐园城二十英里了，在距离日出城还有十五英里时，比尔达·罗斯勒住马，准备停下来休息。鹅毛样的大雪已经下了一整天，路上的积雪足足有二十厘米那么厚，根本看不清路况。再加上剩下的路程比较远，都是些崎岖不平的山路，即便是白天行车都要揣着十二万分的小心，不然一个失误就会酿成不可挽回的损失。更何况现在天色已经黑了，大雪丝毫没有停下的迹象，就更不能继续往前走了。比尔达·罗斯如是说。于是，他让那四匹健壮的马儿停下，并将自己英明的决策告诉给车上的五名乘客。

一个法官率先跳下了马车，他叫梅尼菲，具有当官人所有的特质，永远把自己摆在领导的位置上，毋庸置疑。随后另外三名乘客也走出了马车，在这位领导的带领下他们时而抱怨，时而妥协，时而要求涉险，时而又坚持赶路。这马车里的第五名乘客是位年轻的女士，只有她没有下车，始终待在马车里。

比尔达将马车驱赶到第一座山峰的山肩处，在道路的两边有标明道路边缘的黑色木栅栏。距离一个较高的栅栏大约五十码的地方，有一栋小房子。只不过小屋的房顶被积雪覆盖住，就好像是白色画面中飘移的一块墨迹。当人经历过积雪和焦虑之后，这一栋小房子足以让法官梅尼菲和其他乘客像孩子一样欢呼雀跃，他们叫嚷着向那栋小房子走去，更准确一点说，应该是他们向那栋房子的方向走了过去。走近时，他们一边叫着屋里的主人，一边敲打着门窗，可是屋里的沉默让他们的情绪有些暴躁。于是他们对那扇隔绝冰冷与温暖的阻碍物发起了进攻，破门而入。

尚且留在马车里的人可以清晰地听见从那栋小屋子里发出的嘈杂的声音，有碰撞也有叫嚷。过了一会儿，那个小屋子便被温暖的火光填满，火焰越烧越旺，像那群人的心情一样明快地跳动着。这群探险者又回到了马车旁边，梅尼菲法官用他那比号角还要嘹亮、高亢的嗓音宣布他们得救了。音量之大，可以与整个管弦乐队媲美了。他介绍着他的发现，那个房子已经没人住了，所以家具不是很多，但幸运的是房子里有个很大的壁炉，而且他们已经从屋后的柴房里找到好多柴火。这下这个寒冷的夜晚就不会那么难熬了，他们至少可以在暖和的房间里住上一晚了。另外，让车夫比尔达惊喜的是，屋子的旁边还有一个马厩，虽然有些破旧，但还是可以使用的，而且在房间的阁楼上居然还有干草。

“先生们，”比尔达坐在驾驶马车的位置上，他已经用毛毯和大衣将自己包裹得很严实了，他继续喊道，“把栅栏搬下来两块，好让我的马车可以直接走过去。我本以为我们今天晚上只能在屋外过夜了呢。这个房子的主人是一位名叫雷德鲁斯的老男人，今年八月的时候刚被送去了精神病院。”四位男士很配合地跑向被白雪掩埋得很深的栅栏。马儿在比尔达的驱赶下，穿过栅栏的缺口，艰难地攀爬着斜坡，一直到了那位发神经的老头所建造的房子门口。比尔达协助两位乘客卸下马车上的行李，梅尼菲法官则绅士般地将马车门打开，行了个脱帽礼。

“我不得不向您宣布一个消息，加兰小姐，”他说，“我们的旅行被迫中止了。车夫说在这样恶劣的天气中，夜晚驾驶马车是非常危险的事情，丝毫的疏忽都会酿成惨剧。

所以我们不得不在这栋小房子里度过一晚。或许这对于女士来说会有些不便，但我希望您可以打消其他顾虑。我仔细地检查过这所小房子，在这样的雪夜能够保暖是它最大的功能了。我相信您会觉得很舒服的。请允许我扶您下车吧。”

就在这时，在法官的身边又出现了一个人，他是一个风车公司的员工，名字叫邓伍迪。其实他叫什么，在哪里工作等这些信息都不重要，因为在这场旅行中，乘客间没有必要熟知彼此，甚至不知道对方的姓名也是无所谓的。只是对于一个总是喜欢挑战法官麦迪逊·梅尼菲的人来说，这个名字我们就应该记得了，以便我们知道在这个荣誉花环上应该写下谁的名字。

邓伍迪用一种轻松的语气大声说：“麦克法兰太太，看来您不得不下车了。这栋小房子虽然不像帕尔默大酒店那样舒适，但它至少可以阻挡大雪，而且当您离开这里的时候，也没有人会检查您的行李，看看您是否不小心带走酒店里的东西。房子里面已经生了火，不仅可以去除身上的潮湿和寒气，而且火光也会赶走老鼠，我相信您会觉得舒服的，放心吧。”

就在他们两个努力说服麦克法兰太太的时候，还有两个乘客正在按照比尔达·罗斯的苛刻命令与马匹、缰绳，还有地上厚厚的积雪僵持不下。这时，一个高亢的声音传来，它来自其中一个劳动志愿者："喂！拜托你们快些把所罗门女士请下马车行吗？喂，站住！给我老实点，你这个顽固的畜生。"

说到称呼，还得旧话重提：从乐园城到日出城的旅途，相对于漫长的人生来说，只能算极短的那种，所以没有必要弄清楚同行的路人都叫什么名字。但是对于梅尼菲法官来说，出于他的年龄和声望，他这样在女士面前作自我介绍也是无可厚非的。所以，作为回应，那位女乘客软语温言地说了一声自己的姓氏。但由于声音太小，以致这个姓氏进入每个人的耳朵里的声音都会不大一样。然而这些男士太过固执己见了，或者也因为存在相互间的嫉妒，所以没有人愿意承认别人听到的发音是正确的，他们坚持自己所听到的发音，用不同的姓氏称呼她，比如，加兰、麦克法兰，或是所罗门。而那位女士也并没有纠正他们的错误，欣然接受了所有的称呼，因为在这样一个旅途中，她没有必要和他们显得太过热络，而且太过在意别人的称呼，也会显得太小家子气了。在短短的三十五英里的旅途中，叫错名字又有什么关系，其实"旅伴"这两个字就已经够用了。

没多大工夫，马车上所有的东西都搬到了这个小屋子里，而且都作了用来取暖的工具，比如长袍、垫子……而马车上所有的人也都已经围坐在炉火边了，他们形成一个半圆形，那位女士就坐在最靠近火炉的地方，也就是半圆形的末端。她很淑女地坐在众多男士为她准备的垫子上，那好比是她的臣民为讨好国王而刻意准备的王位。她的背靠在被长袍包裹的木箱和空木桶上，这样不仅是为了舒适，还为了抵挡从门窗的缝隙里钻进来的寒风。女士将穿着鞋袜的双脚伸直，这样可以更加靠近火源，方便烘烤。她摘掉了手套，但是颈上的毛皮围脖却始终没有脱下，她一半的面颊也藏在里面。借着跳动而温暖的炉火，虽然只能看到一半的面容，但足以确定那是一张青春，并且姣美的脸。她举手投足间都是那样的优雅，散发着女性的魅力，透过她那恬静安适的神情，可以看得出她对于自己美貌的自信。

此时，由于雄性心理作祟的缘故，炉火旁男士们的骑士精神和男子汉的保护欲令他们争相献媚，想尽办法地让这位女士更加舒适。而这位女士也没有推让，只是将这些关心全部笑纳，她的表现不愠不火，就像是花朵接受甘露那样自然。对于这些讨好的行为和呵护的举动，她没有小女生的那种骄纵，没有孤芳自赏的高傲，也没有太过冷漠不屑，而是表现得恰到好处。

外面狂风大作，大片大片的雪花借着风势肆意地飘洒，偶尔也会有一些雪花钻过门窗的缝隙进入屋子，不断地袭击着那六位男士的后背。即便如此，这场旅行或者说这一夜仍然使得一些人感觉美好。在今夜，梅尼菲法官所扮演的角色是律师，他的委托人是天气，他的当事人是暴风雪。他努力地为他的当事人作着辩护，目的就是要让那些身体不断瑟瑟发抖的陪审员相信，这个屋子到底有多么的温馨，这里如同温煦的春天一般。他不停地说着好多的奇闻趣事，故事中充满了风趣幽默，还有律师独有的诡辩，这些故事听来虽然难登大雅之堂，却取得了圆满成功。快乐的感染力让每个人都无法抗拒，所以其他的人也都尽自己的所能贡献出自己的那份快乐。就连那位女士也不由自主地加入快乐的氛围之中。

“我认为这很迷人。”她说得很慢，话语如同水晶般清脆悦耳。

每隔一段时间就会有一个人站起来看看这间屋子，就像是一个幽默风趣的探险家。但是在这间屋子里已经找不到一丝雷德鲁斯老人居住的痕迹了。比尔达·罗斯被大家央求着讲一讲关于这个隐居老人的故事。

马匹已经被安置妥当，乘客们也都舒适地待在这个温暖的屋子里了，所有的问题都迎刃而解，所以比尔达也纾解了原来紧张的情绪，重新变得平易近人、和颜悦色了。“那个老家伙啊，”他调侃道，“他已经在这里生活二十多年了，但是从来都不和任何人打交道，对于别人的有意接近，他总是避之不及。倘若有人从他的小房子前面走过，他会立刻将探出的头缩回去，之后‘砰’的一声把门关上。

“这座小房子的阁楼上，还有一个纺车，至今保存得都很完好。在此之前他一直到泥口的山姆蒂的商店买一些食品和烟草，今年八月的时候，他又来山姆蒂的商店，只是他身上披了一个红色袍子，并且告诉山姆蒂他是所罗门国王，希巴女王要来拜访他。他还把他所有的积蓄——满满一袋子银币丢到了山姆蒂家的水井里。他对他说：‘如果希巴女王知道我有一点点钱，她都不会来看我了。’大家听到那老头的疯言疯语，又看到他将钱丢到水井里，这才把他送到精神病院去。”

“他过去经历过很浪漫的爱情吗？是那场风花雪月让他独居在此吗？”一个年轻的经销商打断比尔达的叙述，问道。

“不，”比尔达回答，“我从来没听谁过说。我想只是普通的麻烦导致他精神失常的。他们说，在他年轻的时候只是与一个年轻的姑娘恋爱过，后来分手了。但是在他披着红袍子去扔掉所有的银币之前，我没听说过任何关于他的浪漫爱情故事。”

“哇！”梅尼菲法官大声感慨道，“显然，这是一个人一厢情愿的案件，毫无疑问。”

“不能这么说，先生，”比尔达继续说道，“不应该这样认为，其实他们两个已经订婚了，但没能结婚。乐园城的马默杜克·马林认识雷德鲁斯的一个老乡，有一次他们遇见的时候，他听这位老乡说雷德鲁斯其实是一个很不错的小伙子，只是家里太穷了。翻弄他的口袋时，虽然也能听见金属撞击的声音，但那并非是钱币，而是他的纽扣与钥匙碰撞的声响。与她订婚的那位姑娘叫爱丽丝，或者是别的什么，我记不清了。他说那个姑娘很漂亮，就是当你和她同行的时候，你会自发地想要替她买票的那种女孩。可是后来那个小镇又来了一个小伙子，他的家境很殷实，出手也很阔绰。他不仅有四轮马车、矿山的股票，还有大把的空闲时间。尽管爱丽丝已经和雷德鲁斯订婚了，但她仍然与那个纨绔子弟交往甚密，在他们之间总是上演偶遇、登门拜访等让人想要退婚的戏码。这就好比一首诗中描述的‘战利品上的裂痕’。后来，有人看到雷德鲁斯和爱丽丝小姐在门口谈话，时间不长。临走前，雷德鲁斯还很绅士地脱帽行礼。再后来，这位老乡也就没在那个小镇看到过雷德鲁斯了。”

“那，那个姑娘后来怎样了？”那个小伙子又问道。

“我也不知道了。”比尔达说，“我知道的已经全告诉你们了，无论你们怎么问，我也没办法告诉你们下面发生的故事了。这就好比你们鞭打一匹瘸腿的老马，能力至此，再用力它也不会往前走一步了。”

“真是个伤感……”梅尼菲法官还没把话说完，却听到了一个在这个屋子里更具权威的声音。

“好一个迷人的故事！”那位年轻的女士用比故事更加迷人的声音说道。随后便是一小段时间的沉默，屋子里只能听到外面嗖嗖的风声和炉火中劈柴燃烧的声音。那些男士所坐的地方，无非是用一些外套和杂散的木板块垫起来的，虽然能隔些凉气，但坐久了依然不是很舒服。这时，那个风车公司的员工站了起来，为了缓解一下屁股上的肌肉酸痛。

突然，他发出了一个如同胜利般的欢呼声。他急匆匆地从一个昏暗的角落赶回房间，手里拿着一个像轴承一样的东西。当他走近时，人们才发现他手里拿的是一个诱人的苹果。这个苹果很大，外皮有些许斑点，一看就知道是一个品质上乘的苹果。它绝对不可能是雷德鲁斯留下的，因为他八月份就搬离了这里，如果是，那么苹果早就发霉了。他是在一个高架子上的牛皮纸袋中发现的这个苹果，毫无疑问，一定是有人在这里共进午餐，只是走的时候忘记带上它了。

邓伍迪——因为这个苹果，他又一次成为令人瞩目的焦点。“看看我发现了什么，麦克法兰太太！”他大声地叫道，并且将握着苹果的手高高举起，在火光中，苹果诱人的红色已经变得色彩斑斓。而那位女乘客只是淡然一笑——她总是那么恬静。

“好一个迷人的苹果啊！”她说话的声音很低，却足以让人听得清楚。

就是这个瞬间，梅尼菲法官觉得自己被打垮了，被压碎了，他感觉到了羞辱。为什么这个可以让人成为焦点的苹果的发现者不是他自己，而是那个粗俗的、做风车生意的家伙。为什么幸运之神不来光顾他呢？倘若发现这个苹果的人是他，那么他一定会让苹果的出场更具魅力和风趣。他会假定一个情景、一段演说，或者是一段即兴的发挥，总之一定会巩固自己现在的主角地位。然而现在，这个女乘客正满脸笑容地看着这个十分滑稽的，叫邓伍迪或者叫武班迪的人，就好像这个家伙做了一个让人钦佩的壮举。这个做风车生意的年轻人已经开始膨胀了，此刻他就像自己的风车一样，被众人的目光和注视刮起的一阵风，带他飞快地转动了起来，成为今夜的明星。

这个欣喜若狂的小伙子正拿着被他视若珍宝的苹果，享受着众人对他的注视，而足智多谋的法官大人则在思考着怎样收复失地。梅尼菲走上前去，把苹果从邓伍迪的手中接过来，法官的派头尽显无遗，他那肥嘟嘟的脸上堆着标准的绅士笑容。原本诱人的苹果显然已经成了第一号证物。“这个苹果太好了。”他称赞道，“我们都曾在这个屋子里探寻过食物，可是你的发现让我们这里所有的人的成绩归零了。我有一个提议，我们就把这个苹果当成一枚胸章、一个奖品，奖励给我们这里最具智慧、最懂女人心思的那个人。”

听到这个提议，所有的人都拍手响应，只有一个人冷冷地说：“说起来容易，不好实施啊。”这个人就是那个年轻的代理商。另外一个没表态的人，就是找到苹果的那个做风车生意的人。本来众人的焦点应该是他，可是转瞬间投在他身上的聚光灯熄灭了。他怎么也没想到那个苹果会变成一个奖章性的玩意，他原本想把它分了，然后用苹果籽做一个小游戏，作为大家的娱乐节目。他设想把苹果籽贴在额头上，一个苹果籽就代表他认识的一个姑娘，当然其中一个一定是麦克法兰太太，如果哪一个掉下来就代表……可是现在一切都成了泡影。

“苹果，”梅尼菲法官开始面对陪审团展开了他的第一轮陈述，“显然现如今苹果已经成了极为平凡的东西，地位也不比从前那么高了。而且在任何的商业活动和烹饪料理上，苹果的出现已经变得很是频繁，因为不稀有，所以不能称之为高档。但在古代，苹果的境遇则完全不同。打开《圣经》，或是看一段历史、一个神话传说，那里面有庞大的证据证明苹果一直是贵族的水果。当我们想要描述一个事物十分珍贵的时候，我们会把它比喻成苹果，说成‘如同苹果的明珠’。在我们常用的谚语中，还将苹果说成‘银苹果’。我敢说再也没有植物的果实能够被赋予这么多含义了。有谁没有听过希腊神话中夜神的女儿所负责看守的金苹果树？而每个人都奢望得到那个金苹果。我想我不需要再提醒各位关于苹果的事件中最重要的那个，如果不是我们的祖先偷吃了禁果，我想他们也不用从伊甸园来到人间了。”

“像这样的苹果，”做风车生意的男人抛开一切感性的文字，继续客观地说，“像这样的苹果，在芝加哥的市场上每桶可以卖到3.5美元。”

“现在，我提议，”梅尼菲法官给了打断他说话的人一个纵容的微笑，之后继续说道，“我们在这个小屋子里必须待到天亮，虽然这个屋子足够温暖，但漫漫长夜我们得想办法打发，否则时间太难熬了。我建议我们把这个苹果先交给加兰小姐，此时这个苹果已经是一个奖励，它代表了伟大的人类思想。而加兰小姐本人也暂时不属于她自己了。”梅尼菲法官向加兰小姐深深地鞠了一躬，充满了古典韵味，之后继续说，“她现在代表的是她的性别，是全部女性的缩影和化身。我敢说她的勇气和智慧已经是上帝的杰作了。她现在就以这样的身份参加到我们接下来的比赛中，并且给出最终的判断。”

“就在几分钟前，我们的朋友为我们讲述了一个关于小屋主人的浪漫故事，虽然很有趣，但只是零星地描述，而且故事不完整。对于我个人而言，这个故事已经在我的头脑中展开了一段唯美的臆想，我也想让大家根据这个故事来揣测一下主人公的想法，做一个想象力的训练——简而言之，就是编故事。让我们利用这个机会，每个人都讲述一个关于这两个主人公的自己版本的故事。就从这对情侣在大门口分手时开始讲起，也就是从罗斯先生中断的那里讲起。故事的延续不能脱离主线，结局必须与故事的背景和内容相符合，但不能把整件事情的责任都归咎于那位小姐身上，我们需要给雷德鲁斯的疯狂行为和他隐居的生活找一个更好的理由。当我们每个人都讲完自己的故事后，加兰小姐就可以凭借自己的感觉，完全从女性的视角出发，选出那个最让她钟爱的爱情故事，那个完全契合她心目中雷德鲁斯性格的，完全符合她心中所想的那位订婚女士观点的故事。这个苹果就赐给那个人。如果你们所有的人都同意，那么我很愿意从邓伍迪先生那里听到第一个故事。”

最后一句话，可谓在对手不作防备的时候，来了一个突然袭击。但是做风车生意的人可不会被轻易打倒，这小小的进攻，他还是有力招架的。“好啊，这个想法简直棒极了，法官大人，”他很高兴地说，“这就如同自己编写一个短篇故事，不是吗？我可曾在斯普林菲德尔的一家报社做过记者，记得当时版面上还缺少一点内容，于是我立刻编造了一个。我想，这下我可以大展拳脚了。”

“我认为这个想法很有趣，”那位女乘客用欢快的声音说，“就像做游戏一样。”

梅尼菲法官径直向那位年轻的姑娘走去，并且殷切地将苹果递到了姑娘的手上，说：“曾经，帕里斯就是像这样把金苹果送给了世界上最美丽的姑娘。”

“我怎么没听说过呢？”做风车生意的人已经从刚才的失落中走了出来，他打趣道，“我也参加过巴黎的博览会，虽说我的工作与机械有关，但我也不是只去机械展馆的，我还经常去博览会的娱乐场所，但是我从来没听说过。”“但是现在，”梅尼菲法官说，“现在我们就把这个苹果与女人不可揣测的心思和智慧联系在一起。加兰小姐，这个苹果给你。听听我们的浪漫故事，最后将它奖励给你最认可的那个编剧。”

那位女乘客发出了悦耳的笑声。苹果就躺在她那被长袍包裹的腿上。她舒服地依靠在那个众人为她搭建的堡垒之中，轻松又自在。如果不是有太大的风声，此时一定可以听得到她那舒适又平稳的呼吸声。这时有人往壁炉里添了柴火，梅尼菲法官儒雅地向做风车生意的人点头示意，说：“你愿意第一个给我们讲那个故事吗？”

做风车生意的人就像一个土耳其人那样坐着，他的帽子戴在他的后脑勺上，在光影中就像是一个国际跳棋的棋子。“好吧，”他没有任何推诿，信手拈来，“当然是雷德鲁斯被那个有钱又有闲的小子惹火了，那小子一定是要抢他的订婚女友。嗯，所以他必须去找他的未婚妻，问清楚她的想法，看看这个婚是否还能结成。嗯，大家都该了解吧，没有人希望看到自己的未婚妻，被一个既拥有马车又拥有金矿股票的小子追求，半路杀出来搅局。嗯，所以呢，他去找他未婚妻谈话的时候，理所当然有些火大。嗯，可是毕竟是未婚妻，又不是真正的妻子。嗯，这种态度和语气是爱丽丝从未见过的，原来的温情蜜语突然间变成了强烈的质问，所以她也很恼火，于是就上演了一出河东狮吼。嗯，就这样，他……”

“我说，”一个乘客打断了他的讲述，开玩笑说，“你如果在每说一个‘嗯’字的时候都能架上一个风车，那你是不是可以提前退休了啊？”

做风车生意的家伙听到这一句，憨憨地傻笑，露出了洁白的牙齿。“嘿嘿，反正我又不是莫泊桑，”他爽直地说道，“我说的可是地道的美国话。嗯，之后那个姑娘这样回答他：‘我们虽然只是普通朋友，但是他却能带我坐马车兜风，还能陪我去看戏剧。而你呢，作为我的未婚夫，你为我做过什么？难道你不能带我去玩，我也不能接受别人的邀请吗？难道我就不配拥有这些娱乐吗？当别人提出邀请，而我又很想去玩的时候，我还要虚伪地、愚蠢地拒绝吗？’雷德鲁斯听到这里，心思开始烦乱了，他不想再确认自己的无能，于是便直截了当地说：‘别和我说这些。我只需要你直接告诉我，是和他断交，还是和我退婚？’”

“我觉得他用这样的态度和一个姑娘说话简直糟糕透了。我相信那个姑娘原本是很爱他的。她只是想在结婚之前再享受一下单身女士的快乐，像其他的姑娘一样享受一下青春和活力，做一些甜蜜而有趣的事情，就算是给自己留下些回忆，纪念一下自己的年轻岁月。但是雷德鲁斯不但不理解她的所作所为，还用这样的语气和她说话，所以她觉得自己丢了面子，接下来的事就水到渠成喽。碍于面子，或者是小女生的稚气，她赌气般地将戒指还给了雷德鲁斯。备受打击的雷德鲁斯肯定天天酗酒解忧，而那个姑娘也一定和那有钱的小子断了交。后来男士离开了那个让他伤心的小镇，带着行囊便搭上了一辆不知驶向何方的货车。一直被酒精麻痹的他，终于有一日作出了隐居的决定，他肯定这样说：‘我要选一个地方，把我这个没有钱的钱罐埋在那里，我要留起胡子当隐士了。’”

“至于爱丽丝，她的生活也并不幸福。她终身未嫁，为了生计，已经满脸皱纹的她依然做着打字员的工作。她还养了一只很乖巧的小猫，只要有人叫它，它就会向叫它的人跑过去。我确信女性的善良，我确信她们绝对不会为了钱或是利益而抛弃一个自己深爱的男人。”做风车生意的人讲到这里，将这个故事收尾了。

“我想，”女乘客在她那简单又粗陋的“宝座”上微微动了动，说，“那是一个……”

“加兰小姐!”梅尼菲法官用手示意那位女乘客不要说话,“我恳求您先不要发表意见,否则会对后面的选手不公平的。好了,下一个,先生,你可以开始讲你的故事了。”他对那个代理商说。

“我的版本是这样的。”年轻的代理商显然没什么经验,他有些胆怯和羞涩地搓着手说,“他们最后一次见面确实是分手了,但雷德鲁斯并没有和那位姑娘争吵什么,他只是表示自己会去赚更多的钱,他想要离开小镇。他信任那位姑娘,那位有钱的小伙子根本不会让他的未婚妻有丝毫的动摇,因为他的姑娘是那样的纯洁,那样的善良。我认为雷德鲁斯想到的赚钱的办法就是到怀俄明的落基山去淘金。但是这个不幸的人在淘金的时候,突然遇上了也要去那里的海盗,于是他们把雷德鲁斯抓走了,后来……”

“哦!你在讲什么?你是说海盗登陆了,而且还到了落基山?这太不符逻辑了,他们是怎么到那里的呢?”其中一个普通的乘客诧异地大叫。“火车啊,他们坐火车到的那里。”讲故事的人十分镇定地回答,似乎他早就料到有人要问这样的问题,之后他继续他的故事,“后来,海盗把他关进了一个山洞,几个月后他们又把雷德鲁斯带到了阿拉斯加森林,之后把他放逐。在那里,一个美丽的印第安姑娘爱上了他,但是他的心始终还记挂着爱丽丝,所以一年后,他带着钻石离开了那里——”

“钻石？怎么又出来个钻石？”那个普通的乘客用极其刻薄的语气刁难地问道。

“是在迷路神殿，一个马具商人给他的。”那个商人含糊地一带而过，“他历尽千辛终于回到了阔别已久的家乡，但是等待他的却是一个噩耗。当他拜访爱丽丝的时候，只见到了她的母亲。她的母亲把雷德鲁斯带到一棵柳树下，那里立着一个坟墓，她伤心地说：‘自从你走后，她便日日夜夜地牵挂你，最后她的心碎了。’雷德鲁斯十分悲痛地跪在了她的坟前，他问爱丽丝的母亲：‘我的情敌呢？切斯特·麦金托什那小子怎样了？’她的母亲回答：‘他确实对爱丽丝很动情，但当他知道不能代替你在爱丽丝心里的位置的时候，他也因为悲伤而日渐消瘦。直到后来，他在大拉皮兹开了一家木器店，他的心情才开始转好些。不过，在前不久我听说他远离城市的喧嚣去了印第安纳州，但不幸的是他被麋鹿咬死了，地点就在南本德。’后来发生的事情你们都知道了，雷德鲁斯先生由于伤心过度所以也离开了城市，过上了隐居的生活。”

在年轻的代理商讲完他的故事之后，他还不忘自己总结一番，他说：“我所讲的故事或许缺乏唯美的艺术感，但我却证明了那位女士对雷德鲁斯先生至死不渝的爱情。在她看来，真爱是无价的，多少金钱都不可能换取爱情。我敬佩这样的女性，但是对于结局，这是我能想到的最合理的了。”在他作完最后陈述时，他瞥了一眼那位女乘客。

接下来讲故事的人是车夫比尔达·罗斯，他也受到了梅尼菲法官的邀请作为这次苹果争夺比赛中的一个选手。他开始向大家讲述他的版本，只是内容比较精练。

“我可不是把一切不幸都归咎于女性的卑鄙男人。”他说，“法官先生，我所要展现在大家面前的故事是这样的：造成这个悲惨结局的原因不是别的，只是因为懒惰。当那个叫泊西瓦尔·德莱西的小子想要争抢别人的未婚妻时，当爱丽丝由于一时的不清醒，被甜言蜜语蛊惑时，雷德鲁斯就该用男人的方式，狠狠地教训那小子一顿。倘若他那样做了，我确保事情不会往悲剧的方向发展。想得到一个女人哪那么容易，得出些力气，打场架才行。”

“帅气地征服对手后，他只需要绅士地抬抬他那斯特森呢帽，之后对爱丽丝说：‘如果那小子再来骚扰你，你就来找我。’然后就可以潇洒地大步离开。他以为避免争夺是维护了自己男士的尊严，然而那就是懒惰。没有哪个女人会主动追一个男人，她只会一直等待，她觉得男人应该要自己回来。我发誓，她绝对不会和那个有钱的小子好，她只会每天坐在窗前，看着远方，期盼属于她的那个有着小胡子的穷小子回来找她。”

“而雷德鲁斯这边也在等消息，他一直等着爱丽丝会托人带信给他，告诉他她错了。这一等就是九年，但始终没能等到那个他期盼的消息。所以雷德鲁斯心想：‘算了，看来她放弃我了，那么也该是我放手的时候了。’于是他开始留起了胡须，隐居起来。对，懒惰和胡子都是这场悲剧的导火索，它们总是伴着悲剧产生。你们看到过一个留着长长胡须的人非常幸运吗？肯定没有。你们回忆一下马尔巴勒公爵和那些经营美孚石油公司的垃圾吧，想想他们是不是留了长长的胡须和头发。”

“到最后，爱丽丝也没有嫁给任何人。倘若她知道雷德鲁斯已经娶了别人，那么她或许会因此放手而改嫁他人，但她没有雷德鲁斯的一丁点消息。她的一生都在等待，并且珍藏着他们的爱情信物。那信物或许是一缕头发，或许是一个被他弄坏的胸衣上的钢圈。对于爱丽丝来说，这个信物已经化身为她的丈夫，她孤独地守着他们的爱情。这个有怪癖的老头不理发，不换衬衫，过着堕落的生活都是他自找的，怪不得任何人，尤其是那个女人。”

车夫的这个故事讲完了，下面轮到那个总是一惊一乍的普通乘客了。我们只知道他也是从乐园城来，去往日出城的，但其他的一切我们都一无所知，包括姓名。

如果火光还足够明亮，那么就借着他在和梅尼菲法官说话的时间，我们来看看他的长相。他的身材瘦小，外面裹着一件深褐色的外套。他的坐姿和青蛙一样，两个胳膊抱着自己的双脚，下巴自然地枕在膝盖上。他的头发是麻絮一样的颜色，但很油亮，鼻子很高，嘴巴和萨蒂尔的一样，在他微笑的时候，会发现嘴角处有烟叶的污迹。一对死鱼眼，扎着红色的领带，领带夹是马蹄形状的。在他讲述故事之前，先是控制不住自己“咯咯”地笑了一阵，随后才娓娓道来，他说：“到目前为止，我觉得你们的故事都有严重的欠缺。你们想想，任何一个浪漫的故事怎么能少了鲜花作为衬托呢？现在你们恍然大悟了吧。其实对于这个故事，我看好那个领口打着蝴蝶结，口袋里有支票的小伙子。”

“故事的要求是从分手的门口开始，是吧？那我就从那里讲起。雷德鲁斯对爱丽丝小姐说：‘我知道你一直都没爱过我，否则你怎么还会答理那个对你别有用心的家伙——那个能给你买冰激凌的家伙。’爱丽丝发自内心地辩白道：‘我很讨厌他。我厌恶他的马车；我厌恶他送给我的那些用金纸包装的、用丝带扎起来的奶糖；我更加厌恶那个用蓝宝石和珍珠镶嵌、心形样式的小盒子。每当我见到这些，我都想杀了他，让他滚出我的生活，我的心里只有你，我只爱你。’雷德鲁斯并没有被这些话感动，反而冷笑了一声说：‘哼，收回你的伪装吧！你觉得我是三岁的孩子那么容易被骗吗？你还是把那些礼物宝贝地珍藏起来吧。你是否厌恶他，厌恶那些礼物都和我没有一点关系，关我屁事。我要去找尼克森家的姑娘了，我会嚼着口香糖，带她去骑电车。’”

“就在当天晚上，约翰·伍·克里塞斯来到了爱丽丝的家。当他低头整理自己的珍珠领带夹的时候，看见爱丽丝在偷偷地掉泪，他立刻问道：‘你怎么了？为什么哭？’爱丽丝哭得更凶了，对他嚷道：‘都是你的错，是你让我失掉了我的爱人。我讨厌你，这都怪你。’　‘那你嫁给我吧。’约翰·伍点燃了一支雪茄，那支雪茄是亨利·莱克牌的。爱丽丝听到这话，立刻回绝道：‘什么？嫁给你？这绝不可能。除非我们一起到街上，而刚好店铺的门口有电话，那时你就可以打电话给政府的工作人员，让他给你办结婚证。’”

讲到这里，讲故事的人一脸的坏笑，之后继续说：“千万别问他们是否会结婚？这简直是一定的。肉都到嘴边了，还有不吃的道理吗？我们再来说说那个雷德鲁斯老头。我觉得，你们对于他的推理都是错的，对于隐居的原因，你们一个说是因为懒惰，一个说是因为伤心，还一个说是因为酗酒。我认为是女人造成的。对了，那个老头多大年纪了?”他问比尔达·罗斯。

“可能是六十五左右。”

“哦，那他在这里已经隐居了二十年。我们现在假设他和爱丽丝分手的时候，他是二十五岁，那么他还有二十年的人生，我们是不了解的。在这二十年中，他到底做了什么？我想，他或许犯了重婚罪，在监狱里度过了这二十年。这个花心的人在圣乔有个金发碧眼、身材丰硕的老婆；在煎锅山有一个黑色头发、身材苗条的老婆；在考谷还有一个镶着金牙的老婆。当她们三个知道彼此的存在后，一同把这个猥琐的骗子告上了法庭，彻底结束了与他的一切。他服了刑，后来被放了出来。此后他开始惧怕女人，他说：‘除了与女人相处，让我做什么都行。对，还是隐居起来更保险一点。没有女人来找工作，梳子里不会再出现长头发，烟灰缸里也不会有女人做的泡菜。’你们觉得他的精神出了问题，是源于他说的那句他是所罗门国王？其实他健康得很，因为他就是所罗门国王。好了，我讲完了。我想我是肯定得不到那个苹果了，因为这个故事肯定不会被人看好，所以我已经作好了失败的心理准备了。”

由于梅尼菲法官对于游戏的规则中有一条是不能随便评论别人的故事，所以大家为了不招惹法官的责怪，也就没有人说话了。故事结束了，就真的结束了，一片安静。一声清脆的咳嗽打破了尴尬的安静，这个人就是这场活动的发起者，他也是这个游戏的最后参赛者，下面轮到他了。尽管坐在地上一点都不舒服，但没有人能从他的脸上看出任何痛苦和不适。炉火慢慢地变得柔和而暗淡，就是在这样昏暗的火光下，依旧可以看到他那张轮廓分明的脸，就像是一张古币上的罗马帝王浮雕。

“一个女人的心!”他开始用激动人心的音调讲述，“谁能有希望揣摩明白一个女人的心思呢？每个男人的想法和行为作风都各不相同，但我觉得每个女人的心，都是以同一个节奏跳动的，还有那老调重弹的爱情。对于女人来说，爱情就意味着牺牲。对于一个真正的女人来说，她们对黄金和地位的重视程度，绝对不会超过她们对爱情的虔诚。

“先生们，哦，不，应该是朋友们。今晚，我们每个人都将雷德鲁斯的爱情审理了一遍。可是，我们在审理的人真的是雷德鲁斯吗？不是的，因为他已经不需要我们的审理，他已经受到了生活给予他的惩罚。那我们审理的是那些对爱情矢志不渝的人吗？也不是，我们的生活需要那些相信爱情的天使来丰富。那我们到底在审理谁？其实是我们自己！我们每个人都是受审者，因为我们讲出的故事就代表了我们的心，从中可以看出我们的心是阳光的还是黑暗的。而一位杰出的女士正在用她充满智慧的双眸注视着我们，她的手里拿着奖品，虽然奖品不是很珍贵，但值得我们努力争取，因为它代表了女士对我们的认可，对我们思想的认可。

“下面，我就来讲一讲在我心里的那个关于雷德鲁斯和爱丽丝的故事。不过在此之前我还得在此声明，我坚决反对是女人的不忠和自私造成了最后的局面，那种想法太过卑鄙了。我认为，一个真正的女人绝对不会趋炎附势，也绝对不会是一个拜金主义者，她们不会因为爱慕虚荣而抛弃一个深爱她的人。我们必须找其他原因，那么只有从男人卑鄙和低俗的动机中寻找了。

“在那个让人一生难忘的时刻，一个改变两个人命运的时刻，一对年轻的情侣站在门口，他们一定吵架了。年轻气盛的雷德鲁斯太过自卑，也太过鲁莽，在嫉妒心理作祟的情况下，他决定离开这个小镇。但具体为什么要离开，或许我们怎么讲都是缺乏证据的。但是比证据更让人信服的，就是女人的善良和忠贞，爱情是她们的信仰，她们绝对不会背弃。

“我可以很清楚地想象出那个男人在鲁莽地外出后孤独流浪的场景。我能想象出他的意志在逐渐消沉，直到最后他终于意识到原来是他自己撕碎了上天赐予他的最好的礼物。于是他悲痛欲绝，除了隐居，别无他法。但隐居的生活也没有让他完全淡忘尘世的爱恋，于是他疯了，这是再正常不过的推理了。

“我们再来说说那个女人，她的生活会是怎样呢？我觉得她会一直孤苦无依地让岁月肆意践踏她的美丽和健康的身体，直到容颜苍老，步履蹒跚。但是她始终如一地爱着那个人，一直在等待他归来的消息。她会每天坐在窗边，凝望远方，或是在楼梯旁侧耳倾听是否有她期待的脚步声响起。现在，一个白发苍苍的老妇人，依旧很细心地打理着自己的头发和衣着。她依旧没有放弃希望，她每天都坐在门前，看着尘土飞扬的马路。她固执地认为，她的爱人只是出门了，早晚有一天会回家的。这就是女人，我对她们的忠贞充满信心。虽然所有的人都知道她等不到重逢的那一天，但她依旧不肯放弃。甚至在凡世等不到，她也会期盼在极乐世界的相逢。而男人却在绝望的泥潭中等待与她的相见。”

“我还以为他会在疯人院等呢。”又是那个爱插嘴的普通乘客说了一句。

梅尼菲法官的身体稍微动了一下，以表示对这句话的厌烦。其他的男人也都有气无力地正襟危坐。外面的风变小了，时有时无地散漫地吹着。壁炉里的木块也烧成了通红的炭，将屋子变得昏暗。那位女乘客依旧坐在角落里，看起来舒适而安详。她的发髻盘得依旧整齐，透过毛皮围巾，可以看到一丝雪白的肌肤。

梅尼菲法官站了起来，稍稍活动一下已经麻木的腿脚后，对女乘客说："加兰小姐，我们的故事都讲完了，现在该是您颁发奖品的时间了。您可以按照您的想法，把奖品颁给最符合您心意的那一位。不过我得补充一点，除了故事，对于女性的评价和认知程度也是评选的标准之一。"

奇怪的是，在法官大人说完这番话之后，没有得到女士的任何回应。梅尼菲法官弯下腰，表示关切时，那个总喜欢打岔的普通乘客笑出了声音，他的笑声中充满了讽刺的意味。原来女乘客已经进入了甜美的梦乡。就在梅尼菲法官想要拉她的手，叫醒她的时候，他的手碰到了一个湿湿凉凉的、不规则的圆形东西。

"她已经把苹果吃掉了。"梅尼菲法官把苹果核举起来的时候，用一种十分敬畏的语气说道。

幕后黑手

“有许多成功人士，”我之所以这样说，当然是有许多事实作为依据，“他们会告知人们，他们能取得这样的成就要感恩于某位伟大女性的帮助和鼓励。”

“这个理论我也知道，”杰夫·彼得斯说，“而且我在历史和神话故事书中也读过关于圣女贞德、耶鲁夫人、考德尔太太、夏娃还有其他许多著名的女性事迹和传说。但是，依我看，女人的成就也就不过如此了，难道不是吗？全世界一级的厨师、服装设计师、护士、管家、速记员、职员、理发师甚至是洗衣服的工人，全部都是男人。‘女人’啊，唯一让男人自愧不如的恐怕就是如何愉悦正在杂耍中的男演员了。”

“哦，我承认你说的这些我也考虑过，”我说，“但是你又不得不承认女人与生俱来的机灵与直觉，对你现在这行——哦，我是说对你现在的生意是有帮助的。”

“确实，”杰夫有板有眼地点头称是，他继续说道，“不过你真的这么想吗？几乎在每一场骗局中，女人都是不可信赖的搭档。因为她们总会在你最需要帮助的时候，扯你的后腿，居然毫无掩饰地展示她们的诚实。我可是体验过的。

“我在准州那边有一个老朋友，他名叫比尔·亨伯尔。有一次他突然和我说，他想去联邦法院当执法官。你要知道，那时我正在做一个生意，合伙人是安迪。当然这门生意是合法的，我们正在推销一种手杖。不过这款手杖的奇特之处在于，只要你拧开手柄的位置，之后将其对准自己的嘴巴，就会喝到半品脱优质的黑麦威士忌。这种琼浆玉液就是对聪明才智的奖赏。可是那时总是有警察找我和安迪的麻烦。所以，当比尔把他的突发奇想告诉我之后，我觉得这再好不过了，满脑袋都是比尔任职于执法官的位子后，我将在无阻力的情况下，做好我的生意。这对于彼得斯-塔克公司的业务发展是最好的帮助。

“‘杰夫，’比尔和我说，‘你有知识，有文化，不仅受过良好的教育，而且还很博学。在很多领域你都有着非常丰富的经验，并且成绩显著。’

“‘这个倒是没错，’我说，‘我从没后悔过。我从来都不认为当教育变成免费的时候，它的身价就会大跌。你们谁能告诉我，哪一项才算是对人类更具价值的东西，是文学还是赛马？’

“‘这个……嗯……我想，咬文嚼字的，哦，我是说好像诗人和作家的声望比较高一些。’比尔说。

“‘这话貌似很有道理，’我说，‘不过如果是这样，那么为什么金融家和慈善家他们会对每一位进入赛马场的人收取两元的费用，而进入图书馆却不用花钱？’我接着说，‘难道这种做法的潜台词不就是告诉人们一种价值观吗？也就是说，他们已经对自我约束和不守秩序的行为给出了它们本身的价值。’

“‘你阐述的观点太深奥了，我没怎么听明白。’比尔说，‘其实我只想让你去一趟华盛顿，之后帮我取得这个职位就行了。我的涵养不高，也不擅长钩心斗角。我只是一个普通人，但是很想得到这份工作——虽然我曾杀过七个人。’比尔说，‘而且我有九个孩子。就在今年的五月一号，我成了一名优秀的共和党党员。我是个文盲，不会读，但却是个聪明的家伙，而且一定擅长交际，我想它会协助你帮我得到这份工作的。我先给你一千美元，这些就作为你们的差旅费和吃、住的费用。事成之后，我再付给你们一千美元，并且我能确保至少十二个月你们可以放心地做走私威士忌的生意。你对西部是否足够忠贞，能帮我到东部疏通一下吗？就是那位生活在宾夕法尼亚铁路东边的终点站的白房子里面的老人家。’

“后来，我把这件事和安迪说了，他很感兴趣。其实安迪是一个很有想法的人，个性也复杂多变。他向来不屑于我这种埋头苦干的做事风格。我总是向农民推销那种既能捣肉，又能擦鞋、做扳手、烫发、锉指甲、捣碎土豆、做音叉等的万能工具，而他的志向从不在此。其实安迪更像一位艺术家，不能把他单纯地归类为牧师或者商人，或者是正人君子，这些单纯的定位都不是他。最终，我们接受了这门差事，决定前往华盛顿了。

“在华盛顿，我们选择住宿的酒店位于南达科塔大道。我对安迪说：‘这是我们第一次做毫无诚信的生意吧。我们现在需要采取不正当的手段，我们需要走后门，而这些我们都从来没做过。可是为了比尔·亨伯尔，我们不得不这样做。如果这是一场正当合法的生意，’我说，‘那我们可以采取一些夸张、虚假的手段。然而对于这种违法乱纪的交易，我想我们还是直截了当更好些。’我继续说，‘我的想法是，我们直接从佣金中抽出五百美元，交给国家竞选委员会的委员。当场让他开个收据，之后再将这张收据摊放在总统先生的办公桌上，开门见山地说出比尔的要求。我猜想总统应该更加喜欢这种光明正大争取职位的做法，总比投机倒把好多了。’

“我的想法得到了安迪的认可，但是酒店的服务员却不这样认为。当我们和他提起此事后，他的话让我们改变了看法。他说，如果想在华盛顿谋得职位，必须有一位能说会道的女说客，而这也是唯一的办法。他恰好有人选——那个人就是艾弗里夫人——并提供给了我们她的地址。据说她在社交圈和外交界都有很显赫的地位。

“第二天一早，大概是十点，我和安迪就来到她所住的酒店，接着我们被带到了会客厅。当我第一眼看到艾弗里太太时，我简直惊讶极了！她应该属于标准的外交人才，当你看到她时，她的美会让你很舒服，整个人都像活在梦幻中一般。一头金色的头发，与二十元面值的黄金证券的背面一样的颜色。她那一对蓝色的眼睛，犹如海水般湛蓝。

你看过《七月》杂志的封面女郎吗？她的美丽绝对盖过她们。甚至可以说，那些封面女郎与她相比，简直就像是孟衣加希拉煤船上的烧火姑娘。

“她的衣服领口很低，并且镶了一圈银色亮片，戒指和耳环都有钻石镶嵌，裸露的香肩极具风韵。她一只手按着电话，另一只手端起一杯清茶。过了一会儿她说：‘哦，小伙子们，你们有什么事情？’

“我尽可能用最简洁的语言说明了来意，并且开出了我们可以支付的报酬。

“‘我想在西部做个官并不是一件难事，’她说，‘让我想一想，看看谁能帮我们这个忙。准州的代表肯定是不行的。我觉得，’她说，‘斯奈普参议员应该可以办这件事，他就是从西部的某个地方来的。我先看看他在我的资料簿里是怎么记载的。’说着，她从面前书桌上的一打卡片中，‘斯’字开头的一格中抽出了一张名片。

“‘哦，’她说，‘他的卡片上被标记了一颗星，这说明他可以“随时帮忙”。我再看看，“现在五十五岁，有两次婚史，是一位长老会的教徒。他喜欢金色头发的姑娘、托尔斯泰的小说、扑克，还喜欢吃清炖甲鱼。还有，他的酒量有限，三瓶就足以让他情绪激动了。”‘哦，’她接着说，

‘我想我有信心让你的朋友布莫先生顺顺利利地当上驻巴西公使。’

“‘亨伯尔，’我立刻纠正说，‘不是驻外使节，而是联邦法院的执法官。’

“‘哦，对，’艾弗里太太说，‘我做过太多这样的事情，难免会弄混淆。你现在把这件事做一个详细的笔记，彼得斯先生，再过四天你来找我，我想到那时事情就可以办好了。’

“于是我和安迪就回酒店去了。在等待的时候，安迪一直在房间里左右徘徊，并且还捋着自己的胡子。他说：‘一个女人不仅有如此美丽的容颜，还有如此的智慧，真是罕见啊，杰夫。’

“‘确实很少，少得就像神话故事中的埃比德米斯的神鸟，哦，不，就像是神鸟下的蛋做成的蛋卷。’我说。

“‘这样的女人，’安迪说，‘假如她肯为一个男人服务的话，那么这个男人一定会名利双收，拥有卓越不凡的地位。’

“‘我对此表示怀疑，’我说，‘女人除了能为她的丈夫准备好饮食起居外，就是八卦张家长李家短，或者告诉她的丈夫，他对手的夫人曾经在店铺里偷过东西。除此之外，她们还能做什么？她们对于她们丈夫的实际工作没有一点用途。她们没有做生意的头脑，当然，政治也不行。这一点很明了，就像是英国诗人阿尔杰农·查尔斯·斯温伯恩不适合在查克·康纳斯每年一次的舞会上担任主持的工作一样。我知道，’我对安迪说，‘女人们有的时候是会陪同自己的丈夫出席一些政治场合，但那又怎样呢？就比如说，一个男人本来就已经处在某种职位上了，他或是在阿富汗驻外领事馆工作，或是在特拉华-拉瑞坦运河当闸门的看守员。可这又有什么区别呢？无论怎样，这个男子都会看见他的妻子穿上鞋套，小心翼翼地将三个月的食物放到金丝雀的鸟笼里。“我们到苏福尔斯去怎么样?”那位男士心存一丝希望地看着自己的太太，结果呢，那位太太说：“不，亚瑟，我们到华盛顿去吧。在这里，我们的地位已经被埋没了。”她说，“你不应该这样生活，你可以在圣布里奇特宫廷谋得一个特派员的职位，或者是去波多黎各岛当总门房。总之，你放心，我会安排好这一切。”’

“‘于是这位女士，’我继续说道，‘就独自一人带着行李和必要的钱来到了华盛顿。她要找当权者谋取职位。她从她的行李中翻出了五打信，那是在她十五岁时一位内阁成员写给她的内容大致相同的信，还有一封介绍信，是利奥波德国王写给史密斯学会的，另外在行李中放着的，就是一套粉色的绸子套装，只不过因为时间太久了，上面清晰可见淡黄色的印迹。’

“‘你猜，接下来会发生什么?’我继续我的臆想，‘她会把那些信发表在晚报上，一份如同她那件衣服颜色的晚报上；她会在巴尔的摩-俄亥俄铁路的火车候车室发表演说；她会去拜访总统。可是此时等待她的却是商业和劳工部的九等助理秘书，蓝厅的第一副官，还有一个身份不明的黑衣人。他们会抓住她的手和脚，直接把她扭送到西南B街，扔在一个地下室的门口。她所能做的只有这些而已。当然，或许她不会就此善罢甘休，你还会听到她的消息，因为她给中国的大使写了封信，目的是求得一份在茶叶店打工的职位，当然还是为了她的亚瑟。’

“‘按你这么说，’安迪说，‘艾弗里夫人也如同你所描绘的角色那样，不能办成此事?比尔无法通过她获得执法官的职务?’

“我说：‘我希望我自己并不怀疑一切事物，但我的确这样认为。反正我的观点是，你我两个聪明的男人做不到的事情，她一个女人更是无法完成。’

“‘我不相信，’艾迪说，‘这样吧，我们打个赌。我赌

她可以完成这件事。我觉得这个女人很厉害，她的社交才能绝对数一数二。’

“按照约定，我们如期而至。当我们看到那位夫人时，她依旧光彩亮丽、美艳动人。她仅仅依靠她的容貌，就足以让许多人听命于她，拜倒在她的石榴裙下。那么谋个官职更是不在话下。只是我对于外表的作用却没有什么信心。所以，当她把一张公文交到我手上的时候，我满脸惊诧。这张公文的上面盖着美国政府的印章，而背面的签名正是：威廉·亨利·亨伯尔。这几个字在我面前显得那样的硕大和漂亮。

“‘其实如果你们第二天来，也可以拿到它，小伙子们，’艾弗里夫人微笑着说，‘我办这件事简直易如反掌，’她说，‘我只不过是张嘴闭嘴那么几下，公文就拿到手了。我很想和你们再聊一会儿，’她说，‘只是我实在没有空闲的时间，我手头还有几个别的小职位需要我去申请。说真的，现在连睡觉的时间都变得奢侈了。你们回去后，请带我向亨伯尔先生问好。’

“我按照约定给了她五百美元，她数都没数就扔进写字台的抽屉里了。我把比尔的委任状折好，放在口袋中，与安迪一起向她告辞后，便离开了那里。我们没有耽搁时间，当天便决定返回准州。在起程前，我给比尔发了封电报，内容是：‘事情已经办妥，等待凯旋。’我们的心情也大好，所以一路上有说有笑，安迪还取笑我小看了女人。

“‘好吧，’我说，‘我承认她的能力确实在我的意料之外。这个女人真是不简单，我还是第一次见到一个女人可以按时地完成一件事情，并且如此完美。’

“到了阿肯色州的边界时，我掏出委任状仔细看着，随后又交给了安迪。安迪看过之后，我们两个人的表情出奇的一致，都是沉默不语。

“这份委任状确实是发给比尔的，而且绝对是真实的。但是职务却不是执法官，而是佛罗里达州达德镇的邮政局长。

“我和安迪很默契地选择了提前下车，在下车的小石城把委任状邮递给了比尔。之后我们沿着东北方向，逃往苏必利尔湖。在此之后，我们再也没有见过比尔·亨伯尔。”

菜单上的春天

这是三月里的一天。

作为故事的起始，这句话显得缺乏想象，过于平淡乏味，可以说是很糟糕，不过用在这里还是可以的。因为下面这一段本来应该用在故事的开头，但是为了给读者一个思想准备，所以用了这一段不着边际、叫人摸不着头脑的话先做一下小小的铺垫。

在餐桌旁，莎拉对着菜单伤心地哭着。

看到这里，你的头脑中会有这样的疑问：莎拉为什么哭呢？也许菜单上没有牡蛎？也许她答应过不吃冰淇淋了，而现在想吃？然而你猜的都不对，还是听我继续把故事讲下去吧。

有位先生把世界想像成一个大牡蛎，他要用刀把它剖开，此话一经发表，那位先生便声名鹊起。仔细想来，用刀剖开一个牡蛎并不难，可是用打字机打开世界的人，你看见过吗？

这个用打字机把世界打开一点儿的人就是莎拉。她的工作就是打字。她打字的速度不是很快，所以她不能胜任大办事处里的工作，一个人干会更好一些。

莎拉和舒伦伯格家庭餐馆达成了一项协议，她把这看成是同这个世界最成功的一场战斗。她在一幢旧红砖房子的一间屋子里住，隔壁就是那家餐馆。有一天晚上，她带走了舒伦伯格餐馆的菜单。

菜单上的手写字简直让人无法辨认，既不像英文，也不像德文，一不小心把菜单看倒了，就会先看见甜食，而汤和星期几只有到最后才被看见。

第二天，莎拉把用打字机打得整整齐齐的菜单拿给舒伦伯格看，菜名诱人地排列在恰当的位置上，“衣帽物件，各自小心”排列在最后一行。看了莎拉的工作成果，舒伦伯格高兴极了，在莎拉离开以前，他愿意达成一项协议：莎拉为餐馆里的21张餐桌打菜单，晚餐的菜单要每天打印一次，以便调整。如果早餐和午餐换了花样，也要打一份新菜单，或者菜单脏了，也要打一份干净的菜单换上。

莎拉的报酬就是舒伦伯格每天派人送来的三顿饭。每天下午，一张用铅笔写好的菜单会如约而至，这就是命运女神为第二天舒伦伯格家顾客准备好的饭菜。

协议双方对此都非常满意。于是，那些在舒伦伯格餐馆进餐的顾客现在知道他们吃的菜叫什么名字了，即使这些菜的性质有时候使他们感到困惑。在寒冷而沉闷的冬天，莎拉终于可以用劳动换来一日三餐了，这对于她来说是至关重要的。

三月已是春天了，但是却迟迟没有春天的气息。春天总是在该来的时候才来。街上一月份的积雪还冻得硬邦邦的。一些手拿乐器的人在街上演奏《在往昔美好的夏天》这支曲子，但是，脸上的表情和肢体动作却还停留在十二月份。各家各户的暖气都关了。每逢发生这些情况，人们就会知道，冬天依然控制着这座城市。

下午是最难熬的，莎拉在她的卧室里冻得直打哆嗦。

除了打舒伦伯格的菜单外，她没有事情可做。坐在摇椅上的莎拉望着寂静的窗外，那个月是春天的月份了，它不停地对她呼唤："春天来了，莎拉，肯定地说，春天来了。你身材匀称、美好，莎拉，你洋溢着青春的气息，为什么在望着窗外时带着一丝伤感？"

莎拉的房间不在临街的一面，从窗子里望出去可以看到邻街的一家制盒厂没有窗子的砖墙。但长满青草的牧场、树林、灌木丛和玫瑰花却溜进了她的记忆。

去年夏天，莎拉去了一次乡下，她爱上了一个农民。莎拉住的那个农场叫森尼鲁克农场，在那短短的两个星期内，她爱上了农民富兰克林的儿子沃尔特。农民们谈恋爱到结婚往往时间较短。不过年轻的沃尔特与他们不同，他是个新型的农艺师，他的牛棚里装着电话，他还能对加拿大来年的小麦产量作准确的计算，以及会对他种植的农作物产生什么影响。在这个偏僻的地方，年轻的沃尔特用他的才学和智慧赢得了莎拉火热的心。他们坐在一起，沃尔特用蒲公英编了一个花冠戴在莎拉头上。他赞美蒲公英的黄花配她那棕色头发所产生的美感，于是莎拉便一直戴着那顶花冠，手里挥动着草帽回到寓所。沃尔特计划在来年春天同莎拉结婚，而且一开春就结婚。后来莎拉就回到城里来用打字维持每天的生活。

一阵敲门声把莎拉从回想那一个幸福的日子的梦中惊醒，一个侍者拿来一张家庭餐馆第二天的菜单，是用铅笔写的，字迹很潦草，看笔迹莎拉就知道是老舒伦伯格写的。

莎拉拿着菜单在打字机旁坐定，把一张卡片卷在滚轴上。她是个灵巧的工作者，通常一个半小时就可以把21张卡片全部打好。今天菜单上更动的项目比往常要多。各种汤都比较清淡，肉食花样改变也比较多，整个菜单充满了春天的气息，那些油炸食品都被清淡的食品取代了。

莎拉的手像夏天小溪上飞舞的小虫一样在打字机上灵巧地跳动着。她从上到下仔细地看着，按照各种菜名的长短把它们打在恰当的位置上。刚刚打到水果名称，不知怎么，莎拉对着那张菜单哭了起来。泪水从她失望的心灵深处涌上来，积聚在她的眼睛里。她的头抵在打字机的小桌上，很久没有抬起来。

她朝思暮想的沃尔特已经两个星期没有写信给她了，而菜单的下一个菜名正好是蒲公英和一种什么鸡蛋——别管它是什么鸡蛋！——蒲公英，沃尔特正是用蒲公英做成美丽的金黄色花冠，为他爱情的王后和未来的妻子加冕的啊！那是春天的使者。然而春天是多么奇妙啊！在这个用石头和钢铁筑成的寒冷的大城市里，爱人的信息一定会飞来。除了穿着毛茸茸的绿衣服的田野的信使蒲公英——法国人形象地叫它狮子的牙——还有谁来传递春天的信息呢，蒲公英开花的时候，它就盘在姑娘的深棕色头发上成全好事；而鲜嫩未开花的时候，它就跑到开水壶里去了。过了好一会儿，莎拉的心情才渐渐平复下来，泪水也止住了。她神思恍惚、心不在焉地按着打字机的键，她的思绪、她的心灵已飞往乡村和她心爱的青年约会了。不久，她的心又回到曼哈顿的石砌建筑中来，打字机又开始快速跳动。

六点钟，侍者送晚饭来，然后把打好的菜单带回去。莎拉闷闷地吃了晚饭，她看了看钟表，已经七点半了。隔壁房间里传来了两个人吵架的声音；住在楼上那个房间的男人好像在弄什么乐器；煤气灯的光稍微暗了一点，有人正着手撤掉煤火；隐约还可以听到后院篱笆附近传来的猫叫声。根据这种迹象，莎拉知道她现在该看书了。

她拿出书来，把脚搭在一旁的箱子上，认真地看起来。门铃声打破了寂静，房东太太急忙去开门，莎拉放下书来听。

“哦，是你，要是你，也会跟她一样的。”高亢洪亮的声音从楼下门厅一直传到莎拉的房间，莎拉跳起来去开门，书掉在地板上了都不去理会。

讲到这里，你大概已经猜出来者是谁了。莎拉跑到楼梯口时，她的农民正一跨三级地跑上楼来，他一下把她搂在怀里。“你为什么不写信？这到底是为什么？”莎拉大声说。

“纽约可真是个大城市，”沃尔特·富兰克林说，“一星期之前我就按着老地址去找你了。到那里一问才知道，你在星期四就已经离开了。从那以后，我想尽办法到处找你，我甚至去了警察局！”

“可我明明给你写信了呀。”莎拉情绪激动地说。

“我一封也没有收到啊！”

“那你怎么找到我的呢？”

年轻农民的脸上此时绽放着灿烂的笑容，他细细地向莎拉把事情的经过娓娓道来。

“今天晚上，我到隔壁的那家家庭餐馆去，”他说，“我不在乎它有没有名气，每年春天的时候，我都吃一些清淡爽口的蔬菜。我的眼睛在那份用打字机打得漂漂亮亮的菜单上看了一遍，想找一样蔬菜吃，我看着看着，眼前一亮，激动得把椅子都弄翻了，于是急忙喊来老板。他告诉我你住在这里。”

“这是怎么回事？我记得白菜下面就是蒲公英。”莎拉高兴地叹了口气。

“我知道，你打字机上的大写字母 W，不论打在哪里，都与其他字母不在一条直线上，总是偏上。”富兰克林说。

“嗨，可是‘蒲公英’这个词没有 W 字母啊？”莎拉惊奇地说。

年轻人从口袋里拿出一张菜单，指着其中的一行。

莎拉一看便知那是她在今天下午打的第一张卡片，因为在它的右上角还有一滴眼泪的痕迹。但在本来应该是一种蔬菜名称的位置上，却出现了一行字，莎拉突然想起来，那是对那金色花朵的回忆使她的手指不听使唤而按在了别的键上，于是有了这行字。

在两道菜名之间，那一行字如是写着：

最亲爱的沃尔特和白煮鸡蛋。